UN JEU CRUEL

ROBERT SILVERBERG

L'homme dans le labyrinthe	*J'ai lu* 495/4
Le fils de l'homme	
La tour de verre	
Les masques du temps	
Les profondeurs de la terre	
Les ailes de la nuit	*J'ai lu* 585/3
Le temps des changements	
Un jeu cruel	*J'ai lu* 800/3
La porte des mondes	
Les monades urbaines	*J'ai lu* 997/3
Signaux du silence	
La fête de Dionysos	
Semence de la Terre	
Trips	*J'ai lu* 1068/3
L'oreille interne	*J'ai lu* 1193/3
L'homme stochastique	*J'ai lu* 1329/3
Les chants de l'été	*J'ai lu* 1392/3
Le chemin de l'espace	*J'ai lu* 1434/3
Les déportés du cambrien	*J'ai lu* 1650/2
Le livre des crânes	
L'homme programmé	
La guerre du froid	
Les déserteurs temporels	
Au temps pour l'espace	
Chroniques de Majipoor	
Le château de Lord Valentin	*J'ai lu* 2656/8
Shadrak dans la fournaise	*J'ai lu* 2119/4
Pavane au fil du temps	*J'ai lu* 2631/4
À la fin de l'hiver	
Compagnons secrets	
L'étoile des gitans	
La génération finale	
Les guetteurs des étoiles	
Un milliard d'années plus tard...	
Résurrections	
Revivre encore	
Le seigneur des ténèbres	
Les temps parallèles	
Tom O'Bedlam	*J'ai lu* 3111/5
Valentin de Majipoor	
Les conquérants de l'ombre	
L'appel des ténèbres	
Droit de vie et de mort	
La face des eaux	
Le temps des changements	
La reine du printemps	
Le retour des ténèbres	
Jusqu'aux portes de la vie	
Gilgamesh, roi d'Ourouk	
Le maître du hasard	
La saison des mutants	*J'ai lu* 3021/5
Opération pendule	*J'ai lu* 3059/3
Lettres de l'Atlantide	*J'ai lu* 3167/2
Thèbes aux cent portes	*J'ai lu* 3227/4

ROBERT SILVERBERG

UN JEU CRUEL

TRADUIT DE L'AMÉRICAIN
PAR MICHEL DEUTSCH

ÉDITIONS J'AI LU

Collection créée et dirigée
par Jacques Sadoul

A Jim et Judy Blish

Titre original :

THORNS

© Robert Silverberg, 1967
Pour la traduction française :
© Éditions J'ai lu, 1978

CAMILLA : Vous devriez vous démasquer, seigneur.

L'ÉTRANGER : Vraiment?

CASSILDA : Le moment en est venu. Tout le monde, sauf vous, a quitté son déguisement.

L'ÉTRANGER : Je ne porte pas de masque.

CAMILLA (*terrifiée, à part, à Cassilda :*) Il n'a pas de masque? Pas de masque?

The King in Yellow,
acte I, scène II.

LA CHANSON QUE CHANTAIENT
LES NEURONES

— La douleur est instructive, haleta Duncan Chalk.

Il gravissait les barreaux de cristal du mur est de son cabinet. Très haut au-dessus de lui trônaient son bureau miroitant et le boîtier d'appel incrusté grâce auquel il contrôlait son empire. Il aurait pu effectuer l'ascension sans la moindre peine grâce à un gravitron porteur. Pourtant, tous les matins, il se contraignait à cette escalade.

Toute une suite l'escortait : Leontes d'Amore aux babines mobiles de chimpanzé, Bart Aoudad, Tom Nikolaides, célèbre par ses épaules, d'autres encore. Pourtant, Chalk, une fois encore attentif aux leçons de la douleur, constituait le centre d'attraction du groupe.

Ses chairs tremblotantes frémissaient. La blanche armature du squelette qui les sous-tendait ployait sous l'effort. Trois cents kilos de viande : voilà à quoi se résumait Duncan Chalk. Son gros cœur racorni battait farouchement, insufflant vie à ses muscles lourds. Chalk montait. Le chemin permettant d'atteindre son trône, douze mètres plus haut, zigzaguait en méandres tortueux, ponctué, ici et là, de champignons thermoluminescents, étoiles d'or émaillées de rouge, dispensatrices de chaleur et de lumière.

Dehors, c'était l'hiver. La neige fraîche parsemait les rues de ses fines volutes. Le ciel plombé commençait à réagir à l'ionisation matinale engendrée par les hauts pylônes.

Chalk ahanait. Il montait.

— L'idiot arrivera dans onze minutes, monsieur, dit Aoudad. Pour sa démonstration.

— Pour le moment, il m'embête, répondit Chalk. N'importe comment, je le verrai.

— On pourrait essayer de le torturer, suggéra le sournois d'Amore de sa voix de velours. Peut-être que ses talents mathématiques y gagneraient en éclat.

Chalk cracha et Leontes d'Amore se rétracta comme au contact d'un jet d'acide.

L'ascension continuait. Mains blêmes agrippant les échelons scintillants, muscles palpitants qui protestaient sous les couches de graisse qui les enrobaient, Chalk s'élevait le long du mur, s'arrêtant à peine pour se reposer.

Les messages de la douleur qui lui donnaient le vertige le remplissaient de délices. D'ordinaire, il préférait souffrir par personnes interposées, mais c'était le matin et la muraille était un défi qu'il ne pouvait pas ne pas relever.

Il montait. Il montait. Vers le siège de sa puissance. Il grimpait de barreau en barreau. Son cœur protestait, ses entrailles ballottaient dans leur fourreau de chair, ses reins palpitaient, ses os fléchissaient, ployaient sous leur fardeau.

Autour de lui, les chacals au regard étincelant étaient à l'affût. Et s'il tombait? Il faudrait dix hommes pour le relever et le remettre en piste. Et si son cœur soumis à un effort exténuant fibrillait et déclarait forfait? Et si ses yeux devenaient vitreux?

Se réjouiraient-ils en voyant se volatiliser sa puissance? Jubileraient-ils en le voyant lâcher prise? En voyant mollir la poigne d'acier qui les broyait?

Bien sûr. Bien sûr. Un sourire glacé retroussa les lèvres étroites de Chalk. C'étaient les lèvres d'un

8

maigre, d'un Bédouin racorni par le soleil. Pourquoi n'étaient-elles pas épaisses et flasques?

Il était arrivé à la hauteur du seizième échelon. Il l'agrippa. Chacun de ses pores bouillonnait de sueur. Il resta un moment en équilibre instable, s'efforçant péniblement de transférer le poids de son corps de la pointe de son pied gauche au talon de son pied droit. Etre le pied de Duncan Chalk n'était pas une sinécure. L'espace d'un instant, une tension presque incommensurable s'exerça sur sa cheville droite. Enfin, il se pencha en avant, empoigna le dernier barreau d'un geste d'une farouche brutalité — et son trône l'accueillit joyeusement.

Chalk s'assit et le trône le prit en charge. Des mains activées par des micropiles, enfouies dans les profondeurs du rembourrage, s'ouvrirent et se refermèrent, apaisantes. D'intangibles filaments spongieux s'insinuèrent à travers ses vêtements pour étancher la sueur qui humectait les creux et les protubérances de sa chair. Des aiguilles cachées perforèrent l'épithélium, crachant des jets de liquides lénifiants. Le tumulte de son cœur surmené s'apaisa pour ne plus être qu'un murmure régulier. Ses muscles, noués et contractés par la fatigue, se relâchèrent.

Chalk sourit. Une journée nouvelle avait commencé. Tout allait bien.

— Je suis stupéfait par l'aisance avec laquelle vous avez fait l'escalade, dit Leontes d'Amore.

— Vous pensez que je suis trop gros pour bouger?

— Monsieur, je...

— La fascination de la difficulté! laissa tomber Chalk. C'est elle qui fait tourner le monde.

— Je vais chercher l'idiot, annonça d'Amore.

— Le savant idiot, le corrigea Chalk. Les idiots ne m'intéressent pas.

— Bien sûr. Le savant idiot... bien sûr.

D'Amore s'engouffra à travers le diaphragme qui s'ouvrait dans le mur du fond.

Chalk se carra sur son siège et croisa les bras sur la

rotondité sans faille de sa poitrine et de son ventre. Son regard balaya la pièce immense et le profond gouffre où flottaient des vers luisants. Il avait une vieille tendresse pour les organismes lumineux. Que la lumière soit, qu'elle soit, qu'elle soit. S'il en avait eu le loisir, peut-être aurait-il trouvé le moyen de se rendre lui-même lumineux.

Très loin au-dessous de la salle où Chalk avait inauguré la journée par son escalade quotidienne, des silhouettes affairées allaient et venaient, s'entrecroisaient, toutes à son service. A gauche et à droite, d'autres bureaux se succédaient, tissant une toile d'araignée rayonnant à l'intérieur de l'édifice octogonal dont son bureau était le pôle. Il avait édifié une remarquable organisation. Il s'était taillé dans l'immensité d'un univers indifférent un confortable royaume personnel. Le monde, en effet, persistait à trouver son plaisir dans la souffrance. Certes, les morbides et délicieux frissons distillés par les massacres collectifs, les guerres, les accidents d'avions, etc., appartenaient désormais au passé, ou presque. Cependant, Chalk était à même de fournir aux amateurs de ce genre de délectations des substituts plus puissants, plus extrêmes et plus directs. Même maintenant, il ne ménageait pas ses efforts pour procurer du plaisir au plus grand nombre, infliger la souffrance à quelques-uns et jouir lui-même à la fois du plaisir et de la souffrance.

Le hasard présidant aux combinaisons génétiques l'avait désigné pour cette tâche unique. Il répondait à la douleur, il se nourrissait de la douleur. Absorber la détresse d'autrui à l'état brut lui était aussi nécessaire que le pain et la viande pour les autres. Personnification suprême des goûts de son vaste public, il était parfaitement en mesure d'assouvir les besoins profonds de celui-ci. Mais, bien que sa capacité se fût émoussée au fil des ans, il n'était pas encore blasé. A présent, il se frayait son chemin à travers les orgies émotionnelles dont il était l'organisateur, en savourant une bouchée sensorielle par-ci, une gorgée sanglante par-là, mais veillant à garder assez d'appétit pour de plus grotesques permutations de cruauté, toujours en quête de sensations nouvelles et terriblement anciennes.

Il se tourna vers Aoudad :

— Je ne pense pas que ce savant idiot nous sera très utile. Surveillez-vous toujours l'astronaute Burris?

— Tous les jours, monsieur.

Aoudad était un individu sec et tranchant aux yeux gris et mornes, l'incarnation même de la loyauté. Ses oreilles étaient presque pointues.

— Je l'observe sans discontinuer, précisa-t-il.

— Et vous, Nick? La fille?

— Elle est stupide, répondit Nikolaides. Mais je ne la lâche pas.

— Burris et elle... murmura rêveusement Chalk. La conjonction de deux rancunes. Il nous faut un nouveau projet. Peut-être bien que... peut-être bien que...

D'Amore émergea de l'iris du mur opposé et s'immobilisa sur la corniche. Le savant idiot se planta placidement à côté de lui. Quand Chalk se pencha en avant, sa bedaine se boudina. Il feignit d'avoir l'air intéressé.

— Voici David Melangio, annonça d'Amore.

Melangio avait la quarantaine, mais pas la moindre ride ne creusait son front, et son regard candide était celui d'un enfant. Il était pâle et avait la peau moite. On aurait dit qu'il n'était pas de ce monde. D'Amore lui avait fait revêtir une élégante tunique miroitante passementée de fils de métal. Mais le résultat était grotesque sur Melangio. La grâce et la noblesse de ces somptueux atours s'évanouissaient et cet accoutrement ne faisait que rehausser la puérilité et la pure innocence du calculateur prodige.

L'innocence n'était pas une denrée susceptible d'être d'un bon rapport. Fournir au public ce qu'il exigeait, telle était la fonction de Chalk. Pourtant, associée à quelque chose d'autre, l'innocence pourrait peut-être satisfaire les besoins qui s'exprimaient.

— Bonjour, David, dit Chalk en tripotant la calcula-trice posée à sa gauche. Comment vous sentez-vous aujourd'hui?

— Il a neigé cette nuit. J'aime la neige.

— Elle ne va pas tarder à disparaître. Les machines sont en train de la faire fondre.

— J'aimerais jouer dans la neige, murmura Melan-gio avec mélancolie.

— Vous vous gèleriez. Quel jour est tombé le 15 février 2002, David?

— Un vendredi.

— Et le 20 avril 1968?

— Un samedi.

— Comment le savez-vous?

— C'est comme ça, répondit simplement Melangio.

— Comment s'appelait le treizième président des Etats-Unis?

— Fillmore.

— Que fait le Président?

— Il habite la Maison-Blanche.

— Oui, je sais. Mais quelles sont ses fonctions?

— D'habiter la Maison-Blanche. De temps en temps, on le laisse sortir.

— Quel jour de la semaine est tombé le 20 novembre 1891?

— Vendredi.

La réponse avait été instantanée.

— Quels ont été les mois de l'année 1811 dont le cinquième jour est tombé un lundi?

— Il n'y en a eu qu'un. Le mois d'août.

— Quand le prochain 29 février tombera-t-il un samedi?

Melangio éclata de rire :

— C'est trop facile. Le 29 février ne tombe que tous les quatre ans. Par conséquent...

— Très bien. Expliquez-moi les années bissextiles.

Silence.

— Vous ne savez pas pourquoi elles existent, David?

D'Amore intervint :

12

— Il peut vous donner n'importe quelle date depuis neuf mille ans en commençant par l'an Un, mais il est incapable d'expliquer quoi que ce soit. Vous devriez essayer la météorologie.

Un léger rictus effleura les lèvres de Chalk.

— Parlez-moi du 14 août 2031, David.

— La température, fraîche au lever du jour, a atteint 39,4° à 14 heures sur la côte est, heure à laquelle les thermiques sont intervenus. A 19 heures, elle était à 27,7° et elle s'est stabilisée à ce chiffre jusqu'à minuit passé. Puis il s'est mis à pleuvoir.

— Où étiez-vous ce jour-là?

— A la maison avec mon frère, ma sœur, ma mère et mon père.

— Etiez-vous heureux?

— ?

— Quelqu'un vous a-t-il fait du mal ce jour-là? insista Chalk.

Melangio acquiesça.

— Mon frère m'a flanqué un coup de pied dans le mollet. Ma sœur m'a tiré les cheveux. Ma mère m'a donné du chimique au petit déjeuner. Ensuite, je suis sorti pour jouer. Un garçon a lancé une pierre à mon chien. Après...

Il n'y avait aucune émotion dans la voix de Melangio. Il récitait la litanie de ses souffrances d'enfant sur un ton aussi neutre que s'il donnait la date du troisième mardi du mois de septembre 1794. Et pourtant, une authentique douleur était tapie sous la surface lisse de cette enfance prolongée. Chalk la sentait. Il laissa Melangio poursuivre son récit de sa voix monotone, ne l'interrompant que de temps à autre pour lui poser une question afin de le remettre sur la voie.

Chalk battait simultanément des paupières. Il était plus facile ainsi d'activer les récepteurs, d'atteindre et d'aspirer le substrat de souffrance présent sous l'esprit malformé de David Melangio. D'anciennes et infimes douleurs fusaient comme des aigrettes électriques d'un bout à l'autre de la pièce : la mort d'un poisson rouge, un savon passé par son père, une fille nue aux seins lourds qui se retournait pour cracher des paroles au vitriol. Tout était là, accessible : l'âme brute et mutilée de David Melangio, quarante ans, île humaine totalement isolée de la mer tumultueuse qui l'entourait.

Enfin, il se tut. Chalk était suffisamment repu, à présent. Appuyer sur les petits boutons qui faisaient fonctionner Melangio était lassant. Pour couper court, il en revint à l'étrange faculté mémorielle du savant idiot.

— David, retenez ces chiffres : 96748759.
— Oui.
— Ensuite : 32807887.
— Oui.
— Je continue : 333141187698.

Melangio attendit.

— Allez-y, David, l'encouragea Chalk.

Melangio récita d'une seule traite :

— 96748759328078873333141187698.
— David combien font sept fois douze?

Un temps :

— 64?
— Non. Seize moins neuf?
— Dix?
— Comment se fait-il que, alors que vous pouvez vous rappeler tout le calendrier dans les deux sens, vous soyez incapable d'effectuer une simple opération arithmétique?

Melangio sourit aimablement mais ne répondit rien.

— David, vous est-il jamais arrivé de vous demander pourquoi vous êtes comme vous êtes?
— Je suis comment?

Chalk était satisfait. Les seuls plaisirs que l'on pouvait extraire de David Melangio étaient de qualité inférieure. En ce qui le concernait, il était rassasié et les foules anonymes éprouveraient un amusement fugitif devant ce phénomène capable de débiter des dates, des chiffres et des communiqués météo, mais la moisson à escompter était maigre.

— Je vous remercie, David. Vous pouvez disposer.

14

D'Amore avait l'air vexé. Son prodige n'avait pas réussi à impressionner le patron. Or, pour assurer sa prospérité et son avenir, il était indispensable de marquer souvent des points. En général, ceux qui n'y parvenaient pas ne restaient pas longtemps au service de Chalk. La corniche rentra dans le mur derrière lequel il disparut en compagnie de Melangio.

Chalk contemplait les bagues serties entre les bourrelets de graisse de ses doigts boudinés. Fermant les yeux, il se cala contre le dossier de son siège. Brusquement, il eut la vision de son propre corps. Il était constitué de couches successives, comme un oignon, et chacune de ces nappes infimes était isolée de ses voisines par une mince lamelle de vif-argent. Toutes ces strates glissaient les unes sur les autres, se chevauchaient, sans heurts ni à-coups, lentement. Le vif-argent se prêtait, cédait, se coulait dans d'obscurs chenaux...

— Il va falloir étudier l'astronaute de façon plus approfondie, dit-il à Bart Aoudad.

L'interpellé acquiesça.

— Je surveillerai les traceurs, monsieur.

Chalk se tourna vers Tom Nikolaides.

— Même chose pour la fille. Cette sinistre petite fille. Nous allons tenter une expérience. Synergie et catalyse. Mettez-les en contact. Qui sait? Peut-être arriverons-nous ainsi à engendrer une souffrance, des sentiments humains. La douleur est un maître, Nick. Elle nous apprend que nous sommes vivants.

— Ce Melangio ne semble pas éprouver de douleur, fit observer Aoudad. Il l'enregistre, il la grave dans son esprit mais il ne la ressent pas.

— Exactement, approuva Chalk. Je suis tout à fait de votre avis. Il est incapable d'éprouver quoi que ce soit. C'est comme une bande magnétique qui ne fait qu'enregistrer et restituer. La douleur est en lui mais hors de sa portée.

— On pourrait la libérer? proposa Aoudad avec un sourire inquiétant.

— Il est trop tard. A présent, s'il entrait en contact

avec la douleur, il exploserait. Non, laissez-le à ses calendriers, Bart. Inutile de le détruire. Il fera son petit numéro, tout le monde applaudira et nous le rejetterons dans sa mare. Mais l'astronaute... c'est une autre affaire.

— Et la fille, lui rappela Nikolaides.

— Oui. L'astronaute et la fille. Cela devrait ne pas manquer d'intérêt. Nous devrions apprendre pas mal de choses.

SUR LA TERRE COMME AU CIEL

Plus tard, dans très longtemps, quand le sang frais maculerait ses mains, quand la houle d'une vie nouvelle ferait battre son cœur, peut-être que cela commencerait à ne plus lui faire l'effet que d'un rêve horrible et odieux. Mais avant d'en arriver là, il lui faudrait franchir le pont étincelant de Heimdall. Pour le moment, la souffrance était permanente et rien n'avait changé depuis que la chose s'était produite. Minner Burris était au cœur d'un tourbillon de terreur.

Ce n'était pourtant pas un homme normalement accessible à l'effroi. Mais tout cela — les hautes silhouettes huileuses allant et venant autour de l'astronef, les menottes d'or, le coffret chirurgical béant, prêt à servir —, tout cela avait été trop.

— « ...... », avait dit le monstre grêlé qui se trouvait à sa gauche.

— « .... », avait répondu le monstre de droite d'une voix dont les intonations avaient quelque chose d'onctueux.

Et ils s'étaient mis à l'ouvrage, ils avaient commencé à détruire Minner Burris.

Du temps avait passé et cela appartenait au passé, mais Burris ployait sous le fardeau d'une souffrance et d'une singularité qui lui rappelaient éternellement, endormi ou à l'état de veille, ce qu'il avait subi derrière le voile des ténèbres, au-delà du froid sans rémission de Pluton.

Il y avait trois semaines qu'il était revenu sur la Terre. Il vivait maintenant dans une chambre des Tours Martlet, bénéficiaire d'une pension du gouvernement. Sa résistance intérieure lui permettait de survivre. Avoir été transformé en monstre par des monstres n'était pas un sort facile à accepter. Mais Burris faisait de son mieux.

Si seulement il n'avait pas souffert aussi atrocement...

Au début, les médecins qui l'avaient examiné avaient été persuadés de pouvoir faire quelque chose pour atténuer la douleur. Rien de plus aisé avec la technologie médicale moderne.

— ... bloquer le déferlement sensoriel...

— ... administration d'une dose minimale de droques afin d'inhiber les canaux afférents, suivie de...

— ... chirurgie corrective légère...

Mais les lignes de communication entre Burris et son corps étaient irrémédiablement saccagées. Les chirurgiens extraterrestres l'avaient métamorphosé en quelque chose qui échappait totalement à l'intelligence de leurs homologues terriens. Là, les possibilités de la technologie médicale moderne étaient sans pouvoir. Les calmants ordinaires ne faisaient qu'intensifier les perceptions de Burris. Son influx nerveux avait des processus insolites : ses sensations étaient déviées, détournées, gauchies. Les médecins avaient été dans l'incapacité de réparer les dommages et Burris, déchiré, mutilé, accablé, les avait quittés clopin-clopant pour se réfugier dans cette pièce obscure de la colossale résidence décrépite.

Soixante-dix ans auparavant, les Tours Martlet étaient le *nec plus ultra* dans le domaine de l'immobilier : un ensemble de gracieux édifices de quinze cents mètres de haut montant en rangs serrés à l'assaut des pentes jadis verdoyantes des monts Adirondacks, à deux pas de New York. Mais soixante-dix ans, c'est beaucoup, compte tenu de la longévité des constructions contemporaines. A présent, les Tours étaient détériorées, délabrées par les outrages du temps. Les somptueux appartements d'antan avaient été divisés et n'étaient plus qu'un dédale de taupinières. Une cachette idéale, avait songé Burris. Il pourrait se blottir dans sa petite cellule comme un polype dans son creux de rocher. Se reposer, penser, s'attaquer à la dure tâche consistant à trouver un accommodement avec la métamorphose à laquelle il avait été condamné.

Il entendait des espèces de grattements dans les couloirs mais ne cherchait pas à se rendre compte de quoi il s'agissait. Des buccins et des crevettes que de mystérieuses mutations avaient adaptés à la vie terrestre et qui s'infiltraient dans les fissures du bâtiment? Des mille-pattes en quête de chaleur fouillant le tapis de végétaux en putréfaction? Des jouets appartenant aux enfants aux yeux hagards? Burris ne quitta pas la pièce. L'envie le prenait souvent de sortir la nuit, de rôder à travers les corridors du bâtiment comme son propre fantôme, d'errer dans les ténèbres pour frapper de terreur ceux que le hasard mettrait sur son chemin. Cependant, il n'avait pas mis les pieds hors de ces quatre murs depuis le jour où il avait loué — par personne interposée — ce havre de calme au milieu de la tempête.

Il était couché. Une luminescence verdâtre émanait des murs. Il était impossible d'enlever le miroir, car il était intégré à la cloison, mais on pouvait, au moins, le neutraliser. Burris l'avait coupé et ce n'était plus qu'un rectangle sombre et mat serti dans la paroi. De temps en temps, il l'activait et examinait son reflet. Par discipline. Peut-être se livrerait-il à cet exercice aujourd'hui, songea-t-il.

Quand je me lèverai.

Si je me lève.

Pourquoi est-ce que je me lèverais?

Une broche était encastrée dans son cerveau, des crampons broyaient ses viscères, d'invisibles clous rivaient ses chevilles. Ses paupières irritaient ses globes oculaires comme de la toile-émeri. La souffrance était incessante. Elle commençait même maintenant à lui faire l'effet d'être une vieille amie.

Burris ouvrit les yeux. Le mouvement des membranes qui lui servaient de paupières n'était pas vertical : elles glissaient du centre vers l'extérieur. Pourquoi? Pourquoi les chirurgiens extraterrestres s'étaient-ils astreints à toutes ces manipulations? Toutefois, en l'espèce, on ne voyait pas à quel but précis cette opération pouvait servir. Les paupières à mouvement vertical étaient parfaites. Les nouvelles n'amélioraient en rien le fonctionnement de l'œil. Elles n'avaient d'autre fonction apparente que d'interdire ostensiblement toute communication signifiante entre Burris et la race humaine. Chacun de leurs clignements clamait sa singularité.

Son regard balaya la pièce. L'œil humain se déplace en effectuant une série de minuscules mouvements saccadés dont l'esprit opère la synthèse et combine en une unité abstraite. Les yeux de Burris bougeaient comme l'objectif d'une caméra idéalement assemblée faisant un panoramique — régulièrement, sans à-coups et sans heurts.

Ce qu'il voyait n'était pas de nature à susciter l'enthousiasme. Quatre murs, un plafond bas, le miroir neutralisé, le lavabo à vibrations, la trappe d'arrivée du conduit alimentaire, rien que les banals accessoires d'une chambre simple et bon marché, conçue pour que son occupant puisse vivre en autarcie. La fenêtre n'avait pas cessé d'être opaque depuis qu'il avait emménagé. Il ignorait l'heure qu'il était, le temps qu'il faisait et même quelle était la saison; cependant, c'était l'hiver quand il était arrivé et il avait le sentiment que ce n'était pas encore le printemps. La lumière était chiche. Rien que, ici et là, des reflets d'éclairage indirect. Burris était dans une période de faible réception lumique.

Des jours durant, en plein midi, le monde était d'une obscurité de poix comme s'il se trouvait au fond d'une mare de limon. Et soudain, d'un seul coup et de la façon la plus imprévisible, le cycle s'inversait et il suffisait alors de quelques photons pour l'aveugler.

De la nuit émergea l'image de son moi évanoui. Le Minner Burris effacé, debout dans l'un des angles arrondis de la pièce, l'observait.

Dialogue du moi et de l'âme :

— Te revoilà donc, ignoble hallucination!

— Je ne te quitterai jamais.

— C'est tout ce que je possède, n'est-ce pas? Eh bien, sois le bienvenu. Un petit cognac? Accepte mon humble hospitalité. Assieds-toi! Assieds-toi!

— Je préfère rester debout. Comment vas-tu, Minner?

— Plutôt mal. Tu t'en moques bien, d'ailleurs!

— N'est-ce pas une note d'apitoiement sur toi-même que je décèle dans ta voix?

— Et même si c'était vrai? Hein?

— Quelle voix terrible! Je ne te l'ai jamais enseignée.

Désormais, Burris était incapable de transpirer, mais un nuage de vapeur se formait au-dessus de chacun de ses nouveaux pores exhalateurs. Il contemplait fixement son ancien moi.

— Sais-tu ce que je souhaite? demanda-t-il sourdement. Qu'ils te prennent et te fassent subir ce qu'ils m'ont fait souffrir à moi. Alors, tu comprendrais.

— Minner, Minner, je l'ai déjà subi! *Ecce homo!* Ta présence ici le prouve.

— Non. Le fait que tu sois debout devant moi prouve le contraire. Ton visage, ton pancréas, ton foie et tes yeux. Ta peau. C'est moi qui souffre, pas toi.

L'apparition sourit doucement.

— Quand as-tu commencé à te lamenter sur toi-même? C'est nouveau, cela, Minner.

Burris s'assombrit.

— Tu as peut-être raison. (A nouveau, ses yeux

balayèrent d'un mouvement uniforme la chambre d'un mur à l'autre.) Ils me surveillent, c'est ça qui me tracasse, murmura-t-il.

— Qui?

— Comment le saurais-je? Des yeux. Des téléobjectifs cachés dans les murs. Je les ai cherchés mais sans succès. Deux molécules de diamètre! Comment pourrais-je jamais les repérer? Et ils me voient.

— Eh bien, qu'ils regardent! Tu n'as pas à avoir honte. Tu n'es ni beau ni laid. En ce qui te concerne, il n'existe pas de points de référence. Je crois qu'il est grand temps que tu sortes d'ici.

— Facile à dire! s'exclama sèchement Burris. Personne ne te regarde, toi.

— C'est précisément ce que tu es en train de faire.

— En effet. Mais tu sais pourquoi.

Délibérément, il amorça l'inversion de phase. Ses yeux enregistrèrent la lumière. Ils n'avaient plus de rétines, mais les lamelles d'accommodation serties dans son cerveau les remplaçaient efficacement. Il scruta son ancien moi.

Un garçon de haute taille, large d'épaules, bien découplé, des muscles massifs, des cheveux blonds et touffus. L'homme qu'il avait été. Et qu'il était toujours. Les chirurgiens extraterrestres avaient laissé intacte la structure subjacente. Mais tout le reste était différent.

Le visage de son moi était presque aussi large que haut avec des pommettes proéminentes, des oreilles petites, des yeux noirs largement écartés. Le genre de lèvres qui ont tendance à se pincer nerveusement. La peau saupoudrée d'une poussière de taches de rousseur. Et des poils blonds et fins un peu partout. L'image classique de la virilité : c'était là un homme qui possédait une certaine énergie, une certaine intelligence, certains talents; qui, lorsqu'il se trouvait dans un groupe, tranchait sur les autres, non pas en vertu de telles ou telles caractéristiques positives et ostensibles, mais grâce à toute une pléiade de caractéristiques positives mais passant inaperçues. Le succès auprès des femmes, le succès avec d'autres hommes, le succès professionnel — toutes choses qui font escorte à ce genre de séduction triomphante sans rien de spectaculaire.

De tout cela, il ne restait rien.

— Je ne veux pas donner l'impression de m'apitoyer sur moi, dit calmement Burris. Si je pleurniche, frappe-moi. Mais te rappelles-tu nos réactions à la vue d'un bossu? D'un homme sans nez? D'une fille sans cou et n'ayant que la moitié d'un bras? Des phénomènes de foire, des victimes? Nous nous demandions ce que l'on ressent quand on est hideux.

— Tu n'es pas hideux, Minner. Seulement différent.

— Fais-moi grâce de tes subtilités sémantiques! Maintenant, je suis le point de mire de tous les regards. Je suis un monstre. J'ai brusquement été arraché à votre monde et projeté dans celui des bossus. Les bossus savent parfaitement qu'ils sont incapables d'échapper aux regards braqués sur eux. Ils n'ont pas d'existence indépendante et ils se confondent avec leur difformité.

— Ce sont des idées que tu te fais, Minner. Comment peux-tu le savoir?

— Parce que c'est ce qui m'est arrivé. A présent, ma vie tout entière est polarisée sur ce que les Choses m'ont fait. Je n'ai plus d'autre existence. C'est le fait capital, le fait unique. Sommes-nous capables de faire la distinction entre le danseur et la danse? Moi pas. Si jamais je sortais, je serais continuellement en représentation.

— Un bossu a toute la vie pour s'habituer à son aspect. Il finit par oublier son dos. Pour toi, c'est encore nouveau. Patience, Minner, tu parviendras à t'en accommoder. Tu pardonneras aux yeux qui s'écarquillent devant toi.

— Mais quand? Quand?

Mais l'apparition s'était dissipée. Burris eut beau scruter la pièce en modifiant son champ de vision, il ne vit rien. A nouveau, il était seul.

22

Il s'assit sur le lit et ce fut comme si des légions d'aiguilles élançaient ses nerfs. Il ne pouvait pas faire un mouvement sans être assailli de fourmillements déchirants. Jamais son corps ne se laissait oublier.

Il se leva d'un mouvement élastique et souple et songea : Ce nouveau corps me fait souffrir, mais il est efficace. Il faut que je finisse par l'aimer.

Arrivé au milieu de la chambre, il se raidit.

S'apitoyer sur moi-même est suicidaire, se dit-il. Cessons de larmoyer. Il est indispensable que je trouve un accommodement, que je m'adapte.

Il faut que je sorte.

J'étais fort. Et pas seulement sur le plan physique. Est-ce que ma force — est-ce que cette force-là — s'est liquéfiée?

A l'intérieur de son corps, des tubulures enroulées sur elles-mêmes s'engrenaient et se dissociaient. D'infimes soupapes crachaient de mystérieuses hormones. Les cavités de son cœur se livraient à un menuet compliqué.

Ils sont en train de m'observer. Eh bien, qu'ils me surveillent! Qu'ils se rincent l'œil!

D'un geste brutal, il activa le miroir et s'abîma dans la contemplation de sa nudité.

RUMEURS SOUTERRAINES

— Si on faisait un échange? suggéra Aoudad. Vous surveilleriez Burris et moi la fille. D'accord?

— *Nix.* (Nikolaides fit sonner la dernière consonne avec ostentation.) Chalk m'a affecté à la fille et il vous a affecté à l'astronaute. D'ailleurs, la surveiller est une corvée. A quoi bon les troquer?

— J'en ai assez de lui.

— Prenez votre mal en patience. S'astreindre à une tâche pénible forge le caractère.

— Cela fait trop longtemps que vous prêtez l'oreille aux maximes de Chalk.

— N'est-ce pas vrai pour chacun d'entre nous?

Les deux hommes sourirent. Le *statu quo* serait maintenu. Aoudad enclencha une touche et le véhicule, passant brutalement d'un réseau à l'autre, s'élança en direction du nord à 250 km/h.

Aoudad avait lui-même conçu la voiture destinée à l'usage personnel de Chalk. C'était en quelque sorte une matrice capitonnée d'un tiède et moelleux matelas de fibres roses et spongieuses, munie de tous les accessoires de confort imaginables à l'exception de gravitrons. Mais Chalk s'en était lassé et il laissait ses subordonnés s'en servir. Aoudad et Nikolaides la prenaient souvent. Chacun des deux estimait être le collaborateur le plus intime de Chalk, chacun des deux voyait dans l'autre un vulgaire valet de pied — double illusion fort utile.

L'astuce était de s'arranger pour exister autant que faire se pouvait, indépendamment de Duncan Chalk. Ce dernier exigeait qu'on lui consacre le plus clair de son temps et, à l'occasion, il n'hésitait pas à faire appel à ses gens pendant les heures consacrées au sommeil. Pourtant, il y avait toujours des moments où l'on était coupé de l'obèse et où l'on pouvait se considérer comme un être humain doué d'autonomie. Nikolaides trouvait sa liberté dans l'effort physique. Il nageait dans les lacs, faisait l'ascension d'un volcan dont le cratère vomissait des vapeurs sulfureuses, pratiquait le ski de fond et la marche forcée dans le désert. Aoudad, pour sa part, avait choisi une façon plus aimable de se dépenser : si elles s'étaient donné la main, ses maîtresses auraient pu faire une ronde autour de plusieurs continents. D'Amore et les autres avaient tous mis au point une forme d'évasion. Chalk dévorait ceux qui n'avaient pas leur jardin secret.

Il s'était remis à neiger. Les délicats flocons périssaient dès qu'ils touchaient le sol, ou presque, mais la voie roulante était glissante. Des servomécanismes rééquilibraient rapidement les blocs de guidage pour

24

que la voiture garde son cap. Les deux occupants de celle-ci réagissaient chacun à sa manière : Nikolaides s'excitait en songeant aux risques potentiels qui les guettaient, si infimes fussent-ils, alors qu'Aoudad songeait avec mélancolie à toutes les cuisses ardentes qui l'attendaient s'il survivait au voyage.

— A propos de cet échange... reprit le premier.

— N'en parlons plus. Si c'est non, c'est non.

— Je voulais seulement vous poser une question. Dites-moi, Bart : est-ce que le corps de la fille vous fait de l'effet?

Aoudad se recula et demanda sur un ton d'innocence outrée :

— Mais pour qui me prenez-vous, sacrebleu?

— Je vous connais et je ne suis pas le seul. Mais je suis curieux, c'est tout. Est-ce que vous vous figurez, par hasard, que si nous faisions cet échange vous pourriez vous envoyer Lona?

— Il y a des femmes auxquelles je ne touche pas, balbutia Aoudad. Je ne me suis jamais frotté à elle. C'est qu'elle est trop dangereuse, voyons, Nick! Vous vous rendez compte? Une pucelle de dix-sept ans qui a une centaine de gosses! Pas question de l'effleurer! Vous pensez vraiment que je pourrais faire ça?

— Non, pas vraiment.

— Alors, pourquoi me l'avez-vous demandé?

Nikolaides haussa les épaules et se concentra sur les flocons de neige.

— Chalk vous a chargé de vous informer, c'est ça? fit Aoudad. Il a peur que je la viole, n'est-ce pas? N'est-ce pas? N'est-ce pas?

Nikolaides ne répondit pas. Aoudad fut alors soudain pris de tremblements. S'il le soupçonnait de nourrir de tels désirs, c'était que Chalk n'avait plus confiance en lui. Une partie de la vie d'Aoudad était consacrée à son travail, l'autre aux femmes et, jusqu'à présent, il n'avait jamais mélangé les deux. Chalk le savait. Qu'est-ce qui ne tournait pas rond? En quoi avait-il failli? Pourquoi le gros lui avait-il ainsi retiré sa confiance?

— Nick, dit-il d'une voix blanche, je vous jure que ce n'était pas dans ce but que je vous ai proposé de faire l'échange. Sexuellement parlant, cette fille ne m'intéresse pas. Absolument pas! Vous n'imaginez quand même pas que je sois tenté par une gosse aussi grotesque? Simplement, j'étais fatigué de passer mon temps à regarder le corps anarchique de Burris. J'avais envie de me rafraîchir l'œil. Et vous...

— Cela suffit, Bart.

— ... donnez à cela des interprétations sinistres et perverses...

— Pas du tout.

— Si ce n'est pas vous, c'est Chalk et vous lui emboîtez le pas. De quoi s'agit-il? D'une machination? Qui veut ma disgrâce?

Du pouce, Nikolaides enfonça un bouton et un plateau de sédatifs jaillit du tableau de bord. Il tendit flegmatiquement à Aoudad un tube effilé couleur d'ivoire et son compagnon le pressa sur son avant-bras. Quelques secondes plus tard, il se détendit. Il tiraila la pointe de son oreille gauche. Inquiétant, ce brusque accès de suspicion, cette tension soudaine. Ces crises étaient de plus en plus fréquentes. Il redoutait d'être victime de quelque chose de menaçant et il se demandait si Duncan Chalk n'absorbait pas ses émotions, ne buvait pas les sentiments qui l'agitaient tandis qu'il s'acheminait vers l'asthénie catatonique en passant successivement par le stade de la paranoïa et de la schyzophrénie selon un programme prédéterminé.

Non, cela ne se produira pas, je ne le veux pas, résolut-il. Que Chalk prenne sa jouissance où il le veut mais je ne le laisserai pas planter ses dents dans ma gorge à moi!

— Nous poursuivrons chacun la mission qui nous est assignée tant que Chalk ne reviendra pas sur sa décision, d'accord?

— D'accord, répondit Nikolaides.

— Voulez-vous qu'on jette un coup d'œil sur eux tout en roulant?

26

— Je n'y vois pas d'objection.

La voiture était entrée dans le tunnel d'Appalachia. Les hautes parois aveugles la cernaient de toutes parts. La pente était accusée et quand le véhicule monta à l'assaut à accélération maximum, une lueur d'approbation teintée de sensualité scintilla dans les yeux de Nikolaides qui se carra confortablement contre le dossier du vaste siège destiné à épouser l'académie de Chalk. Aoudad alluma la console de transmission et les écrans s'éclairèrent.

— Voilà votre sujet et voici le mien.

Aoudad regarda Minner Burris. Il ne frissonnait plus quand il le voyait, mais c'était encore un spectacle hallucinant. Burris était debout devant son miroir, de sorte que Aoudad bénéficiait de deux images de lui.

— Que diriez-vous si on vous avait fait la même chose? murmura ce dernier.

— Je me suiciderais sur-le-champ, rétorqua Nikolaides. Mais je trouve que pour la fille, c'est encore pire. Est-ce que vous la voyez de votre place?

— Qu'est-ce qu'elle fait? Elle est nue?

— Elle prend un bain. Cent enfants! Et jamais un homme ne l'a touchée. Regardez, Bart.

L'écran montrait une fille nue sous un vibrojet. Pourvu, songea Aoudad, que Chalk fût actuellement branché sur son flux émotionnel. En effet, devant le corps sans voile de Luna Kelvin, il n'éprouvait rien. Strictement rien. Pas le moindre frémissement de sensualité.

Elle ne devait pas peser plus de cinquante kilos. Elle avait les épaules tombantes, le teint pâle et un regard sans éclat. Des seins petits, la taille fine, des hanches étroites d'adolescent. Quand elle se tourna pour arrêter le vibrojet, elle révéla à Aoudad une paire de fesses plates qui n'avaient à peu près rien de féminin. Puis elle commença à s'habiller. Ses mouvements étaient lents, son expression morne.

— Je me fais peut-être des idées parce que je m'occupe de Burris, dit Aoudad, mais il me semble qu'il est beaucoup plus compliqué qu'elle. Ce n'est jamais qu'une pauvre idiote qui a connu des moments éprouvants. Que verra-t-il en elle?

— Un être humain, répliqua Nikolaides. Ce sera peut-être suffisant. Peut-être. En tout cas, il vaut la peine d'essayer de les mettre en contact l'un avec l'autre.

— Quel humanitarisme de votre part! s'étonna Aoudad.

— Je n'aime pas voir les gens souffrir.

— Personne n'aime cela, en dehors de Chalk. Mais comment serait-il possible de s'émouvoir pour ces deux-là? Ils sont trop loin de nous. Ils sont grotesques, baroques. Je ne vois pas comment Chalk arrivera à susciter l'engouement du public.

— Pris individuellement, c'est vrai, ils sont grotesques. Mais réunissez-les et vous aurez Roméo et Juliette. Chalk possède un certain génie dans ce domaine.

Aoudad laissa tour à tour errer son regard sur le visage inexpressif de la fille et sur le masque informe qu'était celui de Minner Burris. Il hocha la tête. La voiture filait comme un trait, aiguille s'enfonçant dans le noir tissu de la nuit. Il coupa les écrans et ferma les yeux. Une théorie de femmes se mirent à danser la farandole dans son esprit. De vraies femmes, des femmes adultes aux corps doux et bien en chair.

La neige tombait de plus en plus dru. Même à l'intérieur de la matrice protégée qu'était le véhicule, Bart Aoudad avait comme une impression de froid.

L'ENFANT DE LA TEMPÊTE

Lona Kelvin s'habilla. Deux vêtements de dessous, deux vêtements de dessus, gris sur gris, et elle fut prête. Elle s'approcha de la fenêtre de la petite

chambre. Dehors, il neigeait. Les blancs flocons volti-
geaient dans la nuit. On se débarrassait rapidement de
la neige une fois à terre mais on ne pouvait pas l'empêcher de tomber. Pas encore. Elle décida de se rendre à
l'Arcade. Après, elle dormirait et cela ferait une journée
de plus de passée.

Elle enfila sa veste en frémissant d'impatience et jeta
un coup d'œil à la ronde.

Des photos de bébés s'alignaient en bon ordre sur les
murs. Il n'y en avait pas cent. Tout au plus soixante ou
soixante-dix. Et ce n'étaient pas les siens. Mais entre
soixante et cent photos de bébés, la différence était
inexistante. Et pour une mère comme Lona, n'importe
quels bébés pouvaient être les siens.

Les bébés ressemblaient à des bébés. Des visages
potelés et mal léchés, luisants, des nez en boutons de
bottine, des lèvres baveuses et des yeux sans regard.
Des oreilles minuscules ciselées à la perfection. De petites mains happeuses, des ongles si mignons que c'en
était incroyable. Une peau douce. Lona effleura la pho-
tographie la plus proche de la porte en imaginant
qu'elle caressait une peau satinée de bébé. Puis elle
posa la main sur son propre corps, sur son ventre plat,
sur un sein dur et menu, sur ses reins qui avaient et
n'avaient pas engendré toute une armée de bébés. Elle
secoua la tête dans un geste qui aurait pu être d'apitoiement sur soi mais sa capacité d'attendrissement
était à peu près tarie. Il ne subsistait plus en elle que le
résidu sec d'un vague sentiment de confusion et de
vide.

Elle sortit et la porte se referma sans bruit derrière
elle.

Le puits de descente la conduisit en un clin d'œil au
rez-de-chaussée. Le vent soufflait rageusement dans les
étroits passages que délimitaient les hauts bâtiments.
Au-dessus d'elle, l'éclat artificiel de la nuit repoussait
les ténèbres. Des globes de couleur se mouvaient ici et
là, illuminant la sarabande des flocons. La chaussée
était chaude. Les édifices qui se dressaient de part et

d'autre de Lona étaient brillamment éclairés. Ses jambes entraînèrent la jeune fille vers l'Arcade. L'Arcade où elle flânerait un moment dans l'embrasement et la tiédeur de cette nuit de neige.

Personne ne la reconnaissait.

Ce n'était qu'une fille qui se promenait seule. Ses cheveux ternes lui fouettaient les oreilles. Un cou maigre, des épaules tombantes, un corps inachevé. Quel âge avait-elle? Dix-sept ans. Peut-être quatorze. Personne ne le lui demandait. Une fille sans éclat.

Sans éclat.

« A l'époque prévue de l'ovulation déclenchée par l'action des hormones, des souris femelles de la souche agouti noir C3H-Hej furent placées dans une cage avec des souris mâles fertiles de souche albinos BALB-c ou Cal A (originellement A-Crgl-2). Entre neuf et douze heures après l'accouplement escompté, les œufs furent extraits des oviductes. On identifia ceux qui avaient été fécondés à la présence du second corps polaire ou par l'observation des nuclei. » (Dr Teh Ping Lin, San Francisco, 1966).

Ç'avait été un labeur éprouvant pour le docteur. Même à l'époque, les micro-injections de cellules vivantes n'étaient pas une nouveauté mais cette opération avait toujours échoué avec des cellules de mammifères, les expérimentateurs étant incapables de sauvegarder l'intégrité structurale et fonctionnelle de l'ovule.

Personne n'avait informé Lona Kelvin que :

« L'œuf de mammifères est apparemment plus difficile à injecter que les autres cellules en raison de l'épaisse *zona pellucida* et de la membrane vitelline dont la haute élasticité résiste à la pénétration des micro-instruments, notamment lorsque l'œuf n'est pas encore fertilisé. »

Comme d'habitude, des groupes de garçons étaient agglutinés dans le vestibule de l'Arcade. Quelques-uns étaient accompagnés de filles. Lona les regarda timidement. L'hiver était interdit de séjour dans le vestibule et les filles avaient retiré leurs fourreaux thermiques et paradaient fièrement. L'une avait le bout des seins phosphorescent, une autre s'était rasée pour bien mettre en évidence la délicatesse de sa structure crânienne. Une voluptueuse rousse dans les dernières semaines de sa grossesse donnait le bras à deux jeunes gens bien découplés et, riant aux éclats, lançait des obscénités d'une voix rauque.

Lona la voyait de profil. Son regard se posa sur le ventre saillant de la fille, sur le volumineux fardeau qu'elle portait. Est-ce qu'elle peut voir ses doigts de pieds? Ses seins sont gonflés. Lui font-ils mal? L'enfant avait été conçu selon la vieille méthode. Lona battit des paupières. Un halètement, une poussée, le ventre qui frémit et voilà un bébé fabriqué. *Un* bébé. Peut-être deux. Lona redressa ses épaules étroites et aspira une goulée d'air. Ses poumons rabougris se remplirent, faisant saillir ses seins, et ses joues creuses se colorèrent.

— Tu vas à l'Arcade? Viens avec moi.

— Eh, mon petit pinson, gazouille un peu!

— Tu ne veux pas d'un brin de compagnie, la môme?

Remous de conversations. Bruissements sourds d'invitations. Mais pas pour elle. Jamais pour elle.

Je suis une mère.

Je suis *la* mère.

« Ces œufs fertilisés furent placés dans un milieu composé de trois parties de solution de Locke modifiée, d'une partie de citrate de sodium hydroxyle à 2,9 % et de 25 mg de globules gamma d'origine bovine (BCG, Armour) par millilitre de solution. De la pénicilline (100 unités par ml) et de la streptomicine (50 mg/ml) furent ajoutées au milieu de culture dont la viscosité à la température de 22°C était de 1,1591 cp et le pH de 7,2. Les œufs furent conservés en vue de la micromanipulation et de l'injection au sein d'une goutte de solution de Locke modifiée par adjonction de globuline gamma et de citrate de sodium, recouverte d'huile minérale et déposée sur une plaquette d'observation microscopique vaselinée. »

La soirée réservait une petite surprise à Lona. L'un

des flâneurs s'approcha d'elle. Etait-il ivre? Si privé sexuellement qu'il la trouvait attirante? Eprouvait-il de la pitié pour cette épave? Ou savait-il qui elle était et voulait-il partager sa célébrité? Cette dernière hypothèse était, de toutes, la plus improbable. Il ne la connaissait pas et, de célébrité, elle n'en avait aucune.

Pour n'être pas un Apollon, le garçon n'était quand même pas franchement repoussant. Il était de taille moyenne et ses cheveux ramenés sur le front touchaient presque ses sourcils dont la ligne, légèrement modifiée par une opération chirurgicale, dessinait un V inversé qui lui conférait une expression sceptique. Des yeux gris luisant d'une sournoiserie furtive, un menton peu prononcé, un nez aigu et saillant. Son âge? Environ dix-neuf ans. Un teint brouillé marqué de striures sous-épidermiques sensibles au soleil qui s'illuminaient d'un éclat éblouissant à midi. Il avait l'air affamé. Son haleine dégageait un parfum composite de vin bon marché et de pain épicé assorti d'un soupçon (une giclée!) d'eau-de-vie.

— Salut, ma jolie. On se colle, tous les deux? Je suis Tom Piper, le fils de Tom le Joueur de Pipeau. Et toi, comment t'appelles-tu?

— Non... s'il vous plaît, murmura Lona.

Elle tenta de s'éloigner mais le garçon lui barra le chemin.

— T'es déjà collée? T'as rendez-vous avec quelqu'un à l'intérieur?

— Non.

— Alors, pourquoi pas moi? Tu pourrais faire une plus mauvaise affaire.

— Laissez-moi, fit-elle dans un souffle.

Il la dévisagea avec concupiscence, ses petits yeux vrillés à ceux de Lona.

— Je suis astronaute, j'arrive de l'espace. On va s'asseoir et je te parlerai des planètes extérieures. On ne repousse pas un astronaute.

Lona plissa le front. Astronaute? Les planètes extérieures? Saturne et ses anneaux, des soleils verts par-delà la nuit, de livides créatures aux bras innombrables? Il n'était pas astronaute. L'espace marque l'âme et le fils de Tom le Joueur de Pipeau n'était pas marqué. Même Lona était capable de s'en rendre compte.

— Ce n'est pas vrai.

— Si. Je te parlerai des étoiles. Ophiuchus, Rigel, Aldébaran. J'y ai été. Viens, petite fleur. Viens avec Tom.

Il mentait. Il se parait des plumes du paon pour rehausser son magnétisme. Lona frissonna. Derrière l'épaule massive du garçon, elle apercevait les lumières de l'Arcade. Il se rapprocha d'elle. Sa main s'abaissa, se posa sur sa hanche, se plaqua, lascive, sur sa croupe plate, son flanc maigre.

— Qui sait? chuchota-t-il d'une voix rauque. Tout peut arriver cette nuit. Peut-être que je te donnerai un bébé. Je parie que tu serais ravie. Tu as déjà eu un bébé?

Lona lui laboura la joue de ses ongles. Surpris, le visage ensanglanté, il recula. L'espace d'un instant, ses striures sous-cutanées s'illuminèrent bien que la lumière de l'Arcade fût artificielle, et une lueur féroce scintilla dans ses yeux. Lona pivota sur elle-même, fit un crochet et se perdit dans la foule du vestibule.

Jouant des coudes, elle se fraya un chemin en direction de l'Arcade.

Tom, Tom le fils du Joueur de Pipeau te donnera un bébé avant que...

« 301 œufs nouvellement fertilisés furent conservés en frottis vaselinés et chacun reçut l'un des cinq traitements expérimentaux suivants : 1) Pas de piqûre par pipette et pas d'injection. 2) Piqûre sans injection. 3) Injection de 180 mg³ d'une solution contenant environ 5 unités pharmaceutiques de globuline gamma bovine. 4) Injection de 770 mg³ d'une solution contenant 20 unités pharmaceutiques de GGB. Ou 5) une injection de 2730 mg³ d'une solution contenant 68 up de GGB. »

L'Arcade brillait de mille feux. Là, sous le même toit

transparent, étaient rassemblés tous les divertissements vulgaires. En franchissant la porte, Lona appuya sur le bouton de péage. Le droit d'entrée n'était pas élevé. Mais elle avait de l'argent. Elle avait de l'argent. Ils y avaient veillé.

Se plantant fermement sur ses pieds, elle leva les yeux, balayant du regard les gradins qui s'étageaient jusqu'à la voûte, soixante mètres plus haut. La neige tombait, mais elle ne se posait pas. De puissants ventilateurs l'empêchaient de toucher le dôme, et les flocons promis à une mort gluante fondaient sur le pavé chaud.

Elle décela les niveaux où l'on pouvait jouer à n'importe quel jeu pour n'importe quelle mise. Celles-ci étaient généralement faibles. C'était le rendez-vous des jeunes, des bourses plates, des besogneux. Mais on pouvait perdre gros si on le voulait et c'était arrivé à plus d'un. Les roues tournoyaient, les lumières scintillaient, les jetons cliquetaient. Lona ne comprenait rien aux jeux de hasard.

Plus loin, c'étaient des labyrinthes de galeries où la chair humaine était proposée à ceux qui en avaient le besoin ou le goût. On vendait des femmes aux hommes, des hommes aux femmes, des garçons aux filles, des filles aux garçons et toutes les combinaisons imaginables étaient admises. Pourquoi pas? Un être humain était libre de disposer de son corps du moment que cela ne portait pas atteinte au bien-être d'un autre. Ceux qui se vendaient n'y étaient pas forcés. Ils pouvaient tout aussi bien tenir boutique. Lona dédaigna les maisons charnelles.

Le niveau principal de l'Arcade était réservé aux stands des gagne-petit. Avec une poignée de piécettes, on pouvait s'offrir une jolie pochette surprise. Vous laisserez-vous tenter par un minuscule filament de lumière vivante qui égaiera les jours gris? Ou par un petit compagnon venu d'un autre monde? A ce qu'on disait, bien que, en vérité, les crapauds aux yeux de topaze fussent produits dans les laboratoires du Brésil. Par un coffre à poésie qui vous chantera des berceuses pour vous endormir? Par des photographies des personnages illustres qu'un astucieux mécanisme faisaient sourire et parler?

Lona déambulait de-çà de-là, regardait. Ne touchait à rien. N'achetait rien.

« Pour tester leur viabilité, les œufs furent transplantés sur des réceptrices consanguines des souches albinos BALB-c ou Cal A sous anesthésie. Les sujets avaient reçu une injection hormonale afin que l'ovulation fût simultanée et avaient été accouplés avec des mâles fertiles de la même souche. »

Un jour, mes enfants viendront ici, songeait Lona. Ils achèteront des jouets. Ils s'amuseront. Ils se poursuivront au milieu de la foule...

... et eux-mêmes constitueront une foule.

Elle sentit un souffle chaud sur sa nuque. Une main lui caressa la fesse. Etait-ce Tom? Elle se retourna avec affolement. C'était seulement un garçon aux yeux exorbités dont le regard passionné était braqué fixement sur le niveau lointain des marchands de chair. Lona s'éloigna.

« Toute la procédure, depuis le moment où les œufs expérimentaux eurent été extraits des trompes des donneuses et celui où ils furent transplantés dans l'infundibulum des receveuses, demanda de 30 à 40 minutes. Pendant cette période, durant laquelle ils furent maintenus *in vitro* à la température de la pièce, un grand nombre d'entre eux se contractèrent. »

Lona arriva au zoo. Des animaux arpentaient leurs cages, regardaient furtivement autour d'eux, l'air implorant. Elle entra. Etait-ce l'ultime refuge des bêtes? Un monde expurgé de toute sa faune? Le tamanoir géant. Où était son museau, où était sa queue? Un paresseux s'étirait voluptueusement, ses griffes plantées dans le bois mort. Des coatis tournaient nerveusement en rond dans leur fosse. L'odeur fétide de toute cette ménagerie était aspirée par les pompes qui vrombissaient sous le sol dallé.

« ... les œufs qui avaient perdu du volume survivaient généralement et on les considéra comme fondamentalement normaux... »

Les animaux effrayèrent Lona qui sortit du zoo et reprit sa déambulation le long de la galerie centrale de l'Arcade. Elle crut apercevoir Tom qui la cherchait. Elle frôla le ventre rigide de la fille enceinte.

« ... on examina également en faisant l'autopsie des receveuses les embryons dégénérés et les sites de résorption... »

Elle prit conscience qu'elle ne désirait nullement être ici. Elle souhaitait être chez elle, en sécurité, seule. Elle ne savait pas ce qui lui faisait le plus peur : la cohue ou la solitude.

« ... un nombre important d'œufs survécurent à la micromanipulation et à l'injection de substances étrangères... »

Je veux m'en aller, décida Lona.

La sortie. Où est la sortie? Les sorties n'étaient pas indiquées. Ils ne voulaient pas que l'on parte. Et s'il y avait le feu? Des robots jailliraient de niches dissimulées pour l'éteindre. Mais je veux partir.

« ... nous disposons ainsi d'une méthode utile... »

« ... le taux de survivance des pronucléaires après ces différents traitements est indiqué dans le tableau 1... »

« ... les fœtus issus des œufs micro-injectés étaient en règle générale plus petits que leurs homologues naturels mais aucune autre anomalie ne fut constatée... »

Merci, Dr Teh Ping Lin de San Francisco.

Lona prit ses jambes à son cou.

Elle tourna frénétiquement tout autour de l'Arcade. Tom la retrouva, lui cria quelque chose en lui tendant les bras. Il est gentil. Il n'a pas de mauvaises intentions. Il est solitaire. C'est peut-être vraiment un astronaute.

Elle s'enfuit.

Elle finit par trouver un évacuateur et se rua en direction de la rue. La rumeur de l'Arcade mourut. Dans l'obscurité, elle recouvra un peu de son calme et la sueur sécrétée par la panique sécha, rafraîchissant sa peau. Elle frissonna. Elle se hâta vers son domicile non sans se retourner à maintes reprises. Elle portait, fixé à sa cuisse, tout un attirail de nature à dissuader un éventuel agresseur : sirène, lance-fumée, laser aux aveuglantes pulsations lumiques. Mais on ne pouvait jamais être sûr de rien. Ce Tom pouvait être partout, il était capable de n'importe quoi.

Elle arriva devant son immeuble. Mes bébés, songea-t-elle. Je veux mes bébés.

La porte se referma. La lumière se fit. Soixante, soixante-dix photos de bébés fixées aux murs. Lona les caressa. Fallait-il changer leurs langes? Les langes étaient une vérité éternelle. Avaient-ils des traces de lait sur leurs petites joues roses? Fallait-il brosser leurs cheveux bouclés? Crânes tendres, pas encore soudés. Os flexibles. Nez retroussés. Mes bébés. Les mains de Lona palpaient les murs. Elle se déshabilla. Un peu plus tard, le sommeil s'empara d'elle.

ENTRENT CHALK ET SON FÉAL

Il y avait trois jours que Duncan Chalk étudiait les enregistrements du couple. Presque toute son attention était accaparée par le projet. Il avait maintenant le sentiment de connaître Minner Burris et Lona Kelvin autant qu'il était possible de les connaître. Et il pensait que l'idée de les réunir ne manquait pas d'intérêt.

Il l'avait pressenti dès le début mais, quelque foi qu'il eût en son intuition, il était rare qu'il se reposât totalement sur elle. Il prenait en général le temps de se livrer à des investigations plus rationnelles. Et, à présent, cette étape était arrivée à son terme. Aoudad et Nikolaides, qu'il avait chargés de s'occuper des phases préliminaires de l'entreprise, lui avaient soumis les enregistrements de surveillance qu'ils avaient sélectionnés.

Chalk, qui ne se fiait pas à leur jugement, avait donné pour instructions à d'autres collaborateurs de visionner également les bandes et d'établir, eux aussi, un choix d'épisodes révélateurs. Et tout se recoupait, ce qui était fort satisfaisant. Cela justifiait la confiance qu'il accordait à Aoudad et à Nikolaides. C'étaient des hommes valables.

Tout en se balançant dans son fauteuil pneumatique, il fit le point de la situation tandis que, autour de lui, l'organisation qu'il avait édifiée bruissait et bourdonnait d'activité.

Un projet. Une entreprise. Réunir deux êtres humains qui souffraient. Mais étaient-ils humains? Jadis, ils l'avaient été. La matière première avait été humaine. Un spermatozoïde, un ovule, un code génétique. Et un nourrisson vagissant. Jusque-là, c'était parfait. Un petit garçon, une petite fille, des flancs vierges prêts à recevoir l'empreinte. La vie n'avait pas été tendre pour ces deux-là.

Minner Burris. Astronaute. Intelligent, solide, cultivé. Capturé sur une planète étrangère et transformé contre sa volonté en objet monstrueux. Etre devenu ce qu'il était devenu l'avait naturellement profondément marqué. Un homme de moindre envergure se serait effondré. Burris avait seulement plié. C'était passionnant et méritoire, compte tenu de l'attrait que son aventure pourrait exercer sur le public. Mais Minner Burris souffrait également. Et cela intéressait Chalk à titre personnel.

Lona Kelvin. Devenue très tôt orpheline, pupille de l'Etat. Pas jolie mais elle n'était évidemment pas encore arrivée à l'âge adulte et pouvait mûrir. Anxieuse, mal orientée envers les hommes et pas très intelligente. (A moins qu'elle le fût plus qu'elle n'osait le montrer, se dit Chalk.) Elle avait un point commun avec Burris. Elle avait été, elle aussi, victime de savants. Pas de sinistres extraterrestres mais d'abstraites blouses blanches bienveillantes, objectives, impartiales qui, sans lui faire le moindre mal, s'étaient contentées de prélever certains objets inutiles que recelait son corps en vue d'une expérience. C'était tout. Et, maintenant, les cent bébés de Lona poussaient dans leurs étincelantes matrices de plastique. Ils avaient déjà poussé. Ils étaient nés, laissant comme un vide en Lona. Elle souffrait.

Duncan Chalk conclut que réunir ces deux créatures souffrantes serait un acte de charité.

— Convoquez Bart, dit-il à l'adresse de son fauteuil.

Aoudad surgit instantanément comme s'il était monté sur des roulettes, comme s'il avait attendu nerveusement dans l'antichambre qu'on l'appelle. Son angoisse était un mets savoureux. Autrefois, Aoudad était indépendant et émotionnellement souple, mais Chalk savait que la perpétuelle tension qu'il subissait l'avait brisé. Son obsession des femmes en était la preuve. Pourtant, quand on le regardait, on ne distinguait que le masque de la force. Des yeux glacés, des lèvres autoritaires. Mais Chalk sentait les émanations de la peur et de l'inquiétude qui palpitaient derrière cette façade.

Aoudad attendait.

— Bart, pouvez-vous faire venir Burris immédiatement?

— Cela fait des semaines qu'il n'a pas quitté sa chambre.

— Je sais mais il ne servirait à rien que je me déplace moi-même. Il faut l'endormir gentiment pour le persuader de se montrer à nouveau en public. J'ai décidé de poursuivre l'opération.

Aoudad parut terrorisé.

— J'irai lui rendre visite, monsieur. J'ai mis sur pied depuis un certain temps des techniques de prise de contact. Je sais comment l'allécher. Il viendra.

— Ne lui parlez pas encore de la fille.

— Bien sûr que non.

— Vous avez bien manœuvré, Bart. Je peux me fier à vous. Vous le savez. L'enjeu de cette affaire est énorme mais vous ferez du bon travail comme d'habitude.

Chalk sourit. Aoudad sourit. Le sourire de l'un était une arme, celui de l'autre une défense. Chalk captait les émanations qu'exhalait Bart. Dans les profondeurs de son organisme, des glandes closes sécrétaient leurs sucs et il réagissait à la gêne d'Aoudad par des frissons de plaisir. L'incertitude flottait derrière les yeux glacés de Bart. Cependant, Chalk n'avait pas menti : il avait réellement foi dans le savoir-faire de son collaborateur en ce domaine. C'était Aoudad qui n'avait pas foi en lui et les bonnes paroles de son maître ne faisaient que remuer un peu plus le couteau dans la plaie. C'était là une des tactiques que Chalk avait maîtrisées depuis belle lurette.

— Où est Nick? demanda-t-il.

— Il est sorti. Je crois qu'il piste la fille.

— Il a failli tout faire capoter, l'autre nuit. Elle s'est rendue à l'Arcade mais n'était pas suffisamment protégée. Je ne sais quel imbécile lui a mis le grappin dessus. Heureusement pour Nick, elle a résisté. Je la garde en réserve.

— Oui. Naturellement.

— Bien entendu, personne ne l'a reconnue. On l'a oubliée. L'année dernière, elle était au pinacle mais, aujourd'hui, elle n'est plus rien. N'empêche que, avec un peu d'adresse, on peut en tirer une bonne histoire et si un ignorant pose ses pattes sales sur elle, nous pourrons en faire notre deuil. Nick devrait la surveiller de plus près. Je le lui dirai. Vous, occupez-vous de Burris.

Aoudad sortit en toute hâte et Chalk se mit à fredonner nonchalamment. Il était satisfait. Ça marcherait. Le public raffolerait de cette idylle. Il y aurait gros à gagner. Certes, Chalk n'avait guère besoin d'arrondir encore sa fortune. L'argent avait été une de ses motivations, autrefois, mais ce n'était plus le cas. Et accroître encore sa puissance ne l'excitait plus tellement. En dépit de ce que l'on racontait, celle qu'il avait acquise lui suffisait amplement et il aurait volontiers cessé de la développer à condition d'être sûr de conserver ce qu'il avait. Non, c'était quelque chose d'autre, quelque chose de plus profond qui lui dictait, à présent, ses décisions. Quand l'amour de l'argent et l'amour de la puissance sont l'un et l'autre assouvis, reste l'amour de l'amour. Chalk ne cherchait pas l'amour là où le trouvaient les autres, mais il avait ses besoins. Peut-être que Minner Burris et Lona Kelvin seraient capables de les satisfaire. Catalyse. Synergie. Après, on verrait.

Il ferma les yeux.

Il était nu, il flottait, il dérivait dans une mer turquoise. De hautes vagues déferlaient sur ses flancs lisses et blancs. Sa gigantesque masse se déplaçait aisément, car dans le giron de l'océan, il ne pesait plus rien. Là, la gravité ne faisait pas ployer ses os. Là, il était vif et prompt. Il tournoyait, décrivait des cercles, faisait parade de son agilité dans l'eau. Des dauphins, des calmars, des marsouins folâtraient autour de lui. Le poisson-lune qui l'escortait, solennel et stupide, paraissait bien petit, en dépit de sa taille, à côté de la resplendissante et titanesque créature qu'il était.

Il aperçut des bateaux à l'horizon. Des hommes s'approchaient de lui, debout, menaçants. Il était devenu gibier. Chalk éclata d'un rire tonitruant. Maintenant, les embarcations étaient tout près. Il pivota sur lui-même et nagea dans leur direction, les guidant, les invitant à faire leur sale besogne. Il filait entre deux eaux à peu de distance de la surface, tache laiteuse et moirée dans la lumière de midi. Des geysers retombaient en nappes cascadantes sur son dos.

Quand il fut presque arrivé à la hauteur des bateaux, il pivota. Ses puissantes nageoires sabraient l'eau. Un esquif fut catapulté dans les airs, se brisa comme petit bois et ses occupants, agitant leurs bras comme des fléaux, coulèrent à pic. Un effort de ses muscles puissants le propulsa loin de ses poursuivants. Il cracha un majestueux jet d'eau pour célébrer sa victoire et piqua, sondant joyeusement les profondeurs abyssales. Quelques instants plus tard son corps blanchâtre disparut au sein d'un royaume interdit à la lumière.

LAISSE-MOI MOURIR, MÈRE DE MISÉRICORDE

— Tu devrais sortir de cette chambre, suggéra l'apparition d'une voix douce. Te montrer. Affronter le monde extérieur. Tu n'as rien à craindre.

— Encore toi! grommela Burris. Ne me laisseras-tu donc jamais tranquille?

— Comment pourrais-je t'abandonner? répliqua son autre moi.

Burris scruta l'obscurité qui s'épaississait. Il avait pris trois repas aujourd'hui. Aussi, c'était peut-être la nuit. Mais il n'en était pas sûr. Et il s'en moquait. Un déversoir phosphorescent lui fournissait toute la nourriture dont il avait besoin. Ceux qui avaient modifié son corps avaient perfectionné son appareil digestif sans lui apporter, cependant, de modifications fondamentales. Un maigre bienfait, à son avis. Néanmoins, il pouvait absorber des aliments terrestres. Dieu seul savait d'où venaient ses enzymes mais c'étaient toujours les mêmes. La rennine, la pepsine, les lipases, l'amylase pancréatique, la trypsine, la ptyaline — toute l'équipe diligente était à l'œuvre. Mais qu'était devenu son petit intestin? Quel avait été le sort de son duodénum? De son jéjunum et de son iléon? Qu'est-ce qui remplaçait son mésentère et son péritoine? Il ne restait plus trace de ces organes mais la rennine et la pepsine continuaient de faire leur travail. Tel avait été le verdict des médecins terrestres qui l'avaient examiné. Burris était convaincu qu'ils l'auraient disséqué avec allégresse pour connaître les secrets qu'il recelait dans tous leurs détails.

Mais pas encore. C'était prématuré. Cela finirait de cette façon mais pas tout de suite.

Le fantôme de son ancienne félicité ne se dissipait pas.

— Regarde-toi, lui dit Burris. Tes paupières battent stupidement de haut en bas. Tes yeux sont rudimentaires. Tes narines aspirent des cochonneries qu'elles font entrer dans ta gorge. Je suis considérablement amélioré par rapport à toi.

— C'est évident. Et c'est pourquoi je te conseille de sortir pour te faire admirer par l'humanité.

— L'humanité a-t-elle jamais admiré les modèles perfectionnés d'elle-même? Le pithécanthrope a-t-il courbé l'échine devant les premiers Néanderthaliens? L'homme de Néanderthal a-t-il applaudi les Aurignaciens?

— L'analogie est fausse. Tu n'as pas évolué à partir d'eux, Minner. Ta transformation est due à des moyens externes. Les gens n'ont aucune raison de te haïr sous prétexte que tu es tel que tu es.

— Ils n'ont pas besoin de haïr, seulement de regarder. D'ailleurs, je souffre. Il m'est plus facile de rester enfermé.

— La douleur est-elle vraiment aussi insupportable?

— On s'y fait mais chaque mouvement me déchire. Les Choses ont agi de manière purement expérimentale. Elles ont fait quelques petites erreurs. Chaque fois que l'alvéole supplémentaire de mon cœur se contracte, ma gorge se serre. Mes viscères lustrés et perméables laissent passer la nourriture et ça me fait mal. Je devrais me supprimer. Ce serait la seule délivrance.

— Cherche une consolation dans la littérature, lui conseilla l'apparition. Lis. Tu lisais, autrefois. Tu étais un homme d'une grande culture, Minner. Trois mille ans de littérature sont à ta disposition. Dans toutes les langues. Homère, Chaucer, Shakespeare.

Burris contempla le visage serein de l'homme qu'il avait été et récita :

— *Laisse-moi mourir, mère de miséricorde.*

— Continue.

— Le reste n'est pas applicable pour moi.

— Continue quand même.

— *Pour racheter Adam en enfer et l'humanité perdue.*

— Eh bien, meurs, chuchota l'apparition. Ou alors, demeure vivant. Minner, crois-tu être Jésus?

— Jésus a souffert des mains des étrangers.

— Afin de les racheter. Rachèteras-tu les Choses si tu retournes à Manipool pour mourir sur leur seuil?

Burris haussa les épaules.

— Je ne suis pas un rédempteur. J'ai moi-même besoin d'être racheté. Je suis dans une triste condition.

— Tu recommences à pleurnicher!

Burris fit la moue. Son nouveau visage convenait parfaitement à cette mimique. Ses lèvres saillaient d'un mouvement ondoyant comme un sphincter qui s'ouvre, révélant la barrière morcelée de ses dents impérissables.

— Que veux-tu de moi?

— Que veux-tu, toi, Minner?

— Dépouiller cette chair. Retrouver mon ancien corps.

— Autrement dit, tu demandes un miracle. Et tu veux que le miracle ait lieu ici, entre ces quatre murs.

— Ici ou ailleurs... un endroit en vaut un autre.

— Non. Il faut que tu sortes, que tu cherches de l'aide.

— Je suis déjà sorti. Et en dépit de tous mes efforts, je n'ai trouvé d'aide nulle part. Que dois-je faire? Me vendre à un musée? Va-t'en, spectre maudit, disparais!

— Ton rédempteur existe.

— Donne-moi son adresse.

Il n'y eut pas de réponse. Burris prit conscience qu'il sondait l'obscurité. Le bourdonnement du silence remplissait la pièce. Il trépidait d'énervement. Son nouveau corps était conçu pour conserver son tonus même dans l'oisiveté. C'était le corps idéal pour un voyageur stellaire, un corps équipé pour errer parmi les étoiles et supporter le long silence de l'espace.

Il s'était posé sur Manipool. La planète se trouvait sur son itinéraire. L'homme était nouveau venu parmi les étoiles. Il y avait peu de temps qu'il avait quitté le système solaire. Impossible de savoir ce que l'on trouverait, ce qui arriverait là-bas. Il n'avait pas eu de chance. Il avait survécu. Les autres, les deux Italiens, Malcondotto et Prolisse, dormaient dans une tombe miséricordieuse sous un soleil jaspé. Ils n'étaient pas sortis vivants de la salle d'opération. Ils avaient été les brouillons préparant le chef-d'œuvre de Manipool — Minner Burris en personne. Burris avait vu le cadavre de Malcondotto après l'intervention. Son camarade avait trouvé la paix. Il paraissait serein pour autant qu'un monstre puisse paraître serein, même dans la mort. Prolisse l'avait précédé. Burris n'avait pas vu ce qu'ils avaient fait de lui — et c'était aussi bien comme cela.

Ce n'était pas un gratte-papier, pas un matelot de pont qui avait pris la route des étoiles mais un homme instruit à l'esprit souple et agile, un officier, un représentant de la civilisation humaine à son summum, un mathématicien faisant autorité et le plus éminent des topologistes. Son esprit était une mine d'or littéraire. Un homme qui avait aimé, un homme qui avait appris. A présent, Burris se félicitait d'être célibataire. Il n'est pas recommandé à un astronaute de prendre femme mais il l'est encore moins de revenir transformé de l'espace pour serrer sa bien-aimée dans ses bras.

L'apparition était de retour.

— Va voir Aoudad, lui conseilla-t-elle. Il t'aidera à recouvrer ton intégrité.

— Aoudad?

— Aoudad.

Burris était à nouveau seul.

Il regarda ses mains. Des doigts fins et fuselés qui n'avaient pas subi de modifications essentielles à l'exception du tentacule préhensile qu'ils lui avaient greffé à chacune de ses phalanges extérieures. Encore une de leurs petites distractions. Ils auraient aussi bien pu lui implanter une paire de tentacules sous les bras — cela aurait été utile. Ou le doter d'une queue prenante qui lui aurait donné une efficacité égale, au moins, à celle d'un ouistiti. Mais à quoi pouvaient bien lui servir ces deux cordons musculaires de l'épaisseur d'un crayon, de huit centimètres de long? Il remarqua pour la première fois qu'ils avaient élargi sa main afin qu'elle puisse s'accommoder de ce pseudo-doigt surnuméraire sans que cela en déséquilibre les proportions. C'était bien aimable de leur part. Chaque jour, Burris découvrait ainsi un aspect de sa nouvelle anatomie jusque-là passé inaperçu. Il pensa à feu Malcondotto. Il pensa à feu Prolisse. Il pensa à Aoudad. Aoudad? Comment imaginer que cet Aoudad puisse lui être de quelque secours?

Ils l'avaient allongé sur une table — du moins, sur l'équivalent manipoolien d'une table, quelque chose de pentu et d'incertain. Ils avaient pris ses mensurations. Qu'avaient-ils vérifié? Sa température, la cadence de son pouls, sa tension, ses contractions péristaltiques, sa dilatation pupillaire, son anabolisme iodé, ses fonctions capillaires, et quoi d'autre encore? Ils avaient mesuré ses globes oculaires au compas. Ils avaient calculé la quantité de cellules que pouvaient contenir ses conduits séminaux. Ils avaient détecté l'itinéraire des nerfs porteurs d'excitations pour pouvoir les inhiber.

L'anesthésie.

Réussie.

Puis la chirurgie.

Détacher l'épiderme. Chercher l'hypophyse, l'hypothalamus, la thyroïde. Stopper les mouvements ventriculaires. Introduire de minuscules, d'intangibles scalpels dans les méats. Galien avait soupçonné que le corps n'était rien de plus qu'un sac rempli de sang. Y avait-il un système circulatoire? Existait-il une circulation? Sur Manipool, ils avaient découvert les secrets de la structure humaine avec facilité. Il avait suffi de trois séances de travaux pratiques. Malcondotto, Prolisse, Burris. Les deux premiers n'avaient pas tenu, le troisième si.

Ils avaient ligaturé les vaisseaux sanguins. Ils avaient exposé la masse grise et soyeuse du cerveau. Ce nodule, c'était Chaucer. Là était le siège de l'agressivité. Celui de la vindicte. Celui de la perception sensorielle. Celui de la charité. Celui de la foi. Cette petite saillie moirée abritait Proust, Hemingway, Mozart, Beethoven. Rambrandt était ici.

Voyez, voyez le sang de Christ ruisseler au firmament!

Il avait attendu qu'ils se mettent à l'œuvre, sachant que leur zèle avait fait périr Malcondotto, Prolisse était mort, écorché et dilacéré. *Immobilisez-vous, globes célestes toujours en mouvement, afin que le temps s'arrête et que minuit ne vienne jamais.* Minuit était venu. Les lames agiles fouillèrent son cerveau. Il était absolument sûr que cela ne lui ferait aucun mal et, pourtant, il redoutait la douleur. Son corps unique, son irremplaçable moi. Il ne leur avait nuit en aucune façon. Il était venu en toute innocence.

Quand il était enfant, il s'était ouvert la jambe en jouant. Une profonde entaille béante révélant le muscle. *Une coupure,* s'était-il dit, *je me suis coupé.* Le sang avait giclé sur son pied. On l'avait soigné, encore que la plaie ne se fût pas cicatrisée aussi vite que les plaies se cicatrisaient aujourd'hui, mais, en contemplant la balafre recousue, il avait médité sur les transformations qui intervenaient. Sa jambe ne serait jamais plus semblable à ce qu'elle était avant, car elle porterait désormais la trace de la blessure. Il avait douze ans alors, et un changement anatomique aussi fondamental et permanent l'avait profondément troublé. C'était à cela qu'il pensait juste avant que les Choses commencent à s'occuper de lui. *Venez, montagnes et collines, venez, abattez-vous sur moi et cachez-moi, protégez-moi de la colère de Dieu! Non! non! Terre, ouvre-toi pour m'engloutir!*

Oiseux commandement.

Non, elle ne sera pas mon asile!

Tournoiement silencieux des bistouris. Les nuclei de la moelle recevant les stimulations envoyées par la cavité vestibulaire de l'oreille — amputés. Et les ganglions crâniens. Les sillons et les fissures cérébraux.

Les bronches et leurs anneaux cartilagineux. Ces prodigieuses éponges que sont les alvéoles pulmonaires. L'épiglotte. Le canal déférent. Les vaisseaux lymphatiques. Les dendrites et les axones. Grande était la curiosité des opérateurs. Comment fonctionne cette merveilleuse créature? De quoi se compose-t-elle?

Ils le dépiautèrent, chloroformé, le mirent en pièces détachées. Etait-il encore vivant? Des faisceaux de nerfs, des amas d'intestins. *Maintenant, corps, volatilise-toi, sinon Lucifer te précipitera bientôt en enfer! O, âme, transforme-toi en fines gouttes d'eau qui tomberont dans l'océan où elles se perdront à jamais!*

Ils l'avaient patiemment reconstitué, minutieusement reconstruit en perfectionnant le modèle originel. Et c'était sans aucun doute avec une grande fierté que ceux de Manipool l'avaient rendu à son peuple.

Ne viens pas, Lucifer!

« Va voir Aoudad », lui avait conseillé l'apparition. Aoudad? *Aoudad?*

LA MORT EST LÀ, QUI ME TIRE PAR L'OREILLE

Ça puait, cette chambre. Une odeur fétide, nauséabonde. Tout en se demandant si son occupant prenait de temps en temps la peine d'aérer, Bart Aoudad s'administra discrètement un olfacto-dépresseur. Son cerveau fonctionnerait toujours avec sa subtilité coutumière — il y avait intérêt! — mais ses narines cesseraient provisoirement de lui transmettre tous les remugles qu'elles captaient. Puanteur ou pas, il avait de la chance d'être là. C'était son zèle flagorneur assidu qui lui valait ce privilège.

— Vous pouvez me regarder? demanda Burris.

— Et comment! Franchement, vous me fascinez. Pensiez que votre vue m'inspirerait de la répulsion?

— C'est ce qui se passe pour la plupart des gens.

— La plupart des gens sont des imbéciles.

Aoudad se garda de préciser qu'il y avait des semaines et des semaines qu'il observait son interlocuteur, qu'il le surveillait depuis suffisamment longtemps pour s'être cuirassé. Certes, l'aspect de Burris était surprenant et indiscutablement repoussant. Néanmoins, on finissait par s'y faire. Bart n'avait aucune envie de subir le même genre de traitement esthétique mais il était désormais insensible aux difformités de Burris.

— Pouvez-vous faire quelque chose pour moi? s'enquit ce dernier.

— Je crois.

— A condition que je veuille que vous m'aidiez?

— Je présume que vous le désirez.

L'autre eut un haussement d'épaules.

— Je n'en sais rien. On pourrait dire que je m'habitue à mon aspect actuel. Dans quelques jours, peut-être bien que j'irai faire un tour dehors.

Il mentait et Aoudad le savait. Mais qui cherchait-il à duper? Lui-même ou son visiteur? Impossible de répondre avec certitude à cette question. Pourtant, quel que fût le soin que Burris mettait à dissimuler son amertume sous des dehors aimables, Aoudad n'ignorait pas que la rancœur le rongeait. L'astronaute n'avait qu'une seule idée en tête : fuir son corps.

— Je suis au service de Duncan Chalk, laissa tomber Aoudad. Je suppose que vous avez entendu parler de lui?

— Non.

— Mais... — Aoudad eut un hoquet de surprise. — Bien sûr! Vous n'avez pas été très souvent sur la Terre. Chalk est un entrepreneur de distractions publiques. Peut-être êtes-vous allé à l'Arcade et avez-vous même visité Luna Tivoli?

— Je connais.

— Eh bien, ils lui appartiennent. Ce ne sont d'ailleurs que deux de ses entreprises. Il divertit les foules. Les foules de notre système. J'ajouterai qu'il envisage d'étendre sous peu ses activités à d'autres systèmes encore.

Il y avait un peu d'exagération dans ces propos mais Burris n'avait pas besoin de le savoir.

— Et alors?

— C'est un homme riche doublé d'un philanthrope. C'est là une excellente combinaison dont vous pourriez peut-être tirer parti.

Burris se pencha en avant et enlaça les tentacules externes de ses mains.

— Je vois ça d'ici, fit-il d'une voix égale. Vous voulez m'engager comme phénomène que l'on exhibera dans les cirques de Chalk. Vous me donnerez huit millions d'unités par an et tous les amateurs du système se précipiteront pour me voir. Chalk fera sa pelote, je deviendrai milliardaire, je mourrai heureux et la curiosité des foules sera satisfaite. C'est bien cela?

— Mais non! s'exclama Aoudad, alarmé par la perspicacité de Burris. Vous plaisantez, j'en suis sûr. Vous vous rendez compte, je n'en doute pas, qu'il est inimaginable que M. Chalk exploite votre... euh... infortune de cette façon.

— Parce que vous croyez que je suis tellement infortuné? Rassurez-vous, cela me donne une efficacité extrême. D'accord, c'est douloureux, mais je peux rester un quart d'heure sous l'eau. En seriez-vous capable? Est-ce que vous vous apitoyez sur mon sort?

Il faut que je fasse attention à ne pas me laisser posséder, se dit Aoudad. Cet homme est diabolique. Chalk et lui feront la paire.

— Vous me voyez ravi d'apprendre que votre situation présente n'est pas intolérable. Mais je serai franc : quelque chose me dit que vous ne demanderiez pas mieux que de retrouver forme humaine.

— Vous croyez?

— Absolument.

— Vous êtes d'une remarquable sagacité, monsieur Aoudad. Avez-vous apporté votre baguette magique?

— Il ne s'agit nullement de magie, mais, disons, d'un

prêté pour un rendu. Si vous êtes d'accord, Chalk pourra vous transférer dans un corps plus conventionnel.

Ces paroles eurent immédiatement pour effet de galvaniser Burris. Il abandonna son attitude désinvolte et indifférente, ce détachement moqueur qu'il affichait et qui, visiblement, le mettait à la torture. Il se mit à trembler comme une fleur de verre filé effleurée par une brise printanière. Pendant quelques instants, il cessa de contrôler ses muscles : sa bouche se mit à se tordre en sourires convulsifs tandis que ses paupières à siaphragmo battaient de façon ininterrompue.

— Comment est-ce faisable?

— Il vous l'expliquera lui-même.

Les doigts de Burris pétrirent la cuisse d'Aoudad qui ne broncha pas à ce contact métallique.

— C'est possible? fit-il d'une voix rauque.

— Peut-être. Mais la méthode n'est pas encore absolument au point.

— Il faudra donc que je serve encore une fois de cobaye?

— Calmez-vous. Il n'est pas question que Chalk vous soumette à un nouveau martyre. On effectuera des recherches complémentaires avant d'appliquer le procédé à votre cas. Voulez-vous avoir un entretien avec lui?

Burris hésita. A nouveau, ses yeux et sa bouche s'activèrent indépendamment de sa volonté. Enfin, il se domina, se raidit, croisa les mains et les jambes. Combien de rotules peut-il avoir? se demanda Aoudad. Son interlocuteur gardait le silence. Il réfléchissait. Les électrons fusaient dans les canaux de son cerveau disloqué.

— Si Chalk peut me faire cadeau d'un autre corps...

— Oui?

— Quel profit en retirera-t-il?

— C'est un philanthrope, je vous l'ai déjà dit. Il sait que vous souffrez et il désire vous venir en aide. Il faut que vous le voyiez, Burris. Acceptez son aide.

— Qui êtes-vous, Aoudad?

— Personne. Le bras de Duncan Chalk.

— Est-ce un piège que vous me tendez?

— Vous êtes trop méfiant. Nous avons les meilleures intentions du monde.

Silence.

Burris se leva et se mit à arpenter la pièce. Sa démarche avait une élasticité bien particulière. Aoudad était crispé.

— Soit, finit par murmurer l'astronaute. C'est entendu. Conduisez-moi auprès de Chalk.

STABAT MATER DOLOROSA

Dans le noir, il était plus facile pour Lona de faire semblant d'être morte. Elle pleurait fréquemment sur sa propre tombe. Elle s'imaginait sur une colline, sur un carré d'herbe verte, devant une toute petite plaque commémorative. ICI REPOSE... VICTIME... ASSASSINÉE PAR LES SAVANTS.

Elle ramena les couvertures sur son corps fluet en fermant très fort les paupières pour contenir ses larmes. REPOSE EN PAIX... DANS L'ATTENTE DE LA RÉDEMPTION. Que faisaient-ils des cadavres, aujourd'hui? Ils les balançaient dans le four. Une lueur éclatante, l'embrasement d'un soleil et puis, la poussière. La poussière retourne à la poussière. Le long sommeil.

Peu de temps auparavant, Lona avait frôlé la mort. Mais ils étaient intervenus. Ils l'avaient sauvée.

Il y avait six mois de cela. L'été était caniculaire. Une bonne saison pour mourir, songea Lona. Ses bébés étaient nés. Il n'avait pas fallu neuf mois pour les faire venir à terme dans des éprouvettes. A peine six. L'expérience remontait tout juste à un an. Six mois de couveuses. Et puis, cette insupportable publicité — et le suicide raté.

Pourquoi l'avaient-ils choisie, elle?

Parce qu'elle était là. Parce qu'elle était disponible. Parce qu'elle ne pouvait pas s'insurger. Parce qu'elle portait dans son ventre des kyrielles d'ovules fécondables qui ne lui serviraient vraisemblablement jamais à rien.

— Les ovaires de la femme contiennent des centaines de milliers d'ovules, mademoiselle Kelvin. Normalement, au cours de votre vie, quatre cents d'entre eux, environ, parviendront à maturité. Les autres sont superflus. Ce sont précisément ceux-là que nous souhaitons utiliser. Nous n'en avons besoin que de quelques centaines...

— Au nom de la science...

— Ce sera une expérience cruciale...

— Ces ovules sont superfétatoires. Vous pouvez vous en passer sans dommage...

— Les annales de la médecine... votre nom... éternellement...

— Aucune incidence sur votre future fécondité. Vous pourrez vous marier et avoir une dizaine d'enfants normaux...

Ce fut une expérience complexe, présentant des aspects multiples. Près d'un siècle de recherches avait permis de mettre la méthode au point et toutes les techniques furent mobilisées au service d'un seul et même projet. Ovogenèse naturelle associée à la maturation artificielle des ovules. Induction embryogénique. Fécondation externe. Incubation extramaternelle après réimplantation des ovules fécondés. Des mots! Des paroles! Développement *ex utero* du foetus. Concomitance du matériel génétique. Mes bébés! Mes bébés!

Lona ne connaissait pas le « père ». Tout ce qu'elle savait, c'est qu'un unique donneur fournirait la totalité des spermatozoïdes, de même qu'une unique donneuse fournirait la totalité des ovules. Ça, elle le comprenait. Les médecins avaient eu l'obligeance de lui expliquer l'opération point par point. Ils lui parlaient comme s'ils s'adressaient à un enfant. Et Lona avait saisi l'essentiel. Ils étaient condescendants parce qu'elle n'avait pour ainsi dire pas d'instruction et que son esprit avait de la peine à appréhender les idées compliquées, mais elle possédait indiscutablement une intelligence sauvage.

Sa participation était simple et devait prendre fin une fois réalisée la première phase du projet. Ils avaient extrait de ses ovaires plusieurs centaines d'œufs fertiles mais immatures. A partir de ce moment, le sujet n'offrait plus aucun intérêt pour eux. Mais Lona tenait absolument à savoir et elle avait suivi le déroulement des étapes ultérieures.

Les œufs avaient été douillettement placés dans des ovaires artificiels jusqu'à maturité. Une femme ne peut faire mûrir que deux ou trois ovules à la fois dans la secrète serre chaude de ses entrailles : les appareils, eux, pouvaient en traiter des centaines. Puis ç'avait été le stade éprouvant, mais qui n'avait rien de fondamentalement nouveau, de la micro-injection destinée à renforcer la résistance des œufs. Lui avait succédé celui de la fécondation. Les spermatozoïdes avaient convergé en se tortillant vers leurs cibles. Un seul donneur, une unique explosion à l'époque de la moisson. Beaucoup d'ovules avaient péri lors des étapes précédentes. Beaucoup étaient inféconds et beaucoup n'avaient pas été fécondés. Néanmoins, une centaine d'entre eux l'avaien tété. Le minuscule gamète frétillant s'était rué en direction de son objectif. Il avait atteint son asile.

Phase suivante : la réimplantation des ovules fertilisés. On avait envisagé de recruter cent femmes pour porter les cent zygotes, foetus squatters qui feraient leurs nids de coucous dans des matrices étrangères, mais finalement, on avait estimé que c'était excessif. Douze femmes s'étaient portées volontaires. Le reste des œufs fécondés avait été confié à des matrices artificielles.

Douze ventres pâles, nus sous les lampes éblouissantes. Douze paires de cuisses lisses s'ouvrant pour accueillir, non pas un amant, mais une gaine d'aluminium mat. Une lente poussée, une giclée — implantation terminée. Plusieurs tentatives s'étaient soldées par des échecs. Huit ventres sur douze avaient bientôt commencé à prendre de l'embonpoint.

— Je suis volontaire, avait dit Lona. (Et elle avait ajouté en touchant son ventre plat :) Laissez-moi porter un de mes bébés.

— Non.

Ils n'avaient pas été aussi brutaux. Ils lui avaient expliqué que, dans le cadre de l'expérience, il était inutile qu'elle ait à subir les inconvénients d'une grossesse. On avait démontré depuis longtemps qu'il était possible d'extraire un ovule des ovaires d'une femme, de le féconder extérieurement et de le lui réimplanter pour qu'il retrouve son milieu nourricier naturel. A quoi bon recommencer? Le fait avait été vérifié, confirmé. Non, on pouvait fort bien faire à Lona l'économie de cette fâcheuse incommodité. Ce qui était intéressant, c'était de savoir comment une mère humaine pourrait porter un embryon étranger et, pour cela, on n'avait pas besoin de Lona.

Qui avait besoin de Lona, maintenant?

Personne.

Personne. Elle s'était inclinée.

Les huit mères bénévoles avaient bien fait leur travail. On avait artificiellement accéléré la croissance des embryons. Leur organisme avait accepté les intrus, les avait irrigués de son sang, les avait chaudement emmitouflés dans les membranes placentaires. C'était un incontestable miracle médical.

Mais court-circuiter totalement la maternité était encore plus passionnant.

Une file de réceptacles miroitants. Dans chacun, un zygote qui se divisait. Ses cellules se multipliaient à une vitesse stupéfiante. Lona en avait le vertige. Le développement était induit dans le cytoplasme cortical du zygote à l'étape de la segmentation, puis dans les principaux organes axiaux. « Quand la gastrulation intervient, le feuillet mésodermique du blastopore se déploie et son bord antérieur rejoint la face postérieure du futur croissant ectodermique qui deviendra le cœur. Lors de l'ouverture de la plaque neurale, les futures cellules du croissant, issues de cette annexe, sont localisées à deux régions de l'épiderme situées de part et d'autre de la plaque cérébrale antérieure. Lorsque celle-ci s'incurve pour former un tube, les futures cellules rétiniennes du futur cerveau s'invaginent et constituent la vésicule optique. »

Et six mois plus tard, cent bébés gigotants venaient au monde.

Un néologisme fleurit alors sur toutes les lèvres : *centuplés.*

Pourquoi pas? Une mère, un père... le reste n'était que péripéties... Les femmes vecteurs, les matrices de métal avaient fourni leur chaleur aux embryons et les avaient nourris, mais elles n'étaient pas les mères de ces enfants.

Qui était la mère?

Le père ne comptait pas. L'insémination artificielle était une vieille lune. Un seul mâle pouvait — statistiquement, tout au moins — féconder toutes les femmes que comptait la Terre en l'espace de deux jours. Que le sperme d'un homme eût procréé cent bébés d'un seul coup ne présentait strictement aucun intérêt.

Mais la mère... Il était entendu que son identité demeurerait secrète. Qu'elle entrerait dans les annales de la médecine sous le nom de « donneuse anonyme ». Cependant, c'était une trop belle histoire. D'autant plus que l'intéressée n'avait pas encore dix-sept ans. Qu'elle était célibataire. Et vierge, techniquement parlant — les médecins étaient catégoriques.

Deux jours après la naissance simultanée des centuplés, le nom et l'exploit de Lona occupaient la une des journaux.

Elle fit face, frêle et tremblante, aux flashes qui crépitaient.

— Est-ce que ce sera vous qui choisirez le nom des bébés?

— Qu'avez-vous éprouvé quand on vous a prélevé vos ovules?

— Quelle impression cela fait-il d'être la mère de la famille le plus nombreuse qui ait jamais existé dans l'histoire humaine?

— Acceptez-vous de m'épouser?

— Venez vivre avec moi et soyons amants.

— Un demi-million d'unités pour l'exclusivité de vos Mémoires!

— Vous n'avez jamais connu un homme?

— Comment avez-vous réagi quand on vous a expliqué le but de l'expérience?

— Avez-vous rencontré le père?

— ...

Cela avait duré un mois. Les projecteurs faisaient rougir la peau claire de Lona. Elle avait les yeux injectés, son visage était défait. Un bombardement de questions. Les médecins étaient là pour orienter ses réponses. Ç'avait été son heure de gloire. Quelque chose d'affolant, d'ahurissant. Et les médecins étaient presque aussi furieux qu'elle. Son nom n'aurait jamais dû être rendu public. Seulement, une blouse blanche avait accepté une enveloppe et le torrent avait rompu ses digues. Ce qui était fait était fait et les hommes de science en étaient réduits à s'efforcer de chapitrer Lona pour l'empêcher de commettre trop de gaffes. En fait, elle n'était guère loquace. Son mutisme tenait à sa peur et à son ignorance. Que pouvait-elle dire au monde? Qu'est-ce que le monde attendait d'elle?

L'espace de quelque temps, elle en fut la huitième merveille. Tous les juke-boxes débitaient la chanson composée en son honneur — la triste complainte de la mère des centuplés sur fond de batterie. On la serinait partout et Lona ne pouvait plus supporter de l'entendre. Viens faire un bébé avec moi, jolie môme. Viens en faire encore cent. Ses amies, comprenant qu'évoquer la Chose l'embarrassait, parlaient délibérément de tout et de n'importe quoi avec elle, sauf de cela. Finalement, elles cessèrent de la voir. Lona ne fréquentait plus personne. Des inconnus voulaient savoir ce que ça faisait comme effet d'avoir tant de bébés. Que pouvait-elle répondre? Elle n'en savait pour ainsi dire rien. Pourquoi avait-on écrit une chanson sur elle? Pourquoi tous ces commérages, toute cette inquisition? Qu'est-ce qu'on lui voulait?

Certains considéraient que c'était blasphématoire et les prêtres tonnaient en chaire. Lona sentait l'odeur sulfureuse des brasiers infernaux. Les bébés criaient, se trémoussaient et gargouillaient. Un jour, elle alla les voir. Elle éclata en sanglots et en prit un dans ses bras. On le lui enleva et on le replaça dans son environnement aseptique. Interdiction fut faite à Lona de revenir.

Des centuplés. Cent marmots possédant le même patrimoine génétique. A quoi ressembleraient-ils? Comment grandiraient-ils? Etait-il possible de vivre dans le même monde que cinquante frères et cinquante sœurs? Cela faisait partie de l'expérience qui devait se prolonger pendant toute une génération. Les psychologues étaient passionnés. On savait beaucoup de choses sur les quintuplés. On avait un peu étudié les sextuplés et, trente ans auparavant, il y avait eu des septuplés sur lesquels on s'était brièvement penché. Mais des centuplés! C'était un domaine de recherches absolument neuf et illimité.

Mais Lona n'était plus dans la course. Sa participation avait pris fin dès le premier jour. Une infirmière souriante lui avait passé entre les cuisses quelque chose de frais qui picotait. Puis il y avait eu des hommes qui regardaient son corps avec indifférence. Une piqûre. Une sorte de brume qui ne l'avait pas empêchée de se sentir pénétrée. Pas d'autres sensations. Et c'était fini. « Merci, mademoiselle Kelvin. Passez à la comptabilité retirer votre chèque. » Le contact de linge frais sur sa peau. Dans une autre partie du bâtiment on commençait à manipuler les ovules prélevés.

Mes bébés, mes bébés.

Toutes ces lumières me font mal aux yeux!

Quand vint le temps de se suicider, Lona se rata. Les docteurs qui étaient capables d'insuffler la vie à un infime grain de matière pouvaient aussi préserver la vie de la créature qui était la source de ce grain de matière. Ils remirent Lona sur pied et l'oublièrent aussitôt.

Celle qui avait été l'idole du monde pendant neuf jours retomba le dixième dans l'obscurité.

Elle avait retrouvé l'obscurité mais pas la paix. La paix, ça ne s'octroie pas. Il faut la conquérir, la trouver en soi-même, et c'est ardu. Lona, retournée à l'anonymat, ne pouvait plus être la même femme qu'auparavant car, quelque part, cent bébés grandissaient et profitaient. Ce n'était pas seulement à ses ovaires mais aux tissus même de sa vie qu'on les avait arrachés, et elle en était encore révulsée.

Elle frissonna dans les ténèbres.

Un jour, je recommencerai, se promit-elle, Bientôt. Et cette fois, personne ne le saura. Cette fois, ils me laisseront tranquille. Je dormirai longtemps.

AU COMMENCEMENT ÉTAIT LE VERBE

Pour Burris, c'était un peu comme une nouvelle naissance. Il y avait si longtemps qu'il était resté claquemuré que sa chambre était devenue en quelque sorte un asile définitif.

Néanmoins, Aoudad fit de son mieux pour que l'accouchement fût le moins pénible possible. Ils sortirent à minuit, à l'heure où la ville dormait. Burris avait revêtu une houppelande à capuchon qui lui donnait tellement l'impression de jouer les conspirateurs qu'il ne put s'empêcher de sourire, bien qu'il jugeât ce travestissement nécessaire. Le capuchon dissimulait bien son visage et s'il prenait soin de garder la tête baissée, il était à l'abri des éventuels regards. En se dirigeant vers le tube de descente, il fit une petite prière pour que personne d'autre ne l'empruntât. Son vœu fut exaucé, mais au moment où il franchissait la porte, un lumiglobe qui passait par là l'éclaira fugitivement à l'instant précis où surgissait un autre résident. L'homme s'immobilisa et regarda sous la capuche. L'expression de Burris demeura inchangée. L'autre cilla devant le spectacle inattendu qui s'offrait à ses yeux.

Ce masque ravagé, déformé, ce regard glacé... il poursuivit son chemin. Cette nuit, il aurait des cauchemars. Mais mieux valait le cauchemar d'une nuit, se dit Minner, qu'un cauchemar comme le sien, imbriqué à la trame même de sa vie.

Un véhicule attendait devant l'immeuble.

— Chalk n'a pas l'habitude de recevoir des visites à cette heure-ci, dit Aoudad. Mais il s'agit de quelque chose de tout à fait particulier, comprenez-le bien. Il entend vous manifester toute sa considération.

— C'est merveilleux, répondit sombrement Burris.

Ils prirent place dans la voiture. C'était comme s'il quittait une matrice pour s'engouffrer dans une autre, plus exiguë mais, aussi, plus confortable. Burris s'assit sur une banquette assez large pour que plusieurs personnes puissent y tenir à l'aise mais manifestement dessinée pour s'emboîter à une unique mais colossale paire de fesses. Aoudad s'installa à côté de lui sur un siège plus normal et la voiture démarra dans un soyeux vrombissement de turbines. Ses capteurs intégrèrent les signaux de l'autoroute la plus proche. Bientôt, ils quittèrent les rues de la ville et s'élancèrent sur une route privée.

Les glaces, et c'était une bonne chose, était opacifiées et Burris rabattit son capuchon. Il s'habituait ainsi par petites étapes à se montrer aux autres. Aoudad, qui semblait indifférent à ses mutilations, était un excellent sujet pour s'entraîner.

— Avez-vous envie de quelque chose? lui demanda-t-il. Une boisson, de quoi fumer ou un quelconque stimulant?

— Non, merci.

— Est-ce que vous pouvez boire ou fumer dans l'état où vous êtes?

Burris eut un sourire lugubre.

— Essentiellement, mon métabolisme est toujours le même que le vôtre. C'est la tuyauterie qui est différente. Je mange et je bois les mêmes choses que vous, mais pour l'instant, je ne veux rien.

— Je vous demandais cela par simple curiosité. Excusez-moi.

— Vous êtes tout excusé.

— Et en ce qui concerne les fonctions corporelles...

— Ils ont amélioré le système excréteur. Pour ce qui est de la fonction de reproduction, j'ignore ce qu'ils ont fait. Mes organes sont toujours à leur place. Mais quant à savoir s'ils fonctionnent... je n'ai pas eu la tentation de faire l'expérience.

Un tic spasmodique fit tressaillir la joue gauche d'Aoudad et Burris enregistra sa réaction. *Pourquoi s'intéresse-t-il tellement à ma vie sexuelle? Lubricité naturelle? Ou autre chose?*

— Excusez ma curiosité, répéta Aoudad.

— C'est déjà fait.

Quand il se laissa aller contre le dossier de son siège, celui-ci eut un comportement bizarre. Peut-être le massait-il. Burris était indubitablement en état de tension et le malheureux fauteuil faisait de son mieux pour le conforter. Malheureusement, il était programmé pour quelqu'un de plus corpulent et il bourdonnait comme s'il était en surcharge. Etait-ce la différence de taille qui le désorientait? se demanda Minner. Ou sa nouvelle anatomie qui lui faisait perdre son latin?

Quand il mentionna la chose à Aoudad, ce dernier coupa le courant et Burris sourit en se félicitant de sa maîtrise de soi. Il n'avait pas dit un mot plus haut que l'autre depuis l'arrivée d'Aoudad. Il était calme comme l'œil de la tempête. *Parfait, parfait!* Il était resté trop longtemps replié sur lui-même et, dans sa solitude, il avait laissé sa détresse le débiliter. Cet imbécile d'Aoudad était un ange de miséricorde venu le libérer de lui-même. Je lui dois une fière chandelle, songea Burris avec amusement.

— Nous y sommes. Le bureau de Chalk est là.

Le bâtiment était relativement bas. Il ne comportait pas plus de deux ou trois étages mais il était mis en valeur par les tours qui le flanquaient. Sa longueur contrebalançait son manque de hauteur. A gauche et à droite, l'édifice se développait en une succession d'angles obtus. Burris, utilisant la vision périphérique dont on l'avait doté, l'examina avec attention et conclut qu'il était octogonal. La façade était une surface de métal mat d'une facture parfaitement soignée, artistiquement guillochée. Aucune lumière ne brillait à l'intérieur mais il est vrai qu'il n'y avait pas de fenêtres.

Une ouverture cachée béa soudain sans le moindre bruit. La voiture s'y engouffra et s'immobilisa une fois à l'intérieur. Son panneau coulissa. Burris se rendit compte qu'un homme de petite taille scrutait le véhicule, ses yeux brillants braqués sur lui.

Il tressaillit car il ne s'attendait pas à se trouver nez à nez avec un inconnu, mais, se dominant, il inversa ses sensations et croisa le regard de l'homme. Il faut dire que ce dernier, un personnage courtaud, valait le spectacle, lui aussi. Bien qu'il ne fût pas passé par les mains de chirurgiens maléfiques, il était d'une laideur repoussante : un cou pratiquement inexistant, d'épais cheveux noirs en bataille qui flottaient sur son col, un nez à l'arête étroite, des lèvres incroyablement étirées et minces, pour le moment pincées en une répugnante moue de fascination. Non, ce n'était pas un Adonis.

Aoudad fit les présentations :

— Minner Burris... Leontes d'Amore, l'un des collaborateurs de Chalk.

— Il est réveillé et il vous attend.

La voix d'Amore elle-même était désagréable.

Et pourtant, songea Burris, il brave le monde extérieur tous les jours.

Il rabattit son capuchon et se laissa aspirer par tout un réseau de tubes pneumatiques. Finalement, il émergea dans une pièce titanesque qui devait normalement grouiller d'activité. Mais à cette heure, les bureaux étaient déserts et les écrans éteints. Elle était éclairée par des champignons thermoluminescents dégageant une lueur douce. Burris repéra une série de barreaux de cristal qu'il suivit des yeux jusqu'à ce que son regard se posât sur un obèse assis comme sur un trône presque à la hauteur du plafond. Ce ne pouvait être que Chalk.

Hypnotisé par la vue de ce poussah, Minner en oublia un moment les lancinements sans nombre qui étaient ses compagnons de tous les instants. Quel gabarit! Quel amas de chair! Pour avoir cet embonpoint, ce gros lard avait dû dévorer des troupeaux entiers!

Aoudad invita Burris à avancer sans oser poser tout à fait la main sur le bras de l'astronaute.

— Approchez que je vous voie, fit Chalk. Montez, Burris.

Sa voix était aimable.

Et ce fut le face à face.

Burris se débarrassa de son capuchon et de sa cape. Qu'il me regarde! Devant cette montagne de lard, pourquoi aurais-je honte?

L'expression placide de Chalk ne changea pas. Il étudiait Burris attentivement, avec un vif intérêt et sans une ombre de dégoût. Il leva sa main boudinée. Obéissant à cet ordre muet, Aoudad et d'Amore s'éclipsèrent. A présent, Burris et Chalk étaient seuls dans l'immense salle que baignait une lumière tamisée.

— Ils vous ont drôlement arrangé. Pourquoi? Avez-vous une idée de leurs motifs?

— Simple curiosité, répondit Burris. Et, aussi, le désir d'apporter des améliorations au modèle original. Ils sont tout à fait humains à leur manière inhumaine.

— A quoi ressemblent-ils?

— Ils ont une peau parcheminée et crevassée. Je préfère parler d'autre chose.

— Comme vous voudrez.

Chalk ne s'était pas levé. Burris était debout devant lui, les mains croisées. Ses petits tentacules extérieurs se nouaient et se dénouaient. Il y avait un siège à côté de lui. Il s'assit sans attendre d'y être invité.

— Vous avez toute la place qu'il vous faut, ici.

Chalk sourit sans répondre.

— C'est douloureux?

— Quoi?

— Votre transformation.

— C'est extrêmement pénible. Les calmants de la pharmacopée terrienne sont à peu près sans effets. Ils ont trafiqué mes circuits nerveux et personne ne sait au juste comment bloquer les sensations. Mais c'est supportable. Il paraît que les culs-de-jatte ont mal aux pieds des années après avoir été amputés. Je suppose que c'est à peu près la même chose.

— On vous a coupé des membres?

— On me les a tous enlevés. Et on me les a remis. Mais d'une autre façon. Les toubibs qui m'ont examiné ont vivement apprécié mes articulations. Mes tendons et mes ligaments aussi. Mes mains sont celles d'origine, un peu modifiées. Mes pieds aussi. Quant au reste, je ne sais pas très bien ce qui est à moi et ce qui vient d'eux.

— Et les organes internes?

— Complètement chamboulés. Un véritable chaos. On est en train de préparer un rapport à ce sujet. Il n'y a pas longtemps que je suis revenu sur la Terre. Les médecins m'ont examiné un certain temps. Mais je me suis rebellé.

— Pourquoi?

— Parce que j'étais en passe de devenir un objet. Pas seulement à leurs yeux, mais également aux miens. Or, je ne suis pas une chose. Je suis un être humain qui a été restructuré. A l'intérieur, je suis toujours humain.

Si vous me piquiez avec une aiguille, le sang coulerait. Que pouvez-vous faire pour moi, Chalk?

Chalk leva une main charnue.

— Un peu de patience. Je veux en savoir davantage sur votre compte. Vous étiez officier de la spatiale?

— Oui.

— Vous êtes sorti de l'école supérieure d'astronautique et toute la lyre?

— Oui.

— Vous deviez être un excellent sujet pour qu'on vous ait confié une mission aussi délicate. Se poser pour la première fois sur une planète inconnue peuplée d'êtres intelligents, ce n'est pas une plaisanterie. Combien d'hommes y avait-il à bord?

— Nous étions trois et nous sommes tous passés sur le billard. Prolisse est mort le premier. Malcondotto l'a suivi. Ils ont eu de la chance.

— Vous n'aimez pas votre corps actuel?

— Il a des avantages. D'après les médecins, je devrais vraisemblablement vivre jusqu'à l'âge de cinq cents ans. Mais c'est douloureux. Et gênant. Je n'ai pas une vocation de monstre.

— Vous n'êtes peut-être pas aussi hideux que vous le croyez. Evidemment, les enfants s'enfuient quand ils vous voient... c'est un inconvénient. Mais les enfants sont réactionnaires. Ils ont horreur de la nouveauté. Pour ma part, je trouve votre visage très séduisant à sa manière et je suis convaincu que beaucoup de femmes ne demanderaient pas mieux que de se jeter à vos pieds.

— Je ne sais pas. Je n'ai jamais essayé.

— Le grotesque a aussi ses attraits, Burris. Je pesais plus de vingt livres à ma naissance. Mon poids ne m'a jamais été une entrave. Je considère que mon obésité est un atout.

— Vous avez eu toute votre existence pour vous habituer à votre corpulence. Vous avez mille façons de vous y adapter. Et puis, vous avez choisi d'être comme vous êtes. Moi, j'ai été victime d'un caprice incompréhensible. C'est un viol. Oui, Chalk, j'ai été violé.

— Et vous voudriez défaire ce qui a été fait?

— Qu'est-ce que vous en pensez?

Chalk dodelina du chef. Ses paupières se fermèrent, donnant l'impression qu'il s'était brusquement endormi. Burris attendit, déconcerté. Un bon moment s'écoula. Enfin, sans bouger, Chalk laissa tomber :

— Les chirurgiens de chez nous sont capables de transplanter avec succès les cerveaux d'un corps à un autre.

Burris sursauta et une surexcitation fébrile, un véritable accès d'épilespsie s'empara de lui. Un organe récemment implanté libéra une giclée d'hormones inconnues et il fut pris de vertige.

— Les détails techniques de l'opération vous intéresseraient-ils? enchaîna Chalk d'une voix calme.

Les tentacules de Minner palpitaient et il était incapable de les contrôler.

Chalk poursuivit placidement :

— On isole chirurgicalement le cerveau à l'intérieur du crâne en réséquant les tissus contigus. On conserve la calotte pour assurer le maintien et la protection de l'encéphale. L'hémostase totale s'impose naturellement pendant toute la longue période d'anticoagulation. Il existe des méthodes permettant de boucher l'opercule basilaire du crâne et la partie frontale afin d'empêcher l'écoulement sanguin. Les fonctions cérébrales sont prises en charge par des électrodes et des thermosondes. On maintient la circulation en ligaturant les artères maxilaires et carotides internes. Autrement dit, on effectue des dérivations vasculaires. Je n'insisterai pas sur les méthodes grâce auxquelles le cerveau vivant est détaché du corps du sujet. L'objectif final, une fois le cordon médullaire sectionné, est de réaliser l'isolement total du cerveau qui n'est plus alimenté que par les carotides. Pendant ce temps, on a préparé le récepteur. On excise la carotide et la jugulaire. La greffe, placée en attente dans une solution antibiotique, est mise en place. Les artères carotides du cerveau isolé sont reliées au moyen d'une canule traitée aux silicones aux carotides du récepteur. Même chose pour les jugulaires. On opère sous froid poussé pour limiter au minimum d'éventuelles détériorations. Après que la circulation du cerveau greffé a été branchée à celle du receveur, on élève progressivement la température jusqu'à ce qu'elle redevienne normale. Et l'on entre alors dans la phase post-opératoire. Une période de rééducation prolongée est nécessaire avant que la greffe cervicale assume le contrôle de l'organisme récepteur.

— C'est remarquable.

— A côté de ce qu'on vous a fait subir, c'est bien peu de chose. Mais l'expérience a réussi sur des mammifères supérieurs. On l'a même tentée avec succès sur des primates.

— Et sur des êtres humains?

— Non.

— Dans ce cas...

— On l'a tentée sur des incurables au stade terminal en utilisant le cerveau de morts récents. Mais les aléas étaient trop nombreux. Toutefois, dans certains cas, on a frôlé la victoire. Dans trois ans, Burris, on échangera les cerveaux aussi facilement qu'on échange aujourd'hui les bras et les jambes.

L'excitation qui frémissait en Minner provoquait des sensations désagréables. La température de sa peau s'était élevée et c'était pénible. Il éprouvait des trépidations dans sa gorge.

— Nous fabriquons une copie de votre corps reproduisant autant que faire se peut votre apparence originelle, continua Chalk. Un golem reconstitué à partir d'éléments fournis par la banque d'organes. Mais sans le cerveau. Et nous y transplantons le vôtre. Il y aura des différences, évidemment, mais vous recouvrerez votre intégrité fondamentale. Cela vous intéresse-t-il?

— Cessez de me torturer, Chalk.

— Je vous donne ma parole que je suis sérieux. Nous achoppons sur deux problèmes d'ordre technologique. Il nous faut, d'une part, maîtriser la technique de l'assemblage global du receveur et, d'autre part, le maintenir en vie jusqu'au moment où la transplantation pourra être effectuée avec toutes les chances de succès. Je vous l'ai déjà dit, trois ans seront nécessaires pour surmonter le premier obstacle. Ajoutons encore deux ans pour construire le golem. Dans cinq ans, vous serez à nouveau un être pleinement humain, Burris!

— Et cela coûtera combien?

— Peut-être cent millions d'unités, peut-être davantage.

Burris éclata d'un rire grinçant et sa langue — qui ressemblait de façon incroyable à celle d'un serpent, maintenant — jaillit de sa bouche.

— Je suis disposé à prendre à ma charge la totalité des frais de votre réhabilitation, dit Chalk.

— Vous nagez en plein délire!

— Je vous demande de faire confiance en mes ressources. Accepteriez-vous de vous séparer de votre corps actuel si j'étais en mesure de vous en fournir un autre plus proche des normes humaines?

Jamais Burris n'avait imaginé que quelqu'un lui poserait une pareille question et son hésitation le stupéfiait. Il abhorrait ce nouveau corps et l'étendue des sévices dont il avait été victime l'accablait. Pourtant, en était-il arrivé à s'attacher à son étrangeté?

— Plus vite je pourrai être débarrassé de cette chose, mieux cela vaudra, répondit-il après un silence.

— Parfait! Le problème qui se pose maintenant est de vous faire traverser cette période de cinq ans. Voici ce que je vous propose : nous allons essayer tout au moins de modifier votre physionomie afin que vous puissiez avoir des contacts sociaux jusqu'au moment où le transfert sera réalisable. Qu'en pensez-vous?

— C'est impossible. J'ai déjà étudié cette idée avec les médecins qui m'ont examiné à mon retour. Je suis bourré d'anticorps étrangers et je rejette toutes les greffes.

— Le croyez-vous vraiment? Ne pensez-vous pas que ces médecins vous ont raconté des mensonges qui les arrangeaient?

— Je le crois vraiment.

— Eh bien, laissez-moi vous envoyer dans une clinique. On fera des tests pour confirmer le verdict. S'il s'avère exact, nous n'en parlerons plus. Dans le cas contraire, nous tâcherons de vous rendre l'existence un peu plus facile. D'accord?

— Pourquoi faites-vous cela? Que voulez-vous en échange?

Le colosse pivota sur lui-même et se pencha en avant. Ses yeux n'étaient plus qu'à quelques centimètres du visage de Burris, des lèvres dont le modelé était d'une surprenante délicatesse, un nez fin, des joues massives, des paupières adipeuses.

— Mon prix est exorbitant, dit Chalk à boix bassc. Il vous fera reculer jusqu'aux tréfonds de vous-même. Et vous refuserez le marché que je vous propose.

— Quel marché?

— Je suis entrepreneur de jeux et de divertissements publics. Je ne pourrai récupérer qu'une part infime de l'investissement que je consentirai, mais je veux quand même me rembourser au maximum.

— Quel prix exigez-vous?

— La totalité des droits d'exploitation commerciale de votre mésaventure. Toute l'histoire. Votre capture par les extraterrestres, votre retour sur la Terre, la façon dont vous vous êtes péniblement ajusté à vos modifications et toute la période de réadaptation ultérieure. Le monde entier sait déjà que trois hommes se sont posés sur une planète appelée Manipool, que deux d'entre eux sont morts et que le troisième est revenu après avoir fait l'objet de manipulations chirurgicales. Après que la nouvelle eut été annoncée, vous avez disparu. Je veux que vous apparaissiez à nouveau au grand jour. Je veux vous montrer redécouvrant votre nature humaine, renouant le contact avec les gens. Je veux que l'on vous voie sortir de l'enfer, triompher finalement de l'expérience catastrophique qui vous a été imposée et en émerger rénové. Purgé. Cela nécessitera de nombreuses atteintes à votre vie privée et je suis convaincu que vous allez refuser. Après tout, on doit s'attendre à...

— C'est une nouvelle forme de torture, n'est-ce pas?

— En un sens, peut-être, reconnut Chalk.

La sueur perlait à son front. Il était cramoisi, tendu comme s'il approchait d'une sorte de paroxysme émotionnel.

— Purgé, répéta Burris dans un murmure. Vous m'offrez le purgatoire.

— Si vous voulez.

— Je me cache depuis des semaines et, maintenant, il me faudra me montrer tout nu à l'univers pendant cinq ans. C'est bien cela?

— Tous frais payés.

— Tous frais payés... Oui. Oui! J'accepte la torture. Je suis votre jouet, Chalk. Seul un être humain serait capable de repousser votre proposition. Mais je l'accepte. Je l'accepte!

UNE LIVRE DE CHAIR

— Il est à la clinique, dit Aoudad. Les examens ont commencé. Il agrippa les vêtements de la femme. — Enlevez ça, Elise.

Elise Prolisse repoussa la main quémandeuse.

— Chalk lui rendra-t-il vraiment un corps humain?

— Je n'en doute pas un seul instant.

— Alors, si Marco était revenu vivant, on aurait également pu lui rendre un corps humain?

— Cela fait trop de si, répondit-il prudemment. Marco est mort. Défaites-vous.

— Attendez. Est-ce que je pourrais rendre visite à Burris à la clinique?

— Je pense que oui. Que lui voulez-vous?

— Lui parler, c'est tout. Il est le dernier à avoir vu mon

mari vivant. Il pourra me dire comment Marco est mort.

— Il vaudrait mieux que vous restiez dans l'ignorance. Il est mort alors qu'ils étaient en train de le transformer en une créature semblable au monstre que le survivant est devenu. Si vous voyiez Burris, vous vous rendriez compte qu'il est préférable pour Marco d'être mort.

— Tout de même...

— Il vaudrait mieux que vous restiez dans l'ignorance, répéta Aoudad.

— Dès son retour, j'ai demandé à le voir, murmura Elise d'une voix pensive. Je voulais parler de Marco avec lui. Et l'autre, Malcondotto... il a laissé une veuve, lui aussi. Mais notre requête a été repoussée. Ensuite, Burris a disparu de la circulation. Vous pourriez me conduire auprès de lui.

— C'est pour votre bien que l'on vous en a empêchée.

Ses mains glissèrent le long du corps de la femme, cherchant les fermetures magnétiques pour les dépolariser. Le vêtement d'Elise s'ouvrit, dévoilant des seins lourds d'une blancheur cadavérique aux aréoles violacées. Un désir lancinant déchirait Aoudad. Elise emprisonna ses poignets.

— Vous m'aiderez à rencontrer Burris?

— Je...

— Vous m'aiderez à rencontrer Burris.

Cette fois, ce n'était plus une question.

— Oui. Oui.

Elle libéra ses poignets et Aoudad, tremblant, la dépouilla de ses derniers voiles. C'était une belle femme dans sa maturité. Charnue mais belle. Ah! Ces Italiennes! La peau blanche et le cheveu noir. *Sensualissima!* Si elle veut voir Burris, eh bien, qu'elle le voie! Chalk serait-il mécontent? Il avait déjà précisé quelle était la conjonction qu'il souhaitait réaliser. Burris et la petite Kelvin. Mais pourquoi pas, d'abord, Burris et la veuve Prolisse? L'esprit d'Aoudad tournait à plein régime.

Elise contempla avec admiration le corps svelte et nerveux penché au-dessus du sien. Elle était maintenant entièrement nue et Aoudad laissait son regard errer sur une immensité blanche ponctuée d'îlots noirs et rouges.

— Vous organiserez un rendez-vous pour demain, dit-elle.

— Oui. Pour demain.

Il s'écroula sur la femme nue. Un bandeau de velours noir encerclait sa cuisse potelée en signe de deuil. Elle portait le deuil de Marco Prolisse, incompréhensiblement condamné à mort par des créatures incompréhensibles sur une planète incompréhensible. *Pove-r'uomo!* La chair d'Elise était un brasier incandescent. Aoudad s'enfonça dans la vallée tropicale qui s'offrait à lui. Presque aussitôt, un cri d'extase étranglé jaillit de ses lèvres.

COMME DEUX ERRANTS DANS LA NUIT

La clinique, un bâtiment long et bas en forme d'U orienté d'ouest en est, se dressait à la limite du désert. Le matin, le soleil levant dardait ses feux sur la façade horizontale enserrée entre ses deux jambages parallèles. C'était une construction de grès gris teinté de rouge. A l'ouest, c'est-à-dire derrière la section principale, s'étirait l'étroit ruban d'un jardin juste au delà duquel commençait l'immensité brunâtre du désert.

Un désert qui n'était pas entièrement dénué de vie. De sombres bouquets d'armoise le mouchetaient ici et là. Sous la surface calcinée du sol s'enchevêtraient les couloirs creusés par les rongeurs. Le jour, on pouvait y voir des sauterelles et, la nuit, avec un peu de chance, des rats-kangourous. Cactées, euphorbiacées et autres plantes grasses croissaient en abondance.

Un peu de la vie luxuriante du désert avait envahi la

clinique elle-même. Son jardin du désert planté d'arbustes secs et épineux. Et des cactus poussaient aussi dans la cour coincée entre les jambages du U. Ici un saguaro six fois grand comme un homme, avec son gros tronc raboteux et ses cinq bras dressés vers le ciel. Plus loin, de part et d'autre de lui, deux spécimens d'une bizarre variante, le cactus crabe : un fût massif, deux petits tentacules implorants et, tout en haut, une grappe d'excroissances noueuses et tarabiscotées. Au bord du chemin, un grotesque cierge blême et, devant lui, l'épaisse colonne ceinturée d'épines d'un cactus d'eau. Plus loin, les cannes hérissées d'aiguilles d'un opuntia, les raquettes grisâtres d'un figuier de Barbarie, les délicates arabesques d'un chandelier. A d'autres époques de l'année, ces formidables gargouilles, coriaces et cuirassées, se paraient de ravissantes fleurs jaunes, violettes ou roses. Mais c'était l'hiver. L'air était sec et il n'y avait pas de nuages dans le ciel d'un bleu féroce. Jamais la neige ne tombait ici. C'était un endroit hors du temps où le taux d'humidité avoisinait zéro.

Et c'était là que l'on avait transporté Lona Kelvin six mois plus tôt après sa tentative avortée de suicide. On était alors en été et la plupart des cactus avaient déjà fleuri. Maintenant qu'elle était de retour, elle manquait encore la saison de la floraison. La première fois, ç'avait été trois mois trop tard, la seconde trois mois trop tôt. Elle aurait été mieux avisée de s'arranger pour régler plus précisément le calendrier de ses pulsions autodestructrices.

A son chevet, les médecins évoquaient son cas comme si elle n'était pas là.

— Il sera plus facile de la rafistoler, ce coup-là. Il n'y a pas d'os fracturés. Juste une ou deux greffes pulmonaires et elle sera tirée d'affaire.

— Jusqu'au moment où elle recommencera.

— Ça, ce n'est pas mon problème. Ils n'ont qu'à l'envoyer à la psychothérapie. Je répare le corps. Mon rôle s'arrête là.

— Cette fois, il est en bon état. Elle en a seulement fait un mauvais usage.

— Un jour ou l'autre, elle finira par réussir son coup. Un suicidaire vraiment déterminé réussit toujours. Il se balance dans un convertisseur nucléaire ou se jette du 90e étage. On ne peut pas recoller les morceaux quand on a affaire à de la compote de molécules.

— Vous n'avez pas peur de lui donner des idées?

— Il faudrait encore qu'elle écoute. Mais elle y aurait pensé elle-même si elle avait réellement voulu se supprimer.

— Ce n'est pas idiot ce que vous dites là. Peut-être ne s'agit-il pas d'une suicidaire vraiment déterminée mais d'une fille qui veut se rendre intéressante.

— Je serais assez de votre avis. Deux tentatives de suicide ratées en six mois alors qu'il lui aurait suffi d'enjamber sa fenêtre...

— Quel est le compte alvéolaire?

— Pas mauvais.

— Et sa tension?

— Elle monte. La sécrétion adrénocorticale décroît. La respiration a grimpé de deux points. Elle récupère.

— D'ici trois jours, elle se baladera dans le désert.

— Il faudra qu'elle se repose, qu'elle ait quelqu'un à qui parler. Mais pourquoi veut-elle mourir, sacrédié?

— Allez donc savoir! Je ne l'aurais pas crue assez intelligente pour avoir envie de se tuer.

Les médecins s'éloignèrent sans cesser de discuter. Lona garda les yeux fermés. Elle ne savait même pas combien ils étaient. Sans doute trois. Plus de deux et moins de quatre, lui avait-il semblé. Mais leurs voix étaient interchangeables. D'ailleurs, ils ne discutaient pas vraiment. Ils se bornaient à superposer les phrases comme des briques que l'on cimente soigneusement pour les mettre en place. Pourquoi l'avaient-ils sauvée s'ils étaient aussi indifférents à son sort?

Cette fois, elle avait eu la certitude d'y rester.

Il y a une multitude de moyens de se tuer et elle était assez maligne pour imaginer des méthodes sûres. Pourtant, elle avait renoncé à employer celles-ci, non par peur de mourir, mais par peur de rencontrer quelqu'un en chemin. La fois précédente, elle s'était jetée sous un camion. Pas sur une grande route où un véhicule fonçant à 250 à l'heure l'aurait promptement et efficacement réduite en bouillie mais en pleine ville, dans une rue. Le poids lourd l'avait projetée contre un mur, sérieusement amochée, mais elle restait quand même réparable. Et on l'avait réparée. On avait ressoudé ses os et, un mois plus tard, elle était sortie de l'hôpital sans cicatrices apparentes.

Et hier... il lui avait paru tellement simple de descendre dans la salle de désintégration, d'ouvrir au mépris du règlement le manchon aux ordures, d'y enfoncer la tête et de respirer les vapeurs d'acides...

Elles auraient dû dissoudre sa gorge, ses poumons et son cœur palpitant. Elle se serait tordue de douleur sur le sol froid pendant une heure et on n'en aurait plus parlé. Mais en quelques minutes à peine, elle s'était retrouvée entre des mains secourables. On lui avait enfoncé une sonde dans l'œsophage pour lui faire avaler un produit neutralisant, une voiture l'avait conduite à un centre de secours d'urgence et elle avait abouti à la clinique, à quinze cents kilomètres de chez elle.

Elle était vivante.

Mal en point, naturellement. Ses fosses nasales étaient brûlées, sa gorge avait subi des dégâts et elle avait perdu une quantité considérable de tissu pulmonaire. La nuit dernière, on s'était occupé des dommages mineurs et, déjà, son nez et sa gorge commençaient à se cicatriser. D'ici quelques jours, ses poumons auraient recouvré leur intégrité. La mort, en ces lieux, était dépossédée de ses pouvoirs.

Une lumière pâle caressait les joues de Lona. Il était tard. Là-bas, derrière la clinique, le soleil sombrait dans le Pacifique. Elle ouvrit les yeux. Un peignoir blanc, des draps blancs, des murs verts. Quelques livres, des cassettes. Toute une panoplie médicale soigneusement enfermée derrière une inexpugnable vitrine de plastoplex transparent.

Une chambre privée! Qui payait? La fois précédente, ç'avaient été les savants officiels. Et maintenant?

Elle apercevait de l'autre côté de la fenêtre les silhouettes noueuses, rébarbatives et tourmentées des cactus du jardin. Elle plissa les yeux. Deux personnages déambulaient entre les végétaux au garde-à-vous. L'un d'eux était un homme très grand enveloppé dans une robe de chambre administrative couleur mastic. Il était particulièrement bien découplé. Elle se dit que c'était un grand brûlé. Ses mains et son visage disparaissaient sous les pansements. Le malheureux! Son compagnon, qui portait un costume de ville, était maigre et il paraissait agité. Le plus grand des deux désignait un cactus. Il parlait. Peut-être était-il en train de faire une conférence de botanique sur les cactées. Soudain, il leva sa main bandée et caressa les longs piquants acérés du cactus. Attention! Vous allez vous blesser! Les épines lui transperçaient la main droite! Maintenant, il se tournait vers son ami, le petit. Il levait le doigt. L'autre eut un geste de dénégation. Non, il ne voulait absolument pas se faire piquer.

Lona en conclut que le grand n'allait pas très bien dans sa tête.

Les deux hommes se dirigeaient vers sa fenêtre. Les oreilles du plus petit étaient pointues et il avait des yeux en boutons de bottine. Des yeux gris. Elle ne distinguait rien de la figure du grand que les pansements transformaient en une sorte de mur aveugle. Il n'y avait qu'une fente imperceptible à la hauteur des yeux. Lona imagina ses traits mutilés — la peau craquelée, la chair liquéfiée par les flammes, les lèvres écartelées en un rictus figé. Mais les médecins répareraient les dégâts, ils lui referaient une nouvelle tête. Il s'en sortirait à merveille.

Elle éprouva un intense sentiment de jalousie. Oui, cet homme avait souffert, mais bientôt, il n'y paraîtrait plus. Il ne s'agissait là que d'une douleur superficielle.

Extérieure. Les chirurgiens le renverraient en pleine forme, robuste et vigoureux, beau, à sa femme, à ses...

... à ses enfants.

La porte s'ouvrit et une infirmière entra. Une infirmière humaine, pas un robot. Pourtant, elle aurait aussi bien pu être une mécanique. Son sourire était vide, impersonnel.

— Vous êtes levée, mon petit? Avez-vous bien dormi? Non, ne répondez pas, bougez seulement la tête. C'est très bien! Je suis venue pour vous préparer. Nous allons nous occuper de vos petits poumons. Cela ne vous fera pas le moindre mal. Vous vous endormirez et, quand vous vous réveillerez, vous respirerez comme un rêve!

C'était la stricte vérité. Comme d'habitude.

Quand on la ramena dans sa chambre, c'était le matin. Lona en déduisit que l'opération avait duré plusieurs heures et qu'on l'avait mise au frigo après l'intervention. Elle était, elle aussi, enveloppée de pansements. Une vraie momie. Ils l'avaient ouverte, ils avaient remplacé les parties endommagées de ses poumons et l'avaient recousue. Elle ne souffrait pas. Le lancinement de la douleur viendrait plus tard. Aurait-elle une cicatrice? C'était rare, à présent, mais cela arrivait quand même parfois. Un sillon rougeâtre et déchiqueté courant entre sa gorge et son sternum... Non, pas de cicatrice! Surtout pas!

Elle avait espéré mourir sur la table d'opération. C'était sa dernière chance. Eh bien, non! Elle rentrerait chez elle vivante et en parfait état.

Le grand type était encore en train de se promener dans le jardin. Seul, cette fois. On lui avait enlevé ses pansements. Il lui tournait le dos et Lona distinguait sa nuque glabre, la saillie de son maxillaire. Et il paraissait toujours aussi passionné par les cactus. Qu'est-ce qui pouvait bien l'attirer dans ces plantes affreuses? Il se mit à genoux pour en tâter les piquants. Se releva. Pivota sur lui-même.

Oh! Le pauvre homme!

Lona eut un sursaut à la vue de son visage. Il était trop loin pour qu'elle puisse en déceler tous les détails, mais sa difformité la médusait néanmoins. On avait rapetassé ce visage brûlé, mais pourquoi ne lui avait-on pas donné forme humaine? Pourquoi l'avait-on laissé dans cet état?

Elle était incapable de détourner les yeux. Cette physionomie synthétique et artificielle la fascinait. Le convalescent se dirigeait d'un pas tranquille vers le bâtiment. Il marchait lentement, d'un pas assuré. Il débordait d'énergie. C'était un homme capable de supporter la douleur. Lona avait de la peine pour lui. Elle aurait voulu pouvoir lui venir en aide.

Je suis idiote, se dit-elle. Il a une famille. Il s'en sortira.

IL N'EST POINT DE FUREUR DANS L'ENFER

Burris apprit la mauvaise nouvelle le cinquième jour de son hospitalisation.

Il était dans le jardin selon son habitude. Aoudad l'y rejoignit.

— Toute greffe de peau est impossible. Les médecins sont formels. Vous êtes un bouillon d'anticorps invraisemblable.

— Je le savais.

La voix de Burris était calme.

— Votre propre peau se rejette elle-même.

— Il m'est difficile de le lui reprocher.

Ils passèrent devant le saguaro.

— Vous devriez mettre un masque. Ce n'est pas très confortable mais on arrive à faire des choses formidables aujourd'hui. Pratiquement, le masque respire. Il est fait d'une matière plastique poreuse. Il ne vous faudrait pas plus d'une semaine pour vous y habituer.

— Je réfléchirai.

78

Burris s'agenouilla devant un petit cactus. Des rangées d'épines convergeaient vers son pôle. Il commençait à bourgeonner. Un écriteau luminescent était planté dans la terre. Minner le lut tout haut :

— *Echinocactus grusonti.*

— C'est extraordinaire, cette fascination que le cactus exerce sur vous, remarqua Aoudad. Comment cela se fait-il ? Que leur trouvez-vous ?

— Ils sont beaux.

— Vous trouvez ? Ce ne sont que des pelotes d'épingles !

— Je les aime. Je voudrais pouvoir vivre éternellement dans un jardin de cactus. — Du bout du doigt, Burris effleura un piquant. — Savez-vous que, sur Manipool, il n'y a pour ainsi dire rien d'autre que des plantes grasses bardées d'épines ? Bien sûr, le terme de cactus ne leur convient pas, mais ces végétaux ont à peu près le même aspect. Manipool est un monde aride. Il y a une ceinture pluviale dans les régions polaires mais plus on approche de l'équateur, plus la sécheresse augmente. Là, il pleut une fois tous les cent mille ans et guère plus souvent dans les zones tempérées.

— Auriez-vous le mal du pays ?

— N'exagérons rien. Néanmoins, c'est là-bas que j'ai compris la beauté des épines.

— Des épines ? Mais elles piquent !

— Justement. Cela fait partie de leur beauté.

— On croirait entendre Chalk, murmura Aoudad. La douleur est instructive, comme il dit. Elle enrichit. Et les épines sont belles. Moi, je préfère les roses.

— Les roses ont aussi des épines, laissa tomber Burris d'une voix égale.

Aoudad parut déconcerté.

— Alors, disons les tulipes.

— L'épine n'est jamais qu'une feuille hautement évoluée, rétorqua Minner. C'est le résultat de l'adaptation à un environnement inhospitalier. Les cactus ne peuvent pas transpirer comme les plantes feuillues. Alors, ils se sont adaptés et je regrette que vous trouviez laide une adaptation aussi élégante.

— J'avoue ne m'être jamais posé toutes ces questions. Ecoutez-moi, Burris, Chalk voudrait que vous restiez encore une ou deux semaines à la clinique pour subir d'autres tests.

— Mais si une opération esthétique est impossible...

— Les médecins aimeraient procéder à un examen général dans la perspective de la transplantation corporelle.

Burris opina.

— Je vois. — Il leva les yeux vers le pâle soleil hivernal dont les rayons affaiblis caressèrent son visage défiguré. — Ce que c'est bon de baigner à nouveau dans la lumière du soleil! Savez-vous que je vous suis reconnaissant, Bart? Vous m'avez obligé à sortir de mon trou, à quitter cette ténébreuse nuit de l'âme. Ça me fait l'effet d'un dégel. Tout se libère, tout bouge en moi. Peut-être que mes métaphores se télescopent? Je suis déjà beaucoup moins rigide, vous ne trouvez pas?

— Avez-vous recouvré assez de souplesse pour recevoir une visite?

Burris fut immédiatement sur ses gardes.

— La visite de qui?

— De la veuve de Marco Prolisse.

— Elise? Je la croyais à Rome.

— Rome n'est qu'à une heure d'ici. Elle a follement envie de vous voir. Elle prétend que les autorités l'ont empêchée de prendre contact avec vous. Je ne voudrais pas vous forcer la main, mais à mon avis, il serait bon que vous la receviez. Vous n'avez qu'à remettre vos pansements.

— Non, plus jamais. Quand doit-elle arriver?

— Elle est déjà là. Vous n'avez qu'un mot à dire et je vous mettrai en présence.

— Soit. Qu'elle vienne me rejoindre dans le jardin. On se croirait presque à Manipool, ici.

Aoudad demeura bizarrement silencieux. Enfin, il laissa tomber :

— Recevez-la dans votre chambre.

Burris haussa les épaules tout en caressant les piquants des cactus.

— Comme vous voudrez.

Quand il entra dans le bâtiment, les infirmières, les ambulanciers, les malades dans les chaises roulantes, les techniciens, les médecins, tout le monde le regarda. Deux robots toutes mains eux-mêmes le scrutèrent étrangement, s'efforçant de comparer son aspect à l'image programmée des configurations corporelles emmagasinées dans leurs circuits. Cela était égal à Burris. Sa gêne se dissipait rapidement, jour après jour. Les pansements dont on l'avait empaqueté au début lui paraissaient maintenant ridicules. C'est comme de se promener nu en public, songea-t-il. Au début, c'est impensable. Et puis, peu à peu, cela devint supportable et, finalement, on en prend l'habitude. Il faut s'habituer à son moi.

Pourtant, l'idée de cette entrevue avec Elise Prolisse l'embarrassait.

Quand on frappa à la porte, il était devant la fenêtre en train de contempler le jardin. Une impulsion de dernière minute — était-ce du tact? ou de la peur? — l'empêcha de se retourner quand elle entra. Elle referma timidement. Il y avait cinq ans qu'il ne l'avait pas vue mais il se souvenait d'elle. Une belle femme bien en chair, épanouie. Son ouïe affûtée lui révéla qu'elle était seule. Aoudad ne l'avait pas accompagnée. Sa respiration était rauque et hachée. Il entendit qu'elle tirait le verrou.

— Minner? appela-t-elle doucement. Tournez-vous et regardez-moi, Minner. N'ayez pas peur. Je suis capable de tenir le coup.

C'était autre chose que de se montrer au personnel anonyme de la clinique et Burris eut la surprise de constater que la carapace de sérénité qui le protégeait depuis ces derniers jours se dissolvait rapidement. La panique le prit à la gorge. Il aurait voulu disparaître dans un trou. Mais de l'effroi qui l'étreignait jaillit la cruauté, un désir glacé d'infliger la souffrance. Pivotant sur ses talons, il se planta face à Elise Prolisse et son image s'engouffra dans les grands yeux noirs de la femme.

Elle était solide : il fallait bien le reconnaître.

— Oh! fit-elle dans un souffle. Oh, Minner, c'est... — elle se reprit instantanément — ...ce n'est pas tellement effrayant. D'après ce que j'avais entendu dire, je croyais que ce serait beaucoup plus affreux.

— Me trouveriez-vous joli garçon?

— Vous ne me faites pas peur, contrairement à ce que j'aurais cru.

Elle s'approcha de lui. La tunique noire qui la moulait étroitement avait probablement été vaporisée à la bombe. La mode était aux seins haut placés et ceux d'Elise, très écartés l'un de l'autre, pointaient presque au niveau des clavicules. Le secret était simple : une petite intervention thoracique. La tunique en dissimulait les globes généreux mais que pouvait cacher un film de plastique d'un micron d'épaisseur? Ses hanches s'évasaient en corolle, ses cuisses étaient deux piliers de chair. Pourtant, elle avait perdu un peu de poids. L'angoisse et les nuits blanches avaient sans aucun doute raboté quelques centimètres de ses fesses semblables à des continents. A présent, elle le touchait presque. Une vertigineuse bouffée de parfum l'assaillit et, sans même s'en rendre compte, Burris déconnecta ses nerfs olfactifs.

Elle prit sa main dans les siennes et le regard de Burris croisa celui d'Elise. La défaillance de la veuve de Prolisse ne dura qu'un instant fugitif.

— Est-ce que Marco est mort courageusement? demanda-t-elle.

— Il est mort comme un homme. Comme l'homme qu'il était.

— L'avez-vous vu mourir?

— Non, je n'ai pas assisté à sa mort. Mais j'étais là quand ils sont venus le chercher. Nous attendions que notre tour arrive.

— Vous pensiez que vous mourriez aussi?

— J'en étais persuadé. J'ai récité la prière des morts pour Malcondotto et il en a fait autant pour moi. Mais j'en suis revenu.

— Comme cela a dû être atroce, Minner!

Elle lui étreignait toujours la main. Elle lui caressait les doigts, elle caressait même le minuscule vermicule préhensible adjacent à son auriculaire. Et Burris la sentit tressaillir au contact de cet odieux appendice. Les yeux écarquillés d'Elise étaient secs. Combien avait-elle d'enfants? Deux? Trois peut-être. Néanmoins, elle était encore jeune et débordante de dynamisme. Il souhaitait qu'elle le lâchât. Se trouver aussi près d'elle était troublant. Si basse qu'elle fût dans le spectre électromagnétique, la chaleur qui émanait des cuisses d'Elise était décelable. Il se serait mordu la lèvre pour que se relâche la tension qui l'habitait s'il avait encore pu prendre sa lèvre entre ses dents.

— Quand avez-vous appris ce qui nous était arrivé? s'enquit-il.

— Lorsque la nouvelle a été diffusée par le relais de Ganymède. On m'a avertie avec beaucoup de précaution mais je dois vous avouer que j'ai eu d'affreux soupçons. Je voulais savoir pourquoi Marco était mort et pas vous. Pardonnez-moi, Minner.

— Il n'y a rien à pardonner. Si j'avais eu le choix, c'est moi qui serais mort et lui qui serait vivant. Malcondotto aussi. Croyez-moi, Elise, ce ne sont pas des paroles en l'air. J'aurais volontiers changé avec lui.

Il avait l'impression d'être hypocrite. Mieux valait être mort que mutilé, bien sûr, mais ce n'était pas de cette façon qu'elle interprétait ses paroles. Elle ne voyait que la noblesse de son attitude — le survivant célibataire prêt à sacrifier sa vie pour celle d'hommes mariés et de pères de famille. Que pouvait-il lui dire? Il s'était juré de ne pas larmoyer.

— Racontez-moi tout, l'implora-t-il en le tirant par la main pour qu'il s'asseye sur le lit à côté d'elle. Comment ils vous ont capturés, comment ils vous ont traités, à quoi cela ressemblait. Il faut absolument que je sache!

— Nous nous sommes posés sans histoires. Atterrissage de routine et procédure de contact classique. Une planète pas tellement catastrophique. Sèche. Dans deux millions d'années, elle sera semblable à Mars. Pour le moment, c'est un mélange d'Arizona et de Sonora avec un bon paquet de Sahara en prime. Nous les avons rencontrés. Ils nous ont rencontrés.

Ses yeux à diaphragme se fermèrent. Il sentait le vent brûlant de Manipool, il voyait les pseudo-cactus grisâtres et torturés se dresser à perte de vue sur l'étendue sableuse.

— Ils ont été courtois avec nous. Ils avaient déjà reçu de la visite et la prise de contact n'était pas une nouveauté pour eux. Ils ne connaissent pas la navigation spatiale mais c'est seulement parce que cela ne les intéresse pas. Ils parlent un certain nombre de langues. Malcondotto est parvenu à s'expliquer avec eux. Il était polyglotte. Il a utilisé un dialecte sirien et ça a marché. Ils étaient cordiaux, distants... étrangers. Ils nous ont emmenés.

Au-dessus de lui, un plafond grouillant de formes vivantes. Ni de simples végétaux à phylum primitif, ni des champignons thermoluminescents. Non, des créatures dotées d'une épine dorsale grouillant sur la voûte cintrée.

D'autres choses vivantes se développaient dans des récipients où fermentait une espèce de bouillie. Minuscules, roses, ramifiées, avec des pattes qui s'agitaient.

— Un curieux endroit. Mais pas hostile. Ils nous ont un peu palpés. Nous avons parlé. Fait des observations. Au bout d'un certain temps, nous avons compris que nous étions prisonniers.

Les yeux d'Elise brillaient. Son regard ne quittait pas les lèvres de Burris, attentif aux mots saccadés qui en tombaient.

— Une culture scientifique avancée, sans aucun doute. Presque post-scientifique. Pré-industrielle, en tout cas. Malcondotto pensait qu'ils avaient maîtrisé l'énergie de fusion, mais nous n'en avons jamais eu la certitude absolue. Et, à partir du troisième ou du quatrième jour, nous n'avions plus aucune chance d'obtenir des informations.

Minner se rendit brusquement compte que tout cela n'intéressait pas le moins du monde Elise. C'était à peine si elle l'écoutait. Pourquoi donc était-elle venue? Pourquoi l'avait-elle interrogé? Le récit qu'il avait à faire, cette aventure inscrite jusqu'au plus profond de son être, aurait normalement dû susciter la curiosité de la visiteuse. Et pourtant, immobile, ses grands yeux noirs vrillés sur lui, elle donnait l'impression d'être ailleurs. Il lui décocha un regard irrité. La porte était fermée à clé. Elle ne pouvait pas faire autrement que de l'entendre. *Et ainsi parla le vieux marin aux yeux clairs.*

— Le sixième jour ils sont venus chercher Marco.

Elle tressaillit de façon perceptible : la lisse façade de suavité sensuelle se fissura.

— Nous ne l'avons pas revu vivant. Mais nous devinions qu'ils allaient lui faire subir des choses affreuses. Marco le pressentit le premier. Il avait toujours été un peu clairvoyant.

— Oui, c'est vrai. Un peu.

— Après son départ, nous nous sommes creusé la cervelle, Malcondotto et moi. Quelques jours plus tard, ils sont revenus. Pour Malcondotto, cette fois. Marco n'avait pas réapparu. Avant de partir, Malcondotto a discuté avec eux. C'est ainsi qu'il a appris qu'ils avaient fait une sorte de... d'expérience sur votre mari. Ça avait raté. Ils l'ont enterré sans nous le montrer. Malcondotto y est passé à son tour.

J'ai encore perdu le contact avec elle, songea Burris. Elle s'en fout. Elle a vaguement accroché quand je lui ai expliqué comment Prolisse était mort mais, après, plus rien.

Mais elle n'avait pas le choix. Elle était obligée de l'écouter.

— Quelques jours se sont encore écoulés. Ils sont revenus pour moi. Ils m'ont fait voir le corps de Malcondotto. Il... ressemblait un peu à ce que je suis devenu. Mais c'était différent. Encore pire. Je ne comprenais pas ce qu'ils me racontaient. Une espèce de bourdonnement, un caquettement grinçant. Quel bruit feraient les cactus s'ils pouvaient parler? Ils m'ont ramené dans le local et m'ont laissé un bon moment mijoter dans mon jus. Je suppose qu'ils analysaient les deux premières expériences pour essayer de voir ce qui n'avait pas tourné rond, de déterminer quels étaient les organes qu'il ne fallait pas toucher. L'attente a duré une éternité. Finalement, ils sont revenus. Ils m'ont mis sur une table, Elise. La suite... vous la voyez devant vous.

— Je vous aime, murmura-t-elle.

— ?

— J'ai follement envie de vous, Minner.

— Pendant le voyage de retour, j'étais seul. Ils m'ont installé à bord de la fusée. J'étais encore capable de la piloter... en un sens. Ils m'avaient reconstitué. J'ai mis le cap sur le système solaire. Un voyage bien pénible.

— Mais vous avez fini par revenir sur la Terre.

Comment se fait-il donc que tu sois sorti de l'enfer? Mais c'est l'enfer, ici, et je n'en suis pas sorti.

— Oui, j'y suis revenu, c'est vrai. J'aurais dû prendre contact avec vous après avoir atterri. Mais il faut que vous me compreniez, Elise. Je n'avais pas mon libre arbitre. Ils m'ont immédiatement sauté dessus. Plus tard, je leur ai faussé compagnie. Pardonnez-moi.

— Je vous pardonne. Je vous aime.

— Elise...

Elle porta sa main à son cou. Les chaînes polymérisées de son vêtement se dématérialisèrent. De noires bribes de tissu gisaient maintenant à ses pieds. Elle était nue devant lui.

Chair opulente, éclatante de vitalité. Sa chaleur était celle d'un brasier.

— Elise...

86

— Touchez-moi. Touchez-moi avec ce corps étrange, avec ces mains-là. Je veux sentir le contact de ce machin qui se tortille. Je veux en éprouver la caresse.

Elle était large d'épaules. Ses seins étaient deux môles massifs solidement ancrés. Les hanches de la déesse Terre, des cuisses de courtisane. Elle était terriblement près de lui et il frissonnait dans la fournaise. Elle recula pour qu'il la voie de la tête aux pieds.

— C'est mal, Elise.

— Mais je vous aime! Ne sentez-vous pas la puissance de mon amour?

— Si! Si!

— Je n'ai plus que vous. Marco n'est plus là. Vous êtes le dernier à l'avoir vu. Vous êtes le seul lien qui me rattache à lui. Et vous êtes tellement...

Tu es Hélène, songea-t-il.

— ...beau.

— Beau? Moi? Je suis beau?

Chalk, l'homme montagne, avait dit la même chose. *Je suis convaincu que beaucoup de femmes ne demanderaient pas mieux que de se jeter à vos pieds... Le grotesque a ses attraits.*

— Je vous en supplie, Elise, couvrez-vous.

Maintenant, il y avait de la colère dans les yeux doux, dans les yeux chauds d'Elise.

— Vous n'êtes pas malade? Vous êtes suffisamment fort!

— Peut-être.

— Mais vous me repoussez? — Son doigt se pointa sur le ventre de Burris. — Ces monstres... ils ne vous ont pas détruit. Vous êtes encore... un homme.

— Peut-être.

— Dans ce cas...

— J'ai trop souffert, Elise.

— Et moi donc?

— Vous avez perdu votre mari, mais le veuvage, c'est vieux comme le monde. Ce qui m'est arrivé à moi est sans précédent. Je ne veux pas...

— Vous avez peur?

— Non.

— Alors, montrez-moi votre corps. Otez ce peignoir. Le lit est là!

Il hésita. Elle connaissait son secret honteux, c'était indiscutable. Il y avait des années qu'il la convoitait. Mais on ne plaisante pas avec la femme des amis et elle était la femme de Marco. Maintenant, Marco était mort. Elise le couvait d'un regard flamboyant, fondante de désir, glacée de colère. Hélène. C'est Hélène!

Elle se jeta sur lui.

Contact intime de masses de chairs palpitantes, un ventre se pressant contre le sien, des doigts agrippant ses épaules. Elle était grande. Ses dents fulguraient. Et voilà qu'elle l'embrassait, qu'elle dévorait sa bouche rigide.

Ses lèvres aspirent mon âme. Voyez comme elle s'envole!

Les mains de Burris sur le dos satiné d'Elise. Ses ongles labourant la chair. Les petits tentacules décrivaient des cercles tourbillonnants. Mante religieuse affamée du mâle, elle le repoussa vers le lit. *Viens, Hélène. Viens, rends-moi mon âme.*

Ils s'écroulèrent confusément. Les noirs cheveux d'Elise étaient collés sur ses joues ruisselantes de sueur. Ses seins tressautaient follement. Ses yeux avaient le lustre du jade. Elle happa le peignoir de Minner.

Il y a des femmes qui recherchent les bossus, d'autres les mutilés, il y a des femmes qui désirent les paralytiques, les estropiés, les moribonds. Elise le désirait, lui. La brûlante lame de fond de la sensualité l'engloutit. Son peignoir s'ouvrit et il lui apparut dans sa nudité.

Il la laissa contempler l'être qu'il était devenu.

Espérant qu'elle ne passerait pas le test. Et pourtant, elle en triompha. Le spectacle qu'il présentait ne fit qu'attiser l'incendie qui embrasait Elise. Ses narines palpitaient, elle était congestionnée. Il était son prisonnier, sa victime.

Elle a gagné. Mais je sauverai quelque chose.

La saisissant par les épaules, il s'abattit sur elle, l'écrasant contre le matelas. Perdre à l'instant de la victoire, capituler au dernier moment fut l'ultime et féminin triomphe d'Elise. Ses cuisses engloutirent Minner. La peau trop lisse de l'homme se souda à la peau satinée de la femme. Dans un sursaut d'énergie démoniaque, il se rendit maître d'elle et la pénétra jusqu'au tréfonds.

L'AURORE AUX DOIGTS DE ROSE

Quand Tom Nikolaides entra, elle était réveillée. Elle regardait le jardin par la fenêtre. Il avait apporté un petit cactus en pot, un cactus affreux, plus gris que vert, bardé de sinistres piquants.

— Vous allez mieux?

— Oui, répondit Lona. Beaucoup mieux. Est-ce que je vais rentrer chez moi?

— Pas encore. Savez-vous qui je suis?

— Pas vraiment.

— Tom Nikolaides, mais appelez-moi Nick. Je m'occupe de relations publiques. Ma spécialité est la réaction provoquée.

Elle ne fit pas de commentaires. Il posa le cactus sur la table de nuit.

— Je connais tout de vous, Lona. J'ai participé modestement à l'expérience accouchement, l'année dernière. Vous avez peut-être oublié mais je vous ai interviewée. Je travaille pour Duncan Chalk. Vous savez sans doute qui c'est?

— Je devrais?

— C'est l'un des hommes les plus riches et les plus puissants du monde. Il est propriétaire de journaux magnétiques, de stations vidéo. L'Arcade lui appartient. Il s'intéresse beaucoup à vous.

— Pourquoi m'avez-vous apporté cette plante?

— Nous en reparlerons plus tard. Je...

— Elle est très laide.

Nikolaides sourit.

— Lona, est-ce que vous aimeriez avoir deux des bébés auxquels vous avez donné le jour? Que vous élèveriez comme s'ils étaient à vous?

— C'est une plaisanterie que je ne trouve pas drôle.

Les joues creuses de Lona étaient soudain devenues cramoisies et une flamme s'était allumée dans ses prunelles. Nikolaides eut l'impression de s'être conduit comme un ignoble goujat.

— Chalk pourra trouver une solution. Quand même, vous êtes leur mère. Il vous fera remettre un petit garçon et une petite fille.

— Je ne vous crois pas.

Nikolaides se pencha en avant et fit son numéro de sincérité totale :

— Il faut que vous me croyez, Lona. Vous êtes malheureuse, je le sais. Et je sais aussi pourquoi. A cause des bébés. Cent nouveau-nés issus de votre corps et qu'on vous a arrachés. Après quoi, on vous a rejetée comme un citron pressé, on vous a oubliée. Comme si vous n'étiez qu'une chose, un robot fabricant de bébés.

A présent, elle était intéressée mais demeurait sceptique.

Il se saisit du petit cactus et se mit à caresser le pot luisant, à jouer avec le trou d'écoulement percé au fond.

— Nous pourrions faire en sorte que l'on vous confie deux de vos bébés mais ce ne sera pas facile. Chalk sera obligé de tirer pas mal de ficelles. Il le fera mais il veut quelque chose en échange.

— S'il est tellement riche, je ne vois pas ce que je pourrais faire pour lui.

— Aider un autre humain malheureux. Ce sera une faveur personnelle que vous rendrez à M. Chalk. Et, de son côté, il vous aidera.

Les traits de Lona avaient recouvré leur impassibilité.

Nikolaides poussa son avantage :

— Il s'agit d'un homme qui se trouve ici même. Il se peut que vous l'ayez vu. Vous avez peut-être entendu parler de lui. C'est un astronaute. Il s'est posé sur une planète étrangère où il a été capturé par des monstres qui l'ont trafiqué. Ils l'ont mis en pièces détachées et l'ont reconstruit en dépit du bon sens.

— On m'en a fait autant sans même commencer par me mettre en pièces détachées.

— Bien sûr. Il se promène souvent dans le jardin. Il est grand. De loin on ne se rend peut-être pas compte qu'il est mutilé si l'on ne voit pas son visage. Ses yeux s'ouvrent comme ça... de gauche à droite. Et sa bouche... je suis incapable de vous faire voir ce que fait sa bouche mais cela n'a rien d'humain. De près, il est assez effrayant. Mais, intérieurement, c'est toujours un homme, et un homme fantastique. Sauf que, naturellement, ce qui lui a été infligé l'a rendu très amer. Chalk veut l'aider. Comment? En faisant en sorte qu'il ait quelqu'un de gentil auprès de lui. Vous. Souffrir, vous savez ce que c'est, Lona. Rencontrez cet homme. Soyez bonne avec lui. Montrez-lui qu'il est encore une personne, que quelqu'un peut l'aimer. Rendez-lui son intégrité. Si vous acceptez, comptez sur Chalk pour avoir vos bébés.

— Serai-je censée coucher avec lui?

— Vous êtes censée être bonne avec lui. Je n'ai pas l'intention de vous expliquer tout ce que cela implique. Faites tout ce qu'il faut pour qu'il soit heureux. Ce sera à vous de juger de ce qui conviendra. Il vous suffira de retourner vos propres sentiments pour avoir une petite idée de son supplice.

— Il souffre d'avoir été transformé en monstre. Moi aussi, j'ai été transformée en monstre.

Ne voyant pas comment répondre avec tact à cette déclaration, Nikolaides ne releva pas le propos et se contenta d'enchaîner :

— Il s'appelle Minner Burris. Sa chambre est de l'autre côté du couloir, juste en face de la vôtre. Figurez-vous que, Dieu sait pourquoi, les cactus le passionnent. Alors, j'ai pensé que vous pourriez lui offrir celui-ci en guise d'introduction. Ce serait une aimable attention qui pourrait être une bonne entrée en matière. D'accord?

— Rappelez-moi le nom.

— Nikolaides.

— Non, pas le vôtre, le sien.

— Minner Burris. Oh! Joignez donc un petit mot au cactus. Mais au lieu de le minityper, écrivez-le à la main. Je vais vous dicter un texte que vous pourrez modifier à votre convenance. — Il avait la bouche sèche. — Tenez... Voici un stylet...

ET LE BONHEUR QUAND MÊME

Maintenant que ses deux plus proches collaborateurs étaient dans l'Ouest en train de se livrer à leur complexe pas de quatre avec Burris et Lona, Duncan Chalk était bien obligé de se reposer presque entièrement sur Leontes d'Amore. C'était un garçon capable, certes : sinon, il n'aurait jamais eu une pareille promotion. Pourtant, il lui manquait la longanimité de Nikolaides tout comme ce mélange d'ambition et d'insécurité qui caractérisait Aoudad. D'Amore était intelligent, mais c'était un personnage fuyant qui avait un côté sables mouvants.

Chalk était dans sa résidence au bord du lac. Tout autour de lui les télétypes pépiaient mais il enregistrait tout sans efforts. Avec l'assistance de d'Amore il expédiait patiemment et à un rythme accéléré son écrasante besogne quotidienne. On dit que l'empereur Ch'in Shih Huang Ti traitait plus de cinquante kilos de documents par jour et qu'il lui était néanmoins resté assez de loisirs pour construire la Grande Muraille. Evidemment, en ce temps-là, les documents étaient rédigés sur des feuilles de bambou beaucoup plus lourdes que les impondérables supports d'aujourd'hui. Il convenait néanmoins d'admirer le vieil empereur. Ch'in Shih Huang Ti était l'un des héros de Chalk.

— A quelle heure Aoudad a-t-il téléphoné ce rapport?

— Une heure avant votre réveil.

— J'aurais dû être réveillé, justement. Vous le savez. Lui aussi.

Les lèvres de d'Amore effectuèrent un gracieux entrechat exprimant son affliction.

— Comme il ne s'agissait pas d'un événement grave, nous avons pensé...

— Vous avez eu tort.

Chalk se retourna et son regard transperça d'Amore de part et d'autre. La détresse de celui-ci lui apportait une certaine satisfaction mais loin d'être suffisante. Les affres triviales de ses subordonnés étaient un mets inconsistant. Chalk avait besoin de nourritures plus solides.

— Donc, le contact entre Burris et la fille a eu lieu?

— Avec le plus grand succès.

— J'aurai aimé voir ça. Comment ont-ils réagi quand ils se sont trouvés en présence?

— Tous deux étaient un peu sur leur quant-à-soi, mais fondamentalement, ils sympathisent. Aoudad estime que les choses marcheront bien.

— Avez-vous déjà prévu leur itinéraire?

— On est en train d'y travailler. Luna Tivoli, Titan, toute la croisière interplanétaire. Mais nous commencerons par l'Antarctique. Le transport, l'hébergement, tous les détails sont au point.

— Très bien. Une lune de miel cosmique! Et même peut-être un petit peu de joie pour égayer l'histoire. Si jamais il se révélait fertile, ce serait quelque chose! Quant à elle, nous sommes payés pour savoir qu'elle l'est!

— A propos, dit d'Amore d'un air contraint, la femme Prolisse est en train de subir les tests.

— Ah bon? Vous l'avez donc eue? Splendide! A-t-elle fait des façons?

— On lui a raconté une histoire plausible. Elle est convaincue que l'on cherche à savoir si elle n'a pas attrapé de virus extra-terrestres. Quand elle se réveillera, nous connaîtrons les résultats de l'analyse spermatique et nous saurons à quoi nous en tenir.

D'un brusque mouvement du menton, Chalk remercia d'Amore qui s'esquiva. Une fois seul, l'obèse sortit l'enregistrement magnétoscopique de la rencontre d'Elise et de Burris et l'introduisit dans le lecteur pour le visionner une fois encore. De prime abord, il s'était prononcé contre la visite d'Elise en dépit de l'insistance d'Aoudad. Mais il n'avait pas tardé à se rendre compte des avantages qu'offrait cette confrontation. Burris n'avait pas vu de femme depuis son retour. Et d'après Aoudad (qui était bien placé pour le savoir!), la signora Prolisse était consumée de désir pour le corps tourmenté du coéquipier de son défunt époux. Alors, pourquoi ne pas les mettre en présence pour voir la réaction de Burris? On ne fait pas faire une saillie spectaculaire à un taureau primé sans avoir effectué quelques tests préalables.

L'enregistrement était détaillé et explicite. Trois caméras clandestines dont le diamètre des objectifs ne dépassait pas la largeur de quelques molécules avaient tout enregistré. Chalk avait déjà visionné la scène trois fois mais il y avait toujours de nouvelles subtilités à découvrir. Le voyeurisme, à vrai dire, ne l'excitait pas particulièrement. Il avait des moyens plus raffinés d'assouvir son plaisir et le spectacle de la bête à deux dos n'avait d'intérêt que pour des adolescents. Mais il était utile d'avoir une idée de la performance de Burris.

Chalk passa rapidement sur la conversation préliminaire. Comme le récit que Burris lui faisait de ses aventures paraissait assommer Elise! Et comme il avait l'air effrayé quand elle se montra nue à lui! Qu'est-ce qui le terrifiait ainsi? Ce n'est pourtant pas la première fois qu'il voit une femme, songeait Chalk. Evidemment, ses expériences amoureuses remontaient à sa vie antérieure. Peut-être appréhende-t-il qu'elle trouve son nouveau corps hideux et qu'elle le repousse à l'instant critique. La minute de vérité... Cela méritait réflexion. Les caméras ne pouvaient rien révéler des pensées ni même des émotions de Burris et Chalk n'avait pris aucune disposition pour détecter ses sentiments profonds. Aussi devait-il procéder par déduction.

L'astronaute était indiscutablement dans ses petits souliers et la dame était indiscutablement déterminée. Chalk étudia avec attention la tigresse nue qui prenait la mesure de sa proie. En un premier temps, Burris paraissait être prêt à repousser ses avances. Comme si le sexe ou, en tout cas, Elise ne l'intéressait pas. Avait-il trop de grandeur d'âme pour s'envoyer la veuve de son ami? Ou avait-il encore peur de s'abandonner, si irrésistible et évident que fût le désir de sa partenaire? Bon... Maintenant, il était nu, lui aussi. Elise ne se décourageait pas. Les médecins qui avaient examiné Burris à son retour avaient affirmé qu'il était toujours capable de faire l'amour — pour autant qu'ils pouvaient le dire — et, manifestement, ils ne s'étaient pas trompés.

Les bras et les jambes d'Elise brassaient l'air. Chalk tiraillait ses bajoues tandis que, sur l'écran, les deux petits personnages se livraient aux rites amoureux. Oui, Burris était encore capable de faire l'amour, c'était incontestable. Duncan cessa de s'intéresser au couple qui approchait du paroxysme. L'enregistrement prit fin sur une dernière image de l'homme et de la femme allongés côte à côte, épuisés, sur le lit dévasté.

Il était capable de faire l'amour, mais était-il capable de procréer? Les agents de Chalk avaient intercepté Elise au moment où elle était sortie de la chambre. Quelques heures auparavant, la femme impudique gisait, inconsciente, cuisses écartées, sur une table d'examen. Mais Duncan avait le pressentiment que, cette fois, il allait être déçu. Il contrôlait beaucoup de choses mais pas toutes.

D'Amore réapparut.

— Le rapport vient d'arriver.

— Alors?

— Son sperme n'est pas fécond. Les médecins y perdent leur latin mais ils affirment catégoriquement que sa semence est stérile. Les extra-terrestres ont dû également intervenir à ce niveau.

— C'est dommage, soupira Chalk. Voilà une éventualité qui s'évanouit. Il ne fera pas d'enfants à la future Mme Burris.

D'Amore s'esclaffa.

— Elle a suffisamment de bébés comme ça, ne pensez-vous pas?

LE MARIAGE DES ÂMES

Après la sensuelle Elise, la jeune fille n'inspirait guère Burris mais il la trouvait sympathique. C'était une enfant douce, pathétique et fragile. Pleine de bonnes intentions. Le cactus en pot qu'elle lui avait apporté l'avait touché. C'était un cadeau trop modeste pour ne pas être un geste purement amical. En outre, l'aspect physique de Minner ne la terrorisait pas. Elle était bouleversée, oui. Elle avait un peu la nausée, oui. Mais elle le regardait dans les yeux sans trahir la moindre horreur.

— Vous êtes de la région? s'enquit-il.

— Non. J'habite l'Est. Mais asseyez-vous. Ne restez pas debout à cause de moi.

— Ne vous inquiétez pas. Je suis très vigoureux, vous savez.

— Vous êtes à la clinique pour vous faire opérer?

— Non, juste pour des tests. Ils pensent qu'ils pourront me sortir de ce corps et me mettre dans un autre, plus normal.

— Ce sera merveilleux!

— Ne le répétez à personne, mais je crois bien que ça ne marchera pas. Le corps en question se trouve à l'heure actuelle à des millions de kilomètres dans l'espace et avant qu'ils le ramènent sur la Terre... — Il tripotait le cactus posé sur la table de chevet. — Et vous, pourquoi êtes-vous en clinique, Lona?

— Il a fallu qu'on me soigne les poumons. Ainsi que le nez et la gorge.

— Le rhume des foins?

— Je m'étais mis la tête dans un désintégrateur d'ordures, répondit-elle simplement.

Burris eut l'impression fugitive que le sol s'ouvrait sous ses pieds et il dut se cramponner pour ne pas perdre l'équilibre. Ce n'était pas tant ce qu'elle avait dit que sa voix atone qui le sidérait. Un ton tranquille, comme si se faire ronger les bronches par des acides n'était qu'une aimable plaisanterie.

— Vous avez tenté de vous suicider? balbutia-t-il.

— Oui. Seulement, on m'a retrouvée très vite.

— Mais... pourquoi? A votre âge! — Il avait employé un ton paternel et s'en voulait. — Vous avez toute la vie devant vous!

Les yeux de Lona s'élargirent. Pourtant, ils étaient sans profondeur et Burris ne put s'empêcher de faire la comparaison avec les prunelles incandescentes d'Elise.

— Vous n'avez pas entendu parler de moi? lui demanda-t-elle de sa voix fluette.

Burris sourit.

— J'ai bien peur que non.

— Je suis Lona Kelvin. Peut-être n'avez-vous pas saisi mon nom. A moins que vous ne l'ayez oublié. Bien sûr, vous étiez dans l'espace quand tout est arrivé.

— J'ai du mal à vous suivre.

— J'ai servi de sujet d'expérience. Une transplantation ovarienne multi-embryonnaire. Ça s'appelle comme ça. On m'a prélevé quelques centaines d'ovules, on les a fécondés et fait se développer les uns dans la matrice d'autres femmes, les autres en incubateurs. Près de cent bébés sont nés. Cela a pris six mois. L'expérience a eu lieu l'année dernière à la même époque.

Les dernières idées toutes faites de Burris s'effondraient. Il avait cru se trouver en présence d'une étudiante bien élevée, écervelée, vaguement intéressée par l'étrange occupant de la chambre voisine mais avant tout polarisée sur les goûts et les modes, quels qu'ils fussent, des jeunes gens de sa génération. Si elle était en clinique, c'était sûrement pour se faire dissoudre l'appendice. Ou se faire rectifier le nez.

Mais, brutalement, les certitudes de Burris s'étaient volatilisées et il commençait à voir Lona sous un autre jour. Un jour plus cosmique. A la voir comme une victime de l'univers.

— Cent bébés? C'est la première fois que j'entends parler de ça.

— Vous n'étiez sûrement pas sur la Terre. Cela a fait beaucoup de bruit.

— Mais quel âge avez-vous donc?

— Dix-sept ans à présent.

— Dans ce cas, vous n'en avez porté aucun?

— Non. Et toute la question est là, précisément. Ils ont prélevé mes ovules et, à partir de ce moment, tout s'est arrêté pour moi. Evidemment, j'ai eu droit à beaucoup de publicité. Beaucoup trop. — Elle lui décocha un coup d'œil timide. — Mais je vous ennuie à vous raconter ma vie.

— Pas du tout. Je veux savoir.

— Ce n'est pas très intéressant. Je passais tout le temps à la vidéo. Les magnétojournaux n'arrêtaient pas de causer de moi. On ne me laissait jamais en paix. Je n'avais pas grand-chose à dire parce que je n'avais rien fait, n'est-ce pas? J'étais simplement la donneuse. Mais quand mon nom a été rendu public, ils ont tous fondu sur moi. Des essaims de reporters. Je n'étais jamais seule mais, pourtant, j'étais toujours seule, vous comprenez? Finalement, je n'ai plus pu le supporter. Tout

98

ce que je voulais, c'étaient deux bébés que j'aurais fabriqués moi-même. Pas cent fabriqués par des machines. Alors, j'ai essayé de me tuer.

— En vous mettant la tête dans le manchon d'un désintégrateur d'ordures?

— Non, ça, c'était la seconde fois. La première, je me suis jetée sous un camion.

— Quand?

— L'été dernier. On m'a transportée ici. Quand j'ai été remise en état, ils m'ont renvoyée chez moi, dans l'Est. Je vivais dans une seule pièce. J'avais peur de tout. J'étais si terrifiée qu'un beau jour je me suis rendue dans la salle du désintégrateur, j'ai ouvert le manchon et... bref, j'ai encore raté mon coup. Je suis toujours en vie.

— Avez-vous toujours la même rage de mourir, Lona?

— Je ne sais pas. — Ses doigts maigres pétrissaient le vide. — Si seulement j'avais quelque chose à quoi m'accrocher... Mais cela suffit! Je ne suis pas censée vous parler de moi. Je voulais seulement que vous sachiez en gros pourquoi j'étais ici. C'est vous qui...

— Qui a dit que vous n'êtes pas censée parler de vous?

Les joues creuses de Lona s'empourprèrent.

— Je ne sais pas. Je veux dire... que ce n'est pas vraiment important. Parlons plutôt de l'espace, colonel Burris.

— Ne m'appelez pas colonel, appelez-moi Minner.

— Dans l'espace...

— Il y a des Choses qui vous capturent et vous mettent sens dessus dessous. Voilà ce qu'est l'espace, Lona.

— C'est effrayant!

— C'est aussi mon avis mais inutile de renforcer ma conviction.

— Je ne vous suis pas.

— Je m'apitoie terriblement sur moi-même. Si vous faisiez mine de me tendre la perche, je m'épancherais dans votre giron. Je vous dirais à quel point je trouve inique qu'ils m'aient fait ce qu'ils m'ont fait. Je me lamenterais sur l'injustice de cet univers aveugle. Je vous débiterais des tas de niaiseries.

— Mais vous avez parfaitement le droit de vous révolter! Vous n'aviez pas l'intention de leur faire de mal. Et ils se sont emparés de vous pour...

— Tout juste.

— C'est inadmissible!

— Vous avez raison, Lona, mais c'est ce que je passe mon temps à ressasser. Le plus souvent, je me dis ça à moi-même, mais dès que je trouve une oreille complaisante, je me laisse aller. Je ne parle pratiquement pas d'autre chose, je ne pense pratiquement à rien d'autre. Et figurez-vous que j'ai subi une seconde métamorphose. L'homme que j'étais est devenu un monstre et le monstre, à son tour, est devenu la personnification ambulante de l'injustice.

Elle est complètement perdue, se dit Burris devant l'air perplexe de la jeune fille, et il reprit :

— Je veux dire que j'ai laissé la chose qui m'est arrivée devenir moi-même. Je suis un produit, un objet, un événement moral. Les autres ont des ambitions, des désirs, des objectifs, ils peuvent faire état de leurs réalisations. Moi, je n'ai que mes mutilations et elles me dévorent. Elles m'ont dévoré. Alors, j'essaye de leur échapper.

— Ce qui signifie que vous préféreriez ne pas parler de ce qui vous est arrivé?

— En quelque sorte.

Elle opina. Burris vit ses narines palpiter, vit ses lèvres minces se retrousser avec animation et elle lui décocha un sourire.

— Vous savez, col... Minner, c'est un peu la même chose pour moi. Enfin... être une victime et tout ça, pleurer sur son propre sort. Moi aussi, on m'a fait bien des misères et, depuis, je n'arrête pas d'y repenser, de remâcher tout ça et de me rebeller. Ou d'en être malade. Ce qu'il faudrait, c'est oublier et s'occuper d'autre chose.

— Le fait est.

— Seulement, je ne peux pas. Au lieu de ça, je m'obstine à tenter de me suicider parce que ma situation me paraît intolérable. — Elle baissa les yeux, hésitante. — Je suis peut-être indiscrète mais je voudrais vous demander si... si vous... si vous avez jamais essayé de...

Elle n'alla pas plus loin.

— De me supprimer? Non. Non, Lona. Je me suis contenté de me morfondre. On appelle ça un suicide lent.

— Nous devrions conclure un marché tous les deux. Au lieu de m'apitoyer sur moi et vous de vous apitoyer sur vous, je m'apitoierai sur vous et vous vous apitoierez sur moi. Chacun déplorerait le martyre que le monde a fait subir à l'autre. Mais ce ne serait pas du chacun pour soi. Je m'exprime très mal, mais est-ce que vous comprenez ce que je veux dire?

— Vous voudriez que nous créions une société de sympathie mutuelle? Victimes de l'univers, unissez-vous! — Burris éclata de rire. — Oui, je comprends, Lona, c'est une bonne idée. Exactement ce que je... ce dont nous avons besoin. Enfin, exactement ce dont vous avez besoin, vous.

— Et vous aussi!

Elle paraissait très contente d'elle et souriait jusqu'aux oreilles. Burris fut étonné de la métamorphose soudaine de la jeune fille. On aurait dit qu'elle avait vieilli d'un an ou deux, qu'elle avait acquis de la vigueur, qu'elle était plus équilibrée et qu'elle avait même davantage de féminité. L'espace d'un instant, elle cessa d'être une adolescente maigre et pathétique mais cet éclat éphémère s'éteignit et elle redevint une petite fille.

— Est-ce que vous jouez aux cartes?

— Oui.

— Est-ce que vous savez jouer aux dix planètes?

— J'aimerais que vous m'appreniez.

— Je vais chercher un jeu.

Elle sortit en courant, son peignoir flottant sur son

étroite silhouette. Elle réapparut au bout de quelques instants avec un jeu de cartes satinées et s'assit sur le lit à côté de Burris. Ce dernier leva vivement les yeux quand le fermoir central de sa veste de pyjama se dépolarisa et il entrevit un petit sein rigide. Lona referma son pyjama d'un revers de main. Ce n'était pas tout à fait une femme, songea Minner, mais ce n'était pas non plus une enfant. Et il se rappela brusquement que cette jeune fille à la taille fine était la mère (?) d'une centaine de bébés.

— Avez-vous déjà joué à ce jeu? s'enquit Lona.

— J'ai bien peur que non.

— C'est extrêmement simple. D'abord, je sors dix cartes...

MALGRÉ SES PLUMES, LE HIBOU AVAIT FROID

De l'autre côté du mur transparent de la génératrice de la clinique, des espèces de fibres tourbillonnantes s'enroulaient et se déroulaient. Leur rôle était de capter l'énergie fournie par le pylône le plus proche pour alimenter le transformateur. Burris expliquait à Lona comment cela fonctionnait en l'absence de câbles. La jeune fille faisait de son mieux pour écouter mais ces détails ne l'intéressaient pas tellement. Il lui était difficile de se concentrer sur quelque chose d'aussi étranger à son expérience, surtout quand Minner était à côté d'elle.

— Autrefois, c'était bien différent, disait-il. Je me rappelle encore l'époque où la campagne était enserrée dans un réseau de lignes de haute tension d'une capacité d'un million de kilowatts. On envisageait de porter leur puissance à un million et demi...

— Vous en savez des choses! Comment avez-vous eu le temps d'apprendre l'électricité tout en étudiant pour devenir astronaute?

— C'est que je suis terriblement vieux.

— Je parie que vous n'avez même pas encore quatre-vingts ans.

Elle plaisantait mais Burris n'eut pas l'air de le comprendre. Son visage fit cette drôle de grimace, ses lèvres — pouvait-on encore leur donner ce nom? — s'étirèrent jusqu'au milieu de ses joues.

— J'ai quarante ans, laissa-t-il tomber d'une voix caverneuse. J'imagine que, pour vous, ça ne fait pas loin de quatre-vingts.

— Pas tout à fait.

— Si on allait faire un tour dans le jardin?

— Pour voir tous ces machins pointus?

— Vous ne les aimez pas?

— Oh non, pas du tout!

Lona se reprit rapidement. Il aime les cactus, se dit-elle. Il ne faut pas que je dise du mal de ce qu'il aime. Il a besoin de quelqu'un qui aime les mêmes choses que lui. Même si elles ne sont pas jolies, jolies.

Ils se dirigèrent d'un pas nonchalant vers le jardin. Il était midi et un soleil pâle détourait les ombres sur le sol sec qui craquait sous leurs semelles. Lona frissonna. Elle avait passé un manteau sur son peignoir, mais malgré tout, même en plein désert, il faisait froid. Burris, bien que moins chaudement vêtu, n'avait pas l'air de s'en soucier et la jeune fille se demanda si son nouvel organisme était capable de s'adapter à la température ambiante comme celui d'un serpent. Mais elle s'abstint de poser la question. Elle s'efforçait d'éviter de lui parler de son corps. Et puis, réflexion faite, la meilleure façon qu'avait un serpent de s'adapter au froid était de se lover et de dormir. Elle n'insista pas.

Burris était intarissable sur les cactus. Ils déambulèrent dans le jardin entre des rangées de végétaux bardés de piquants. Pas une feuille, pas même une branche, pas la moindre fleur. Pourtant, lui dit-il, ici, ce sont des bourgeons. Celui-ci donnera en juin un joli fruit rouge ressemblant à une pomme. Celui-là sert à fabriquer des confiseries. Avec les épines et tout? Oh non, pas les épines. Il se mit à rire et elle l'imita. Elle aurait voulu le prendre par la main. Quelle impression pouvait donner le contact de cet appendice en forme de tortillon sur ses doigts?

Elle s'était attendue à avoir peur de lui mais, à sa grande surprise, elle n'éprouvait nul effroi.

N'empêche qu'elle aurait bien aimé qu'ils rentrent.

Il désigna du doigt une forme mal définie qui voletait au-dessus d'un cactus particulièrement horrible.

— Regardez!

— Qu'est-ce que c'est? Un gros papillon?

— Qu'elle est bête! C'est un oiseau-mouche. Il est sûrement perdu.

Burris, visiblement passionné, s'approcha du volatile. Les tentacules de ses mains gigotaient comme c'était souvent le cas quand il était distrait. Mettant un genou en terre, il examina le colibri. Lona, qui l'observait de profil, voyait sa mâchoire puissante et la surface de peau tendue servant de tympan qui se trouvait à la place de son oreille. Et parce que tel était le désir de Minner, elle posa son regard sur l'oiseau. Un corps minuscule agrémenté de ce qui était peut-être un long bec rectiligne. L'oiseau-mouche était comme environné d'une espèce de brume.

— Ce sont ses ailes? demanda-t-elle.

— Oui. Elles battent terriblement vite. Vous ne les voyez pas, n'est-ce pas?

— C'est tout brouillé.

— Moi, je les distingue. C'est incroyable, Lona! Avec ces yeux-là, je les distingue!

— C'est prodigieux, Minner.

— Oui, il s'est certainement égaré. Il doit venir du Mexique et il voudrait probablement y être encore. Ici, il mourra avant de trouver une fleur. Je voudrais bien pouvoir l'aider.

— Essayez de l'attraper et tâchez de trouver quelqu'un qui l'emmènera au Mexique.

Burris contempla ses mains comme s'il se demandait

si elles seraient capables de capturer le colibri d'un mouvement fulgurant. Il hocha la tête.

— Même maintenant, je ne serais pas assez rapide. Ou je l'écraserais. Je... oh! il s'est envolé!

Lona suivit des yeux l'oiseau-mouche jusqu'à ce qu'il eût disparu. Au moins, il se dirige vers le sud, songea-t-elle. Elle se tourna vers Burris.

— Il y a des fois où vous êtes content de lui, n'est-ce pas? Vous l'aimez... un peu.

— Qu'est-ce que j'aime?

— Votre nouveau corps.

Il frissonna imperceptiblement et elle s'en voulut d'avoir posé cette question.

Minner cherchait apparemment à refouler les mots qui lui montaient à la gorge.

— Il présente certains avantages, j'en conviens.

— J'ai froid, Minner.

— Vous préférez qu'on rentre?

— Si cela ne vous ennuie pas.

— Vos désirs sont des ordres, Lona.

Ils se mirent en marche côte à côte. A leurs pieds, leurs ombres faisaient un angle aigu. Il était beaucoup plus grand qu'elle, il mesurait près de trente centimètres de plus et il était très costaud.

J'aimerais... qu'il me prenne... dans ses bras.

Elle n'éprouvait aucune répulsion devant l'aspect physique de Burris. Bien sûr, elle n'avait encore vu que sa tête et ses mains. Peut-être avait-il un gros œil béant au milieu de la poitrine. Ou une bouche sous chaque bras. Une queue. Des taches violettes partout. Mais tout en dévidant ces phantasmes, Lona se rendait compte que ces inventions elles-mêmes n'étaient pas vraiment effrayantes. Si elle avait pu s'habituer aussi rapidement à son visage et à ses mains, d'autres éventuelles différences seraient négligeables. Il n'avait pas d'oreilles, son nez n'était pas un nez, ses yeux et ses lèvres étaient déroutants, sa langue et ses dents paraissaient sortir tout droit d'un cauchemar. Et chacune de ses mains possédait cet appendice supplémentaire.

Pourtant, elle avait cessé de remarquer ces singularités en un temps record. Son timbre de voix était normal, agréable. Et il était tellement intelligent, tellement intéressant! De plus, il avait l'air de bien l'aimer. Etait-il marié? Comment pourrait-elle le lui demander?

La porte de la clinique s'invagina à leur approche.

— On va dans ma chambre ou dans la vôtre? s'enquit Burris.

— Qu'est-ce qu'on fera?

— On bavardera. On jouera aux cartes.

— Les cartes vous ennuient.

— Est-ce que je vous ai jamais dit ça?

— Vous êtes trop bien élevé mais je m'en suis rendu compte. Il est visible que vous vous forciez, c'était écrit en toutes lettres sur votre... — sa voix faiblit — ...figure.

Voilà que ça recommence, se dit-elle.

— Allons dans ma chambre.

La chambre n'avait guère d'importance. Toutes deux étaient identiques. L'une donnait sur le jardin, l'autre sur la cour. Un lit, une table, tout un arsenal médical. Burris s'installa sur la chaise, Lona s'assit sur le lit. Elle aurait voulu qu'il s'approche d'elle, qu'il la touche, qu'il réchauffe sa chair froide, mais naturellement, elle n'osa pas le lui suggérer.

— Quand quitterez-vous la clinique, Minner?

— Bientôt. D'ici quelques jours. Et vous, Lona?

— Je crois que, maintenant, je pourrais partir d'une minute à l'autre. Et que ferez-vous après?

— Je ne sais pas trop. Je crois que je voyagerai. Pour voir le monde et pour que le monde me voie.

— J'ai toujours eu envie de voyager. — C'était trop cousu de fil blanc! — En fait, je n'ai jamais été nulle part, pour ainsi dire.

— Où voudriez-vous aller?

— A Luna Tivoli. Ou sur la Planète de Cristal. Ou... N'importe où. En Chine. Dans l'Antarctique.

— Ce n'est pas difficile. Il suffit d'embarquer à bord d'un transport et en avant!

L'espace d'un instant le visage de Burris se ferma et Lona en demeura toute pantoise. Les lèvres de l'astronaute étaient hermétiquement closes, ses paupières s'étaient obturées avec un déclic. Cela lui fit penser à une tortue. Puis Burris rouvrit les yeux et demanda à la grande stupéfaction de la jeune fille :

— Et si nous allions voir quelques-uns de ces endroits ensemble?

ENLEVEZ CES ÉCLISSES

Chalk, flottant un peu au-dessus de l'atmosphère, regarda son univers et trouva que cela était bon. Les mers étaient d'un vert tirant sur le bleu — ou d'un bleu tirant sur le vert — et il lui semblait pouvoir discerner des icebergs errant à l'aventure. Au nord, les terres qu'enserrait l'étau de l'hiver étaient sombres, mais au-dessous de la ligne équatoriale, régnait le vert de l'été.

Duncan Chalk passait beaucoup de temps dans les couches inférieures de l'espace. C'était le moyen le meilleur et le plus esthétiquement satisfaisant d'échapper à la pesanteur. Cela ne faisait peut-être pas l'affaire de son pilote car il lui interdisait de se servir des gravitrons d'inversion et même de faire fonctionner le système centrifugeur qui donnait une illusion de poids. Mais l'homme était assez grassement payé pour supporter ces inconvénients — si inconvénients il y avait.

Pour Chalk, ne plus avoir de poids était loin d'en être un. Il ne souffrait d'aucun des handicaps de sa masse de brontosaure.

— C'est un de ces cas exceptionnels où l'on peut légitimement avoir quelque chose pour rien, expliqua-t-il à Burris et à la jeune femme. Réfléchissez : quand nous décollons, les gravitrons dissipent la gravité de l'accélération de sorte que les g supplémentaires sont neutralisés et nous nous élevons alors de manière tout à fait confortable. Pour monter jusqu'ici, il n'y a pas d'effort à fournir, pas de taxe de pondérabilité à payer puisque nous ne pesons rien. Et, à l'atterrissage, le problème de la décélération se règle de la même façon. On retrouve son poids normal et l'on n'éprouve aucune sensation d'écrasement.

— Mais est-ce que c'est vraiment gratuit? interrogea Lona. Parce que, quand même, les gravitrons, ça doit coûter des sommes folles. Si vous faites le bilan global en tenant compte des dépenses de démarrage et d'arrêt, je ne crois pas qu'on puisse dire que vous avez quelque chose pour rien, vous ne trouvez pas?

Chalk lança un regard amusé à Burris.

— Elle est très intelligente, vous avez remarqué?

— Oui, je l'ai remarqué.

Lona rougit jusqu'aux oreilles.

— Vous vous moquez de moi.

— Pas du tout, répondit l'astronaute. Sans vous en rendre compte, vous avez parfaitement posé le problème de la conservation de la gravité. Mais vous êtes trop sévère pour notre hôte. Il voit les choses d'un autre point de vue. S'il lui est épargné de souffrir de l'accumulation des g, il n'a littéralement rien à dépenser. Il n'a pas à payer la rançon de la pesanteur. Les gravitrons s'en chargent. C'est comme si vous commettiez un crime, voyez-vous, Lona, et si vous payiez quelqu'un d'autre pour en supporter les conséquences. Evidemment, financièrement, cela vous coûterait gros. Mais vous auriez commis votre crime et ce ne serait pas vous, mais un mercenaire qui se languirait en prison. L'équivalent financier...

— Parlons d'autre chose, interrompit Lona. N'importe comment, on est merveilleusement bien ici.

— Vous appréciez l'apesanteur? lui demanda Chalk. Vous n'aviez encore jamais fait cette expérience?

— Pas vraiment, exception faite de quelques brefs voyages.

— Et vous, Burris? L'absence de gravité vous soulage-t-elle?

— Un peu, merci. Mes organes ne sont pas tirés à hue et à dia comme ils devraient l'être et je n'ai plus ce terrible étau qui me comprime la poitrine. C'est un bien petit avantage mais je l'apprécie.

Chalk nota que, néanmoins, Burris était toujours immergé dans un véritable bain de souffrance. Un bain qui était peut-être un peu plus tiède mais cela n'allait guère plus loin. Qu'est-ce que cela pouvait donner, l'inconfort physique permanent? Il en avait une vague idée parce qu'il savait quel effort il devait consentir pour traîner son corps dans les conditions de pesanteur normale. Mais il y avait belle lurette qu'il n'y pensait même plus. Il avait tellement l'habitude de ce lancinement déchirant! Mais Burris? Ces clous qu'on lui enfonçait perpétuellement dans la chair... Il ne protestait pas. Sauf que, de temps en temps, sa révolte faisait surface. Il faisait des progrès, il apprenait à s'accommoder de ce qui était pour lui la condition humaine. Cependant, hypersensible comme il l'était, Chalk n'en captait pas moins les effluves de la souffrance. Ce n'était pas seulement une souffrance psychique, mais aussi une douleur physique. Burris avait acquis davantage de sérénité, il était sorti du ténébreux abîme de la dépression où Aoudad l'avait trouvé, mais l'existence était loin d'être pour lui un lit de roses.

La fille était relativement mieux lotie, conclut Chalk. Son mécanisme n'était pas aussi compliqué. Et ils avaient l'air heureux ensemble. Naturellement, le temps aidant, il n'en serait pas toujours ainsi.

— Est-ce que vous voyez Hawaï? s'exclama l'obèse. Et là-bas, à la limite du globe, c'est la Chine. La Grande Muraille. Nous en avons restauré une bonne partie. Regardez, juste au-dessus de ce golfe, elle s'enfonce dans les terres. Au nord de Pékin, elle monte à l'assaut des montagnes. Toute la section centrale a disparu. C'est le désert des Ordos. Mais il ne faut pas trop regretter, ce n'était jamais qu'un mur de boue. Et là-bas, du côté du Sinkiang, elle réapparaît. Nous avons monté plusieurs parcs d'attractions le long de la Grande Muraille.

Chalk nota que Burris et Lona se tenaient par la main et il se concentra pour capter leurs émotions. Rien d'intéressant pour le moment. De la jeune fille émanait une sorte de moite contentement vaguement maternel. Oui, elle marcherait. Quand à Burris... jusque-là, on ne pouvait rien dire. Il était plus détendu. En fait, jamais Chalk ne l'avait encore vu détendu à ce point. Il avait de l'amitié pour la petite. Visiblement, elle l'amusait. Et l'intérêt qu'elle éprouvait pour lui lui faisait plaisir. Mais il n'était pas vraiment accroché. Il ne la tenait pas en très haute estime en tant que personne, en réalité. Elle ne tarderait pas à être follement amoureuse de lui mais il était peu vraisemblable que Burris lui rende la pareille. Cette différence de voltage pourrait engendrer un courant, une espèce d'effet de thermocouple, pour ainsi dire. Ce serait assez excitant. On verrait.

La fusée traversa la Chine d'est en ouest. Elle se mit en orbite au-dessus de l'ancienne Route de la Soie.

— Si j'ai bien compris, reprit Chalk, vous partez en voyage. C'est du moins ce que m'a dit Nick.

— C'est exact, répondit Burris. Nous avons établi notre itinéraire.

— Je suis d'une impatience! s'exclama Lona. L'idée de partir me surexcite à un point pas croyable.

Cette explosion enfantine arracha une grimace à Burris. Chalk, à présent, parfaitement familiarisé avec les fluctuations d'humeur du couple, braqua ses antennes sur le flux d'irritation qui lui parvenait pour le déguster. Ce fugitif déchaînement passionnel était comme une soudaine déchirure dans un voile de velours sans coutures. Une noire déchiqueture violant la lisse texture du tissu. C'était un commencement, songea-t-il. Un commencement.

— Ce sera une croisière sensationnelle, dit-il. Des milliards de gens vous souhaitent bon voyage.

LA FOIRE AUX JOUETS

Quand on était entre les mains de Duncan Chalk, ça bougeait un peu. Son personnel était allé les chercher à la clinique pour les conduire au spatiodrome privé du grand patron. Ensuite, ils avaient fait le tour du monde. Maintenant, on les avait amenés à l'hôtel. C'était l'hôtel le plus sensationnel qu'eût jamais connu l'hémisphère occidental. Ce qui fascinait Lona et tracassait obscurément Burris.

Au moment où il entrait dans le hall, il trébucha et tomba.

Ce n'était pas la première fois, mais cela ne lui était encore jamais arrivé en public. Il y avait des moments où ses jambes échappaient à son contrôle. Ses nouveaux genoux, évidemment conçus pour éliminer le frottement, lâchaient aux moments les plus imprévisibles. Ce qui venait de se produire. Brusquement, il avait eu l'impression que sa jambe gauche se désagrégeait tandis que le tapis bouton-d'or montait lentement à sa rencontre.

Vigilants, des chasseurs robots se précipitèrent à la rescousse. Aoudad, dont les réflexes étaient un peu moins bons, s'élança avec un temps de retard mais Lona, qui était le plus près de lui, ploya les genoux et glissa une épaule sous la poitrine de l'astronaute afin de l'aider à recouvrer l'équilibre.

— Ça va? murmura-t-elle dans un souffle.

— A peu près.

Burris balança sa jambe d'avant en arrière pour remettre sa rotule en place. Des ondes de douleur lui lancinaient la hanche.

— Vous êtes forte. Vous m'avez bien aidé.

— Ça s'est passé si vite... Je ne me suis même pas rendu compte de ce que je faisais. J'ai bondi, voilà tout.

— Pourtant, je suis lourd.

Aoudad lâcha le bras de Burris.

— Etes-vous en état de marcher ? Qu'est-il arrivé ?

— L'espace d'un instant, j'ai oublié comment fonctionnaient mes jambes.

La douleur lui donnait le vertige. Il se domina et, prenant la main de Lona, il avança en direction des gravitrons. Nikolaides se chargea des formalités administratives. Ils resteraient là deux jours. Aoudad rejoignit Burris et Lona dans l'élévateur.

— Quatre-vingt-deuxième, dit-il, la bouche devant le micro.

— On a une grande chambre ? s'enquit Lona.

— Vous avez une suite. C'est-à-dire des tas de pièces.

Il y en avait sept. Des chambres à coucher, comme s'il en pleuvait, une cuisine, un salon et une vaste salle de conférence pour la presse. A la demande de Burris, on attribua au couple des chambres communicantes. Jusqu'à présent, il n'y avait pas encore eu le moindre contact physique entre l'astronaute et la jeune fille. Minner savait que plus il attendrait, plus cela serait difficile. Néanmoins, il s'en tenait à cette ligne de conduite. Il était incapable de juger de la profondeur des sentiments de Lona et cela le faisait sérieusement douter des siens.

Chalk n'avait pas lésiné sur la dépense. L'appartement, orné de tapisseries d'outre-monde qui palpitaient et étincelaient à la lumière, était somptueux. Les bibelots en verre filé disposés sur la table chantaient de douces mélodies quand on les réchauffait dans le creux de la main. Le lit de Burris aurait pu donner asile à un régiment au grand complet. Celui de Lona était rond et pivotait sur lui-même quand on appuyait sur un bouton. Il y avait des miroirs au plafond. Une commande les découpaient en facettes. Une autre permettait de fragmenter l'image. Une troisième donnait un reflet plus grand et mieux défini que nature. On pouvait aussi les rendre opaques. Burris ne doutait pas un seul instant que les chambres avaient encore bien d'autres tours dans leur sac.

— Ce soir, dîner au salon galactique, annonça Aoudad. Il y aura une conférence de presse demain matin à 11 heures. Vous avez rendez-vous avec Chalk dans l'après-midi et, après-demain dans la matinée, vous vous envolerez en direction du pôle Sud.

— C'est admirable.

Burris s'assit.

— Voulez-vous que je fasse venir un médecin qui examinera votre jambe?

— Ce n'est pas la peine.

— Alors, je vais vous laisser. Je reviendrai dans une heure et demie pour vous escorter jusqu'à la salle à manger. Vous trouverez des vêtements dans les placards.

Et Aoudad s'éclipsa.

Les yeux de Lona brillaient. C'était une incursion au royaume des fées. Même Burris, que le luxe n'impressionnait pas aussi facilement, était sensible aux commodités qui leur étaient offertes. Il sourit à Lona, qui s'empourpra encore davantage et lui lança un clin d'œil.

— On va encore regarder, proposa-t-elle.

Ils firent le tour du propriétaire. La chambre de la jeune fille, la sienne, la cuisine. Quand elle caressa le programmateur culinaire, Burris dit :

— On pourrait dîner dans l'appartement. On aurait tout ce qu'on voudrait.

— Non, je préfère sortir.

— Comme vous voudrez.

Il n'avait besoin ni de se raser ni même de se laver — c'était un des petits avantages de son nouvel épiderme. Mais Lona participait davantage de la condition humaine. Quand il la laissa, elle contemplait d'un air captivé le vibratron de sa salle de bains dont le pupitre de commande était presque aussi complexe que le tableau de bord d'un astronef. Qu'elle fasse joujou si elle en avait envie!

Il examina sa garde-robe. Ce n'était pas possible! On le prenait pour une vedette de tridirama! Sur une étagère s'alignaient une vingtaine d'atomiseurs sur chacun desquels figurait l'image du vêtement correspondant : une jaquette verte et une tunique passementée de violet, une longue robe autolumineuse, un ensemble tapageur polychrome garni d'épaulettes et de nervures costales. Burris préférait des modèles plus simples et des matériaux plus conventionnels — le lin, le coton, les tissus d'antan. Mais ses goûts personnels n'avaient pas à entrer en ligne de compte. Si cela n'avait tenu qu'à lui, il serait encore calfeutré dans sa chambre des Tours Martlet à la peinture écaillée, en train de discuter avec son propre fantôme. Mais maintenant, il était une marionnette volontaire dont Chalk tirait les ficelles, et il était obligé de danser à la commande. Puisqu'il était au Purgatoire! Il choisit le costume nervuré à épaulettes.

Mais l'aérosol fonctionnerait-il? La porosité de sa peau, ainsi que quelques autres de ses propriétés physiques, étaient inhabituelles. Peut-être rejetterait-elle l'enduit? A moins — c'était un cauchemar à l'état de veille — qu'elle ne dissociât patiemment les liaisons moléculaires, de sorte que, au beau milieu du salon galactique, l'accoutrement se désagrégerait en un clin d'œil, révélant non seulement sa nudité, mais aussi toute son effrayante étrangeté aux regards. Eh bien, il prendrait ce risque. Que les autres regardent! Qu'ils voient tout! Une vision lui traversa fugitivement l'esprit — celle d'Elise Prolisse actionnant le mécanisme caché qui, oblitérant son noir fourreau en une fraction de seconde, avait brutalement dévoilé les neigeuses tentations de son corps. On ne pouvait pas se fier à ces vêtements. Tant pis! Burris se dévêtit, introduisit la bombe dans l'éjecteur, se plaça sous celui-ci et le vêtement se moula étroitement à son corps.

L'application prit moins de cinq minutes et, quand il s'examina dans le miroir, Burris trouva que cette tenue d'apparat ne lui allait pas si mal que ça. Lona serait fière de lui.

Il l'attendit.

Pas loin d'une heure. Aucun bruit ne parvenait de la

chambre de la jeune fille. Elle devait sûrement être prête! Il l'appela. Rien ne répondit.

La panique s'empara de lui. Cette fille avait des tendances suicidaires. Le chic et l'élégance de l'hôtel avaient pu être la goutte d'eau qui avait fait déborder le vase. L'appartement était à trois cents mètres d'altitude. Cette fois, elle ne se raterait pas! Je n'aurais jamais dû la laisser seule, se morigéna férocement Burris.

— *Lona!*

Il se précipita dans la seconde chambre et le soulagement le paralysa. Lona était dans la cabine de toilette. Nue, lui tournant le dos. Des épaules étroites, des hanches plus étroites encore de sorte que l'on ne se rendait pas compte de sa taille de guêpe. Une épine dorsale semblable à un chapelet de taupinières escarpées, cerné d'ombre. Des fesses de garçonnet.

Minner s'en voulut de son intrusion.

— Je ne vous entendais pas, s'excusa-t-il. Alors, je me suis inquiété et, comme vous ne m'avez pas répondu...

Elle lui fit face et Burris comprit instantanément que ce n'était pas ce viol de son intimité qui la contrariait. Ses yeux étaient rouges et ses joues barbouillées de larmes. Par une réaction de pudeur effarouchée, elle dissimulait sa poitrine menue derrière un bras maigrichon, mais ce geste purement symbolique et automatique ne cachait rien. Ses lèvres tremblaient. Burris éprouva le choc électrique de ce corps féminin sous sa peau et se demanda pourquoi une aussi chiche nudité lui faisait un tel effet. Pour la bonne raison que le rempart qui le protégeait était maintenant pulvérisé.

— Oh, Minner! Je n'ai pas osé vous appeler. Il y a une demi-heure que j'attends.

— Que se passe-t-il?

— Je n'ai rien à me mettre sur le dos.

Burris s'approcha. Lona s'écarta du placard et laissa retomber son bras. Cinquante, cent bombes aérosols s'alignaient sur les rayons.

— Et ça?

— Je ne peux pas m'habiller ainsi!

Il prit une bombe. A en juger par l'étiquette, c'était une parure de nuit et de brume, élégante, chaste, superbe.

— Pourquoi donc?

— Je veux quelque chose de simple mais il n'y a rien de simple, ici.

— De simple? Pour dîner au salon galactique?

— Minner, j'ai peur.

C'était vrai : elle avait peur. Il n'y avait qu'à voir sa peau nue : elle avait la chair de poule.

— Il y a des moments où vous vous conduisez vraiment comme une gamine! lança-t-il sur un ton hargneux.

Ces mots agirent comme un jet d'acide. Lona eut un mouvement de recul et les nouvelles larmes jaillirent à nouveau de ses yeux. Elle avait l'air encore plus nue dans le silence retombé. La cruauté de la phrase s'appesantissait comme un limon qui se dépose.

— Si je suis une gamine, pourquoi faut-il que j'aille au salon galactique? demanda-t-elle d'une voix enrouée.

Que faire? La prendre dans tes bras? La consoler? Burris nageait dans l'incertitude.

— Ne dites pas de bêtises, Lona, riposta-t-il en contrôlant son intonation pour qu'elle fût à mi-chemin de la réprimande paternelle et d'une feinte sollicitude. Vous êtes quelqu'un d'important. Ce soir, le monde entier vous verra, verra combien vous êtes belle et comme vous avez de la chance. Mettez quelque chose qui aurait plu à Cléopâtre et dites-vous que vous êtes Cléopâtre.

— Est-ce que je lui ressemble?

Il la toisa de la tête aux pieds — et devina que c'était précisément ce qu'elle voulait qu'il fasse. Et force lui était de reconnaître que l'académie de Lona était rien moins que sensuelle. Peut-être qu'elle cherchait à l'amener à faire ce constat. Et pourtant, en un sens, elle ne manquait pas d'une certaine séduction. Pour ne pas dire de féminité. Elle se tenait à mi-chemin de la fillette espiègle et de la femme lubrique.

— Prenez n'importe lequel de ces vêtements et ne vous cassez pas la tête. Regardez-moi avec ce costume dément! Je le trouve follement drôle. Il faut qu'on fasse la paire. Dépêchez-vous!

— C'est encore un problème. Il y en a tant! Je suis incapable de faire un choix!

Là, elle marquait un point. Burris passa en revue le contenu du placard. C'était consternant. Cléopâtre elle-même en aurait eu le vertige. Pas étonnant que la pauvre mominette ne sût pas où donner de la tête. Perplexe, il fouilla parmi les bombes dans l'espoir de tomber sur quelque chose qui irait à Lona comme un gant mais ces accoutrements n'avaient pas été conçus pour de pauvres mominettes et tant qu'il continuerait à considérer Lona comme telle, il serait incapable de faire un choix. En définitive, il en revint à la parure qu'il avait prise au hasard, celle qui était élégante et chaste.

— Cela vous ira à ravir.

La jeune fille examina l'étiquette d'un air dubitatif.

— Je me sentirai gênée avec quelque chose d'aussi fantaisiste.

— Nous avons déjà réglé cet aspect de la question. Allez! Mettez ça.

— Je ne sais pas comment on se sert de l'appareil.

— C'est pourtant d'une simplicité enfantine! s'exclama-t-il. Et aussitôt il s'en voulut d'employer régulièrement le même ton protecteur. Le mode d'emploi est indiqué. Il suffit d'introduire la bombe dans l'orifice prévu à cet effet...

— Faites-le pour moi, voulez-vous?

Burris obéit. Lona, pâle et mince silhouette nue, se tenait sous le jet tandis que, telle une brume ténue, le vêtement se matérialisait sur elle. Il commençait à soupçonner qu'elle l'avait manipulé, et non sans habileté. D'un coup d'un seul, ils avaient franchi le formidable obstacle de la nudité et, maintenant, elle se montrait à lui à l'état de nature comme s'ils étaient mari et femme depuis des années. Elle lui avait demandé son avis, elle l'obligeait à la regarder tandis qu'elle virevoltait sous le jet vaporeux qui la parait. Sacré petit démon! Burris ne pouvait s'empêcher d'admirer la technique de la jeune fille. Les larmes, cette façon de courber les épaules, de jouer les fillettes! Mais peut-être se méprenait-il et interprétait-il à tort son affolement? Oui, c'était probable.

— Qu'est-ce que ça donne? lui demanda-t-elle en sortant de la cabine.

— Vous êtes superbe! — Il le pensait vraiment. — Regardez-vous donc dans la glace et jugez vous-même.

La joie qui éclatait dans les yeux de Lona équivalait à pas mal de kilowatts. Décidément, il s'était trompé du tout au tout. Elle était moins compliquée qu'il se l'était imaginé. La perspective de se muer en une créature de rêve l'avait réellement terrorisée et, maintenant, le résultat l'enchantait.

Et le résultat était assez sensationnel. La robe tissée par l'aérosol n'était ni tout à fait diaphane ni tout à fait moulante. Elle l'enrobait comme un nuage, voilant ses cuisses maigrelettes, ses épaules tombantes et réussissait à suggérer subtilement une sensualité totalement étrangère à Lona. On ne portait pas de lingerie sous cette projection de sorte que la nudité du corps était à peine masquée. Mais les modélistes étaient des artistes et le drapé flou du vêtement magnifiait celle qui le portait. Et ses couleurs étaient exquises. Grâce à Dieu sait quelle magie moléculaire, les polymères dont la robe était constituée n'étaient pas limités à une bande bien déterminée du spectre. A chaque mouvement, sa teinte se modifiait, passant du gris rosé de l'aurore à l'azur du ciel d'été, au noir, à l'acier bruni, à la lactescence de la nacre, au mauve.

Le semblant de sophistication de la parure convenait on ne peut mieux à Lona. Elle paraissait plus élancée, plus mûre, plus dynamique, plus sûre d'elle. Elle redressait les épaules, bombait la poitrine. Elle était transfigurée de façon étonnante.

— Elle vous plaît? demanda-t-elle à mi-voix.

— C'est merveilleux.

— Je me sens toute drôle. C'est la première fois que je porte quelque chose de ce genre. J'ai brusquement l'impression d'être Cendrillon partant pour le bal!

— Et Duncan Chalk est la bonne fée?

Ils éclatèrent de rire.

— J'espère qu'il se transformera en citrouille à minuit! — Elle alla se planter à nouveau devant la glace. — Minner, accordez-moi encore cinq minutes et je suis prête!

Burris se replia dans sa chambre. Il ne fallut en définitive pas moins d'un quart d'heure à Lona pour effacer les traces de ses larmes, mais il le lui pardonna : quand elle entra, il eut de la peine à la reconnaître. Son maquillage la métamorphosait littéralement. Ses yeux étaient cernés d'argent, ses lèvres étaient luminescentes, des pendants d'oreilles en or ornaient ses lobes. Elle entra comme une bouffée de brume matinale et annonça d'une voix de gorge :

— Nous pouvons y aller.

Burris était enchanté et amusé tout à la fois. En un sens, c'était une petite fille déguisée en femme. Dans un autre sens, c'était une femme qui venait de découvrir qu'elle n'était plus une petite fille. La chrysalide avait-elle éclaté? En tout cas, le spectacle que Lona offrait était plein de charme. Elle était assurément ravissante. Elle attirerait certainement plus les regards que lui.

Ils se dirigèrent côte à côte vers le puits de descente.

Avant de sortir, il avait prévenu Aoudad qu'ils arrivaient. Brusquement, la peur s'empara de lui et il dut faire un effort farouche pour se maîtriser. Cela allait être sa première grande confrontation avec le public depuis son retour sur la Terre. Dîner dans le restaurant des restaurants! Peut-être que son visage insolite rendrait le caviar amer à mille convives. Tous les regards convergeraient sur lui. Mais il considérait cela comme une épreuve indispensable, un test. La présence de Lona lui donnait du courage. C'était un manteau de bravoure qu'il revêtait exactement comme elle avait revêtu ces atours nouveaux pour elle.

Quand ils émergèrent dans le hall, les personnes présentes poussèrent une sorte de halètement fébrile. Soupir de plaisir? D'effroi? Le frisson délectable du dégoût? Impossible de le savoir. Mais une chose était sûre : ils regardaient, ils réagissaient devant le couple étrange qui sortait du puits de descente.

Burris, Lona à son bras, demeurait hautain. Allez-y, gronda-t-il, *in petto*, regardez-nous! Le couple du siècle, voilà qui nous sommes. L'astronaute mutilé et la vierge, mère de cent bébés. Le spectacle à ne pas manquer!

Ça, pour regarder, ils regardaient! Il sentait leurs regards croisés butter sur ses tympans veufs d'oreilles, glisser sur ses paupières à diaphragme, sur sa bouche redessinée. Et il s'étonnait de l'impassibilité avec laquelle il accueillait cette curiosité vulgaire. Ils regardaient également Lona, mais c'était moins satisfaisant parce que les cicatrices de la jeune fille étaient intérieures.

Soudain, il y eut comme un remous à la gauche de Burris et, un instant plus tard, Elise Prolisse surgit de la foule et se rua sur lui en hurlant d'une voix enrouée :

— Minner! Minner!

Elle paraissait hors d'elle. Son visage étrangement maquillé était une folle, une monstrueuse parodie d'élégance. Des stries bleues lui barraient les joues, des filets rouges délinéaient ses yeux. Sa robe aérosol, imitant l'étoffe naturelle, un tissu froufroutant, et profondément décolletée, découvrait les globes laiteux de ses seins. Elle lançait en avant ses mains aux ongles étincelants.

— J'ai essayé de venir vous voir, fit-elle sur un ton haché. On m'en a empêchée. Ils...

— Elise...

C'était Aoudad qui, fendant la presse, se précipitait vers elle.

Il recula avec un juron quand elle lui griffa la joue. Après avoir jeté un regard venimeux à Lona, elle tira Burris par le bras.

— Venez avec moi. Maintenant que je vous ai retrouvé, je ne vous lâcherai pas.

— *Bas les pattes!*

C'était Lona qui avait parlé. Chaque syllabe était une lame acérée.

Elise fusilla la jeune femme du regard et Burris, ahuri, eut la conviction que ç'allait être la bagarre. Elise faisait au moins vingt kilos de plus que Lona et elle était d'une énergie indomptable, il avait de bonnes raisons de le savoir. Mais Lona possédait des réserves de force insoupçonnées, elle aussi.

Un scandale dans le hall de l'hôtel! songea-t-il avec une étrange lucidité. Rien ne nous sera épargné.

— Je l'aime, petite putain! brailla Elise d'une voix rauque.

Lona ne répondit pas, mais son poignet fulgura et elle abattit sèchement le tranchant de la main sur le bras charnu de sa rivale qui poussa une exclamation étranglée. Elise battit en retraite mais se prépara à jouer de nouveau des griffes. Lona, se plantant solidement sur ses jambes, ploya les genoux, prête à bondir.

Tout cela n'avait duré que quelques secondes. A présent, les spectateurs médusés avançaient vers les combattantes. Sortant enfin de la transe qui le paralysait, Burris, à son tour, passa à l'action pour protéger Lona de la fureur d'Elise. Aoudad s'empara d'un des bras de cette dernière qui essaya de se libérer. L'effort faisait palpiter ses seins nus. Nikolaides arriva à la rescousse. La femme braillait, se débattait, ruait dans tous les sens. Un cercle de chasseurs robots s'était formé autour d'elle. Ils l'entraînèrent.

Lona s'adossa à une colonne d'onyx. Bien qu'elle fût écarlate, son maquillage était intact. Elle paraissait plus surprise qu'effrayée.

— Qui était-ce? demanda-t-elle.

— Elise Prolisse. La veuve d'un de mes camarades.

— Qu'est-ce qu'elle me voulait?

— Je n'en sais rien, mentit Burris.

Mais Lona ne se laissait pas duper aussi facilement.

— Elle a dit qu'elle vous aimait.

— Que voulez-vous? L'épreuve par laquelle elle est passée l'a terriblement secouée.

— Je l'ai vue à la clinique. Elle vous a rendu visite. — Les flammes verdâtres de la jalousie embrasaient les joues de Lona. — Qu'y a-t-il entre elle et vous? Pourquoi a-t-elle fait cette scène?

Aoudad, pressant un mouchoir contre sa joue ensanglantée, intervint :

— On lui a administré un sédatif. Elle ne vous importunera plus. Je suis absolument désolé de cet incident. C'est une hystérique, une folle...

— Remontons à l'appartement, laissa tomber Lona. Je n'ai plus envie d'aller au salon galactique.

— Oh non! protesta Aoudad. Pas question d'annuler le dîner. Je vais vous donner un tranquillisant et, en un clin d'œil, vous vous sentirez mieux. Il ne faut surtout pas qu'une incartade aussi stupide vienne gâcher cette merveilleuse soirée.

— Au moins, ne restons pas dans le hall, jeta Burris avec hargne.

Le petit groupe gagna précipitamment un petit salon inondé de lumière et Lona se laissa choir sur un divan. La tension jusque-là refoulée se donnait libre cours et une douleur déchirante lancinait les cuisses, les poignets, la poitrine de Minner. Aoudad sortit de sa poche un assortiment de tranquillisants. Il en prit un et en donna un autre à Lona. Burris refusa le petit cylindre, sachant que le produit n'aurait aucun effet sur lui. Très vite, Lona retrouva son sourire.

Burris savait qu'il n'avait pas été le jouet d'une illusion quand il avait vu cette lueur de jalousie étinceler dans le regard de Lona. Elise était arrivée comme un typhon de chair menaçant d'arracher sur son passage tout ce qui comptait pour la jeune fille, et celle-ci s'était battue comme une tigresse. L'astronaute était à la fois flatté et troublé. Il ne pouvait nier le plaisir qu'il avait éprouvé à être l'objet de cette orageuse explication. Tout homme aurait eu la même réaction. Pourtant, en cette minute de vérité, il avait compris à quel point Lona lui était déjà indissociablement attachée. Lui-même ne se sentait pas engagé aussi profondément. Il aimait bien cette petite, c'était vrai, il avait plaisir à être en sa compagnie, mais il était loin d'être amoureux d'elle. Et il doutait fort d'être capable de l'aimer un jour — ou d'aimer qui que ce soit. Néanmoins, alors même qu'il n'y avait rien eu de physique entre eux, elle avait de toute évidence fabriqué son petit roman d'amour, avec toutes les complications que contenait cette idylle en puissance.

Grâce aux tranquillisants d'Aoudad, Lona récupéra rapidement. Tout le monde se remit debout.

— Voulez-vous passer à la salle à manger? s'enquit Aoudad, tout épanoui malgré sa blessure.

— Je me sens beaucoup mieux, murmura Lona. Ça a été tellement inattendu que j'en ai été toute remuée.

— Quand vous serez dans le salon galactique depuis cinq minutes, vous n'y penserez plus, lui affirma Burris.

A nouveau, il lui tendit le bras et Aoudad les pilota vers la colonne d'ascension réservée au salon galactique. Tous trois prirent place sur le disque antigravité qui prit instantanément son essor.

Le restaurant, logé au faîte de l'hôtel, contemplait les astres dans sa fierté hautaine comme un observatoire privé. Burris, encore mal remis de l'éclat d'Elise, était angoissé quand ils entrèrent dans le vestibule de ce temple de la gastronomie. En dépit de son calme apparent, il se demandait si la surnaturelle splendeur du salon galactique ne le paniquerait pas. Il y était déjà venu jadis. Mais il avait alors un autre corps. En outre, la nana était morte.

Quand ils quittèrent la plate-forme ascensionnelle, une mer de lumière palpitante les engloutit.

— Et voici le salon galactique, annonça solennellement Aoudad. Votre table vous attend. Je vous souhaite une bonne soirée.

Il s'éclipsa.

Burris adressa un sourire crispé à Lona qui, l'air hypnotisé, paraissait à la fois heureuse et terrorisée. Les portes de cristal s'ouvrirent devant eux et ils entrèrent.

LE JARDIN DES SUPPLICES

Jamais il n'y avait eu un restaurant comparable de ce côté-ci de Babylone. Une succession de terrasses montaient à l'assaut de la coupole constellée. Ici, la réfraction était bannie et la salle à manger donnait l'impression d'être à ciel ouvert, mais en fait, l'élégante clientèle était en permanence protégée des caprices des éléments. L'écran de lumière noire encadrant la façade de l'hôtel neutralisait l'éblouissement dû aux lumières de la ville de sorte que les étoiles qui brillaient au-dessus du salon galactique avaient le même éclat que si ç'avait été au-dessus d'une forêt sauvage qu'elles scintillaient.

Les lointains mondes de l'univers étaient presque à portée de la main et les produits de ces mondes, moisson venue des étoiles, conféraient sa splendeur à la pièce. Les murs circulaires étaient constitués d'éléments qui n'appartenaient pas à la Terre : cailloux bleutés, tessons, peintures, bruissants arbres magiques faits d'alliages bizarres, arabesques de lumière vive se succédant de terrasses en terrasses. On avait l'impression que les tables jaillissaient du sol et le plancher était recouvert, en guise de tapis, d'une matière organique presque intelligente provenant d'une des planètes d'Aldébaran. A vrai dire, ce revêtement n'était pas tellement différent par sa structure et par ses fonctions du banal humus terrestre, mais la direction de l'établissement n'était guère prolixe sur ce point et l'effet produit était tout ce qu'il y avait de luxueux.

Il y avait des arbrisseaux en pots, des fleurs épanouies au parfum miellé, et même des arbres nains, le tout importé, prétendait-on, de planètes exotiques. Le lustre lui-même, colossale floraison de pendeloques en forme de larmes ciselées à partir d'une sorte d'ambre sécrétée par un énorme animal marin vivant sur les rives d'une planète du Centaure, n'avait pas été fabriqué par des mains humaines.

Un dîner dans le salon galactique coûtait une fortune et il n'y avait jamais une table libre. Il fallait retenir des semaines à l'avance. Les privilégiés qui avaient décidé de venir ce soir-là avaient la chance inattendue de pouvoir contempler en chair et en os l'astronaute et la fille aux cent bébés, mais les convives, qui étaient pour la plupart eux-mêmes des célébrités, ne levèrent que brièvement les yeux au-dessus de leur assiette.

Lona s'accrochait de toutes ses forces au bras de Burris lorsqu'ils franchirent la lourde porte transparente, et ses doigts s'enfonçaient si profondément dans la chair de son cavalier qu'elle se rendait compte qu'elle lui faisait mal. Tous deux étaient maintenant debout sur une étroite corniche surplombant un vide vertigineux. Au-dessus de leurs têtes brasillait le firmament étoilé. La coupole, qui faisait des dizaines et des dizaines de mètres de diamètre, était une coquille creuse et les tables superposées se collaient comme des écailles à la paroi, de sorte que chaque dîneur avait une place en fenêtre.

Lona poussa une exclamation. Elle avait l'impression de basculer, l'impression qu'elle allait dégringoler la tête la première dans le gouffre qui s'ouvrait devant elle. Les genoux tremblants, la gorge sèche, elle ferma les yeux. Les rouvrit. La terreur l'étranglait. Elle allait tomber, s'engloutir dans cet abîme. Sa robe aérosol risquait de se liquéfier et elle se retrouverait toute nue devant l'élégante assistance. Peut-être que, au beau milieu du dîner, la sorcière aux mamelles géantes surgirait et les attaquerait. Elle commettrait une gaffe impardonnable. Ou serait brusquement prise d'un malaise et vomirait sur le tapis. Tout pouvait arriver. Ce restaurant avait été conçu dans un rêve — mais un rêve qui était peut-être un cauchemar.

Une voix moelleuse venue de nulle part susurra :

— Monsieur Burris, mademoiselle Kelvin, soyez les bienvenus au salon galactique. Si vous voulez bien vous donner la peine d'avancer...

— Il faut prendre place sur la plate-forme gravifique, souffla Burris à l'oreille de Lona.

C'était un disque aux reflets cuivrés de deux centimètres et demi d'épaisseur sur un peu moins de deux mètres de diamètre, en saillie au bord de la corniche. Dès que Burris y eut poussé Lona, il largua les amarres et s'éleva sans à-coups. La jeune fille prit garde de ne pas baisser les yeux. L'engin traversa la salle dans toute sa longueur et s'immobilisa devant une table libre précairement perchée sur un encorbellement. Minner aida Lona à aborder et le disque regagna son port d'attache en voltige.

La table, qui n'avait qu'un seul pied, semblait être un appendice organique de l'encorbellement. Lona s'installa avec soulagement dans le fauteuil qui épousa instantanément la forme de son dos et de ses fesses. Il y avait quelque chose d'obscène dans cette étreinte, mais en même temps, elle était rassurante : le siège ne l'abandonnerait pas si jamais, prise de vertige, elle se laissait happer par le vide.

— Qu'est-ce que vous en pensez? lui demanda Burris en la regardant dans les yeux.

— C'est incroyable. Je n'aurais jamais imaginé que c'était comme ça.

Lona s'abstint d'ajouter que c'était si bouleversant qu'elle en avait presque la nausée.

— Nous avons droit à une table particulière. C'est sans doute celle qui est réservée à Chalk.

— Je n'aurais jamais pensé qu'il y eût tant d'étoiles!

Tous deux levèrent la tête. De l'endroit où ils se trouvaient, leur champ de vision était presque de 150°. Minner se mit à parler à sa compagne des étoiles et des planètes.

— Mars est là. Facile à reconnaître : c'est la grosse, couleur orangée. Mais voyez-vous Saturne? Ses anneaux ne sont pas visibles, naturellement. Toutefois... — Il prit la main de Lona et la guida en lui expliquant la configuration des astres jusqu'à ce qu'il eût l'impression qu'elle comprenait ce qu'il voulait dire. — Nous y serons bientôt. D'ici, Titan est invisible à l'œil nu, mais nous n'allons pas tarder à y faire un tour. Alors, nous les verrons, ces fameux anneaux. Tenez, regardez par là! C'est Orion. Et Pégase, plus loin.

Il lui indiquait les constellations, lui nommait les étoiles et il éprouvait un plaisir sensuel à prononcer leurs noms : Sirius, Arcturus, Polaris, Bellatrix, Rigel, Algol, Antarès, Bételgeuse, Aldébaran, Procyon, Markab, Deneb, Véga, Alphecca...

— Chacune est un soleil et la plupart ont des mondes qui gravitent autour d'elles. Elles s'offrent toutes à nous!

— Avez-vous visité beaucoup d'autres soleils?

— Onze. Dont neuf possédant des planètes.

— Y compris quelques-uns de ceux dont vous venez de me parler? J'aime leurs noms!

Burris secoua la tête.

— Les soleils que j'ai vus ne sont pas désignés par des noms, mais par un numéro de code. En tout cas, les Terriens ne leur ont pas donné de nom. Toutefois, certains en ont un et j'en ai appris quelques-uns.

Lona remarqua que les coins de la bouche de Burris s'écartaient et se refermaient rapidement. Elle savait, maintenant, que c'était chez lui un symptôme de tension. Ai-je eu raison de lui parler des étoiles? Peut-être n'a-t-il pas envie qu'on lui rappelle cela. Pourtant, sous ce dais radieux, elle était incapable d'évoquer autre chose.

— Est-ce que vous retournerez là-bas, Minner?

— Moi? Quitter à nouveau le système solaire? J'en doute. A présent, je suis à la retraite. Et il n'y a pas de croisières touristiques en direction des étoiles voisines. Mais il va de soi que je ne vais pas tarder à dire un petit au revoir à la Terre. Pour partir avec vous. Nous devons faire le circuit des planètes. Ce n'est pas tout à fait la même chose. Mais il y a moins de risques.

— Voulez-vous... voulez-vous... — Elle hésita avant de terminer précipitamment : — me montrer la planète où vous avez été capturé?

Les lèvres de Burris palpitèrent brièvement à trois reprises.

— Elle possède un soleil bleuté invisible de cet hémisphère. Un soleil autour duquel tournent six planètes. Manipool est la quatrième. Quand nous étions en orbite et que nous nous préparions à descendre, j'ai éprouvé une étrange surexcitation. C'était comme si le destin m'attirait à cet endroit. Peut-être ai-je un peu le don de double vue, vous ne croyez pas, Lona? Parce que, incontestablement, Manipool avait une place de choix dans mon destin. Mais je sais pertinemment que je ne suis pas clairvoyant. De temps en temps, j'ai l'intime conviction que je dois fatalement retourner là-bas. Et c'est absurde! Revoir Manipool... me retrouver à nouveau face à face avec Eux...

Son poing se noua brusquement d'un mouvement convulsif qui se répercuta dans son bras tout entier. Le vase d'où jaillissait un bouquet de fleurs aux épais pétales bleus faillit s'envoler. Lona le rattrapa de justesse. Quand la main de Burris se refermait, nota-t-elle, le petit tentacule extérieur se plaquait contre ses phalanges.

Elle posa ses mains sur celles de Minner et les serra jusqu'à ce qu'elles se décrispent.

— Ne parlons plus de Manipool, murmura-t-elle. En tout cas, les étoiles sont merveilleuses.

— Oui. Je ne les avais jamais vues vraiment de cette façon avant mon premier voyage loin de la Terre. D'ici, elles nous apparaissent comme de simples points lumineux, mais lorsqu'on est pris dans le réseau de leurs feux entrecroisés, que leur éclat vous assaille de plein fouet, c'est différent. Cela vous marque un homme. Savez-vous, Lona, que, dans cette salle, on les distingue presque aussi nettement que du sabord d'un astronef?

— Comment font-ils ça? Je n'ai jamais rien vu de pareil.

Il essaya de lui expliquer le mécanisme de l'écran de lumière noire. A la troisième phrase, Lona perdit le fil, mais elle continua de fixer intensément les yeux insolites de Burris en faisant semblant d'écouter : il ne fallait surtout pas le décevoir. Il savait tant de choses! Et pourtant, il avait tout aussi peur qu'elle dans ce lieu de délices. Il était impératif de continuer de parler parce que la conversation dressait une barrière contre cette peur. Toutefois, pendant les silences, Lona prenait vaguement conscience de la présence de la foule des riches convives sophistiqués qui l'entouraient, du luxe accablant de la salle, du gouffre qui s'ouvrait à sa gauche, de son ignorance et de son manque d'expérience. Elle avait l'impression d'être nue sous le flamboiement des étoiles. Et, pendant ces temps morts, même Burris redevenait un étranger. Ses mutilations, qu'elle avait presque cessé de voir, lui sautaient alors brutalement aux yeux.

— Voulez-vous boire quelque chose? lui proposa-t-il.

— Avec plaisir. Mais commandez vous-même. Moi, je ne sais pas.

Humain ou robot, il n'y avait pas le moindre serveur en vue. Et personne ne venait s'occuper des autres tables. Burris commanda tout simplement les consommations en se penchant sur la grille dorée qui se trouvait près de son bras avec une désinvolture qui subjuga Lona.

— Etes-vous souvent venu ici? Vous avez l'air de savoir comment il faut procéder.

— Oui, je suis venu une fois. Il y a plus de dix ans. Ce n'est pas un endroit que l'on oublie facilement.

— Vous étiez déjà astronaute?

— Oui. J'avais effectué deux sorties. J'étais en congé. Je voulais impressionner une fille.

— Ah!

— Mais je ne l'ai pas impressionnée. Elle s'est mariée avec un autre type. Ils se sont tués pendant leur voyage de noces quand la Grande Roue a explosé.

Plus de dix ans, songea Lona. A l'époque, elle n'avait pas encore sept ans. Dc se sentir si jeune à côté de cet homme la fit se recroqueviller et elle fut heureuse quand les consommations arrivèrent sur un petit plateau antigravité flottant au-dessus de l'abîme. Pour la première fois, elle s'étonna que tous ces plateaux de service, et Dieu sait qu'ils étaient nombreux! n'entrâssent jamais en collision. Il est vrai que programmer des orbites qui ne se rencontrent pas n'était pas tellement compliqué.

Elle eut droit à une coupe de pierre noire et polie, massive dans la main, mais douce aux lèvres. Elle la prit machinalement, mais avant d'avaler la première gorgée elle s'immobilisa, se rendant compte de son erreur. Burris, son verre posé devant lui, attendait en souriant.

Quand il sourit comme ça, il a l'air d'un pion, ragea Lona en son for intérieur. Il ne dit rien mais il est furieux contre moi. Je sais ce qu'il pense : que je suis une petite gourde ignorante et sans éducation.

Très vite, elle réalisa que ce n'était pas contre Burris mais contre elle-même que sa colère était dirigée, et cela l'aida à se calmer.

Elle regarda la coupe de Minner.

Quelque chose y nageait.

C'était une coupe de quartz translucide remplie d'un liquide vert et visqueux. Un animalcule piriforme à la peau violette y flottait paresseusement en laissant derrière lui un sillage vaguement lumineux.

— C'est normal qu'il y ait cette bête là-dedans?

Burris s'esclaffa.

— C'est ce que l'on appelle ridiculement un Martini Dénébien. La spécialité de la maison.

— Et cette bête?

— C'est pour ainsi dire un têtard. Une créature amphibie originaire d'une des planètes d'Aldébaran.

— Et ça se boit?

— Oui. Vivant.

— Vivant, répéta Lona en frissonnant. Pourquoi? C'est si bon que ça?

— En réalité, cela n'a aucun goût. C'est simplement une décoration. La sophistication qui boucle la boucle et revient à la barbarie. On l'avale d'un trait.

— Mais c'est quelque chose de vivant! Comment peut-on tuer cette créature?

— Avez-vous déjà mangé des huîtres, Lona?

— Non. Qu'est-ce que c'est?

— Des mollusques. Autrefois, c'était un mets recherché. On les mangeait dans leurs coquilles. Vivantes. On les aspergeait de jus de citron — d'acide citrique si vous préférez —, elles se tortillaient et on les gobait. Ça a le goût de la mer. Je suis désolé, Lona, mais c'est comme ça. Les huîtres ne savent pas ce qui leur arrive. Elles n'ont ni espoirs, ni craintes, ni rêves. Cette bestiole non plus.

— Mais tuer...

— Nous tuons pour manger. S'il existait une véritable moralité alimentaire, nous nous nourririons uniquement de produits synthétiques. — Il lui sourit gentiment. — Pardonnez-moi. Je n'aurais pas commandé cette boisson si j'avais su que cela vous offusquerait. Voulez-vous que je demande qu'on la remporte?

— Non. J'imagine que quelqu'un d'autre la boira. Je ne voulais pas dire ce que j'ai dit. J'étais seulement un peu déroutée, Minner. Mais ne vous gênez surtout pas pour moi.

— Je vais la renvoyer.

— Je vous en prie. — Elle effleura le tentacule de la main gauche de Burris. — Savez-vous pourquoi je ne suis pas d'accord? Parce qu'avaler une bête vivante, c'est agir comme si on était un dieu. Vous comprenez? Vous êtes là, vous êtes un géant, et vous détruisez

131

quelque chose qui ne saura jamais pourquoi. Exactement comme...

Elle laissa le reste de la phrase en suspens.

— Exactement comme les extra-terrestres qui jouent du bistouri sur un organisme inférieur sans même se donner la peine d'expliquer leurs raisons, c'est bien cela? Exactement comme les chirurgiens qui se livrent à une expérience complexe sur les ovaires d'une jeune fille sans se soucier des conséquences psychologiques ultérieures de leur intervention? Mais bon Dieu, Lona, il faut cesser de ressasser tout cela, il faut en finir avec cette obsession permanente!

— Et pour moi, qu'est-ce que vous avez commandé?

— Un apéritif provenant d'un des mondes centauriens. Un gaudax, ça s'appelle. C'est doux et sucré. Vous aimerez. A votre santé, Lona.

— A la vôtre.

Ils trinquèrent. Le breuvage picotait la langue de Lona. Il était un peu visqueux. Pourtant, il avait un goût délicat et était délicieux. Elle eut un frisson de plaisir et avala trois gorgées en succession rapide.

Quand Burris reposa son verre, la bestiole avait disparu.

— Voulez-vous goûter un peu de mon apéritif, Lona?

— Non, merci.

— Eh bien, nous allons commander le dîner. Est-ce que vous pardonnerez ma maladresse?

Il y avait au milieu de la table deux cubes vert foncé d'une dizaine de centimètres de côté, placés côte à côte. Lona avait pensé qu'ils avaient une fonction purement décorative, mais quand Burris en poussa un vers elle, elle comprit que c'étaient les menus. Lorsqu'elle le prit dans sa main, le cube s'illumina intérieurement et des lettres apparurent sous sa surface lisse. Elle le retourna dans tous les sens. Entrées, potages, plats de résistance, desserts...

Elle ne reconnut rien de familier dans la carte.

— Mais qu'est-ce que je fais ici, Minner? Je n'ai

jamais mangé que des nourritures ordinaires. Tout cela est tellement bizarre que je ne sais pas par où commencer.

— Voulez-vous que je compose moi-même votre menu?

— J'aimerais mieux, mais ils n'ont pas les plats qui me feraient vraiment plaisir. Par exemple, un steak de protéines haché avec un verre de lait.

— Laissez tomber votre steak. Goûtez plutôt des aliments plus rares.

— Mais ce serait de la comédie! Moi, faire semblant d'être une gastronome!

— Pourquoi faire semblant? Mangez et régalez-vous. Il n'y a pas que le steak de protéines haché dans l'univers!

Le calme de Burris était contagieux mais quand même pas totalement. Minner commanda pour la jeune fille et lui. Lona était fière de la science qu'il manifestait. Certes, savoir composer un repas somptueux dans un pareil restaurant était un petit détail, mais il savait tant de choses! Elle était impressionnée. *Si seulement nous nous étions connus avant qu'ils ne m'aient...* Elle se hâta de couper court à cette pensée. Il était inimaginable qu'elle ait pu rencontrer Minner Burris à l'époque où il possédait encore son intégrité physique. Il n'aurait jamais fait attention à elle. Il devait sûrement être beaucoup trop occupé en ce temps-là avec des femmes comme cette vieille toupie d'Elise. Elle voulait encore lui mettre le grappin dessus, celle-là, mais il n'en était plus question. Il est à moi, se dit farouchement Lona. A moi! Ils m'ont jeté une créature brisée comme un os à un chien et je l'aide à reprendre pied. Personne ne me l'arrachera!

— Prendrez-vous un potage en plus des hors-d'œuvre? s'enquit Burris.

— C'est que je n'ai pas tellement faim...

— Allez! Faites quand même un petit effort.

— Ce serait du gaspillage.

— Vous savez, ici, la notion de gaspillage n'existe pas. D'ailleurs, nous ne payons pas. Essayez un peu.

Des plats commencèrent à arriver. Chacun était une spécialité de quelque monde lointain, soit réellement importé, soit reproduit sur place avec la plus grande fidélité. Des assiettes, des saladiers, des coupes, libéralement garnis de mets insolites. Burris indiquait à Lona le nom de tous ces plats et s'efforçait de lui en expliquer la nature, mais la jeune femme avait l'impression que la tête lui tournait et elle ne comprenait pas grand-chose à ce qu'il disait. Que pouvait bien être cette viande blanche à la texture floconneuse, ces baies dorées nappées de miel? Ce consommé blême saupoudré d'un fromage aromatique? Déjà, les cuisines de la Terre étaient innombrables, mais devoir choisir des spécialités provenant de toute la galaxie... cette seule idée lui coupait l'appétit.

Lona, de plus en plus troublée, chipotait. Une miette de ceci, une gorgée de cela. Elle s'attendait toujours à ce que son verre contienne une bestiole vivante. Elle était rassasiée longtemps avant que ne se produisît le plat de résistance. On avait servi deux vins différents. Quand Burris les mélangea, ils changèrent de couleur, la turquoise et le rubis se confondant en une teinte opaline imprévue.

— Réaction catalytique, laissa tomber Burris. On tient compte non seulement de la saveur, mais aussi de l'apparence esthétique. Tenez...

Mais Lona fut incapable d'avaler une goutte du breuvage.

Est-ce que les étoiles n'étaient pas en train de faire des dents de scie, à présent?

Elle était consciente du bourdonnement des conversations. Depuis plus d'une heure, elle faisait comme si Burris et elle étaient isolés dans une oasis de silence, mais la présence des autres convives était maintenant ostensible. Ils les regardaient. Ils échangeaient des commentaires. Ils allaient d'une table à l'autre, portés sur les plates-formes antigravifiques. Vous avez vu? Qu'en pensez-vous? Comme ils sont charmants! Comme ils sont bizarres! Comme ils sont grotesques!

134

— Allons-nous-en, Minner.

— Nous n'avons pas encore pris le dessert.

— Je sais mais tant pis.

— Vous ne voulez pas une petite liqueur importée de la constellation de Procyon? Ou un café galactique?

— Non, Minner.

Les yeux de Burris étaient à pleine ouverture et elle devina que quelque chose dans son expression avait profondément irrité son compagnon. Elle avait la nausée. Peut-être s'en rendait-il compte.

— Eh bien, partons. Nous reviendrons une autre fois pour le dessert.

— Je suis désolée, Minner, balbutia-t-elle. Je ne voulais pas gâcher la fête mais ce restaurant... Je ne me sens pas à ma place dans un endroit comme ça. Cela m'effraye. Toutes ces nourritures étranges, tous ces yeux braqués sur nous... Ils nous regardent, n'est-ce pas... J'aimerais mieux remonter dans ma chambre. Je m'y sentirais tellement mieux...

Burris appela le disque volant. L'étreinte intime du fauteuil de Lona se relâcha. Quand elle se mit debout, elle chancela. Elle avait l'impression qu'au premier pas qu'elle ferait, elle s'écroulerait. Curieusement, sa vision enregistrait des images en gros plan tandis qu'elle hésitait. Une grosse femme couverte de bijoux et généreusement pourvue en doubles mentons. Une jeune fille à l'épiderme doré vêtue d'un fourreau transparent, guère plus âgée qu'elle mais qui possédait infiniment plus d'assurance. Le jardin planté de petits arbres fourchus, deux niveaux au-dessous d'eux. Les guirlandes de lumières vivantes suspendues dans le vide. Un plateau filant à travers les airs, garni de trois gobelets remplis d'un mystérieux liquide sombre.

Lona oscilla sur elle-même. Burris la retint et la porta pratiquement pour l'installer sur le disque bien que, pour un observateur, son geste parût être pure galanterie. Tandis que la plate-forme franchissait le vide, elle regardait droit devant elle. Elle était écarlate et la sueur ruisselait sur son front. Elle avait l'impression que, dans son estomac, des créatures étrangères étaient venues à la vie et nageaient flegmatiquement dans ses sucs digestifs.

Burris et elle passèrent les portes de cristal, gagnèrent le hall en empruntant le puits de descente et un tube ascensionnel les conduisit enfin à leur suite. Elle entrevit Aoudad qui, tapi dans le couloir, se hâta de se dissimuler derrière une large colonne. La porte de l'appartement s'ouvrit à la sollicitation de la paume de Burris.

— Ça ne va pas, Lona?

— Je ne sais pas trop. En tout cas, je suis contente de ne plus être là-bas. C'est tellement plus calme ici! Est-ce que vous avez verrouillé la porte?

— Bien sûr. Puis-je vous être utile à quelque chose?

— Je voudrais me reposer. J'ai besoin de rester seule quelques minutes.

Il la conduisit dans sa chambre, l'allongea sur le lit circulaire et ressortit.

La rapidité avec laquelle elle récupéra étonna Lona. Juste avant de quitter le restaurant, il lui avait semblé que le ciel lui-même était un œil gigantesque qui la fouaillait.

Ayant recouvré son calme, elle se leva dans l'intention de faire disparaître son éclat d'emprunt. Dès qu'elle fut sous le vibrateur, ses somptueux atours s'évanouirent et, instantanément, elle se sentit plus petite et plus jeune. A présent, elle était nue. Elle se prépara pour la nuit, alluma une lampe tamisée, désactiva toutes les autres sources lumineuses et se glissa entre les draps. Ils étaient frais et doux contre sa peau. Un tableau de commande permettait d'imprimer des mouvements au lit et de modifier sa forme, mais elle n'y toucha pas. Approchant sa bouche de l'interphone installé à côté de l'oreiller, elle murmura :

— Voulez-vous venir me rejoindre, maintenant, Minner?

Il apparut immédiatement, toujours revêtu de son costume d'apparat, avec la cape et tout le reste. Les nervures évasées de son justaucorps, semblables à de fausses côtes, étaient si incongrues qu'elles éclipsaient presque cette chose encore plus incongrue qu'était son corps.

Le dîner a été une catastrophe, songea Lona. Pour elle, le flamboyant salon galactique avait été une chambre de tortures. Mais tout n'était peut-être pas définitivement perdu. Elle avait encore la nuit devant elle.

— Serrez-moi très fort, implora-t-elle d'une voix ténue. Je suis encore un peu étourdie.

Burris avança. Quand il s'assit près d'elle, elle se souleva légèrement et le drap glissa, dévoilant ses seins. L'astronaute essaya de l'étreindre, mais les nervures rigides de son vêtement s'interposaient, empêchant le contact.

— Je ferais mieux de me débarrasser de cet accoutrement, dit-il.

— Le vibrateur est à côté.

— Voulez-vous que j'éteigne?

— Non, non.

Elle ne le quitta pas des yeux. Il prit place sous le jet et actionna la commande de mise en marche. L'appareil était conçu pour éliminer tout ce qui adhérait à la peau, et un vêtement aérosol était naturellement la première chose à se volatiliser : l'habit baroque de Burris se dématérialisa.

Lona ne l'avait encore jamais vu nu. Stoïque, prête à toutes les révélations catastrophiques, elle le scrutait tandis qu'il se tournait vers elle. Tous deux avaient les mâchoires crispées, car c'était un double test : supporterait-elle le choc de la nudité de Minner? Minner supporterait-il le choc de la réaction de Lona?

Cela faisait longtemps qu'elle appréhendait cet instant. Mais maintenant que l'heure de vérité avait sonné, elle constatait avec une surprise grandissante que ce n'était pas si terrible que cela. Minner était beaucoup moins affreux qu'elle ne l'avait redouté.

Certes, il avait des anomalies. Toute sa peau, et pas

seulement celle de son visage et de ses bras, avait un poli irréel, c'était une enveloppe sans faille. Il était entièrement glabre. Il n'avait ni seins ni nombril — Lona ne s'en rendit compte que peu à peu en cherchant la raison de son aspect anormal.

Ses bras et ses jambes étaient rattachés de façon bizarre à son tronc et n'étaient pas exactement à leur place. Son thorax était trop large par rapport à ses hanches. Ses genoux n'avaient pas de protubérance rotulienne et, quand il bougeait, ses muscles ondulaient de manière singulière.

Mais c'étaient là des détails secondaires, pas de véritables difformités. Il n'avait pas de cicatrices hideuses, pas de membres surnuméraires, pas d'yeux et pas de bouche superfétatoires. Les véritables transformations qu'il avait subies étaient intérieures ou inscrites sur sa figure.

Et le détail qui préoccupait le plus Lona était du dernier banal. Contre toute vraisemblance, sa virilité paraissait normale. A l'œil, tout au moins.

Burris avança vers le lit. Elle tendit les bras vers lui. Quelques secondes plus tard, il était tout contre elle, corps à corps. La texture de son épiderme était insolite mais pas désagréable. A présent, il avait l'air curieusement timide et Lona se serra encore davantage contre lui. Elle ferma les yeux. Elle ne voulait pas voir son visage déformé en cet instant. D'ailleurs, elle avait soudain l'impression que le faible éclat de la lampe de chevet la gênait. Elle avança la main. Leurs lèvres se rencontrèrent.

Elle n'avait pas été souvent embrassée, mais jamais personne ne l'avait embrassée de cette façon. Ceux qui avaient remodelé les lèvres de Minner ne les avaient pas dessinées pour donner des baisers et ce bouche à bouche était maladroit. Mais pas désagréable, lui non plus. Enfin, Lona sentit le contact des mains de Burris sur sa chair — des mains à six doigts. Sa peau avait une odeur à la fois douce et poivrée. La lampe s'éteignit.

Dans les profondeurs du corps de Lona, un ressort se tendait... se tendait de plus en plus. Un ressort bandé depuis dix-sept ans... et qui, d'un seul coup, se détendait tumultueusement.

Elle décolla ses lèvres de celles de Burris. Sa bouche s'ouvrit d'elle-même et les muscles de sa gorge se contractèrent avec un gémissement rauque. Une vision, brûlante comme un fer rouge, la déchira : celle de son propre corps anesthésié gisant sur la table d'opération, ouvert aux sondes des hommes en blanc. L'image se fragmenta.

Elle agrippa Minner.

Enfin. Enfin!

Il ne lui ferait pas d'enfant. Elle le pressentait et cela ne la troublait pas.

— Lona, chuchota-t-il d'une voix sourde et épaisse, son visage niché dans l'épaule de la jeune femme. Lona, Lona, Lona...

Ce fut un flamboiement semblable à une explosion solaire. Lona lui caressa le dos et juste avant qu'il la pénétrât, elle se dit qu'il avait la peau sèche, qu'il ne transpirait pas. Puis elle exhala un râle, éprouva une douleur inextricablement imbriquée à une jouissance convulsive tandis qu'elle écoutait avec stupéfaction les sauvages cris de volupté qui, à son insu, s'échappaient frénétiquement de sa gorge.

APRÈS NOUS, LE DIEU SAUVAGE

C'était un temps post-apocalyptique. Le funeste sort annoncé par les prophètes n'était jamais advenu. A moins que le monde y eût survécu et ne fût entré dans une période plus calme. Ils avaient prédit le pire. Un hiver de révolte universelle. Un âge de la hache, un âge du glaive, un âge de tempêtes, un âge du loup, précurseur du chaos final. Mais les boucliers ne s'étaient pas rompus, les ténèbres n'étaient pas retombées. Comment cela se faisait-il? Et pourquoi? Duncan Chalk, l'un des principaux bénéficiaires de l'âge nouveau, se posait parfois cette amusante question.

Les glaives avaient été transformés en socs de charrue.

Les famines étaient abolies.

La démographie était maîtrisée.

L'homme ne polluait plus quotidiennement son environnement. Le ciel était relativement pur. Les rivières étaient propres. Il y avait des lacs d'azur cristallin, des parcs verdoyants. Evidemment, ce n'était pas tout à fait l'âge d'or. Le crime, la maladie, la faim existaient encore, mais uniquement dans d'obscurs recoins isolés. Pour l'écrasante majorité des gens, c'était la prospérité.

La communication était instantanée d'un bout à l'autre du globe. Les transports allaient nettement moins vite; ils étaient néanmoins rapides. On dépouillait les planètes inhabitées du système solaire de leurs réserves de minéraux, de leurs métaux et même de leur enveloppe gazeuse. On avait atteint les étoiles les plus proches. La Terre était florissante. Les idéologies de la misère s'étiolent à la saison des vaches grasses.

Cependant, l'abondance est une notion relative. Des besoins, des envies, des motivations matérielles survivent. Les faims les plus profondes, les plus noires ne sont pas toujours compensées par les gros salaires. Chaque époque enfante ses distractions caractéristiques.

Chalk avait été l'un des artisans des nouvelles formes de divertissements de l'époque.

Son empire d'amuseur public s'étendait sur la moitié du système solaire, lui apportant la richesse, la puissance, la satisfaction de son ego et la célébrité — dans la mesure où il la désirait. Indirectement, il lui permettait d'assouvir les pulsions engendrées par sa réalité physique et psychologique, qui l'auraient miné s'il avait vécu à un autre siècle. Mais il était en mesure de faire ce qui était nécessaire pour assouvir ses désirs.

Il avait besoin de manger fréquemment. Et pas seulement de la viande et des légumes.

Au centre de son empire, Chalk suivait les faits et gestes de son couple d'amoureux. Présentement, ils étaient en route pour l'Antarctique. A l'affût de la couche nuptiale, Aoudad et Nikolaides lui transmettaient régulièrement leurs rapports. Mais Chalk n'avait plus besoin de larbins pour savoir ce qui se passait. Il avait maintenant réalisé le contact avec ces deux épaves et elles lui fournissaient des informations d'une nature particulière.

Jusqu'à présent, il ne captait que des effluves de bonheur. Sans aucun intérêt. Mais il jouait patiemment sa partie. Une sympathie mutuelle les avait attirés, mais la sympathie était-elle le fondement d'un amour immortel? Chalk ne le pensait pas. Il était prêt à miser une fortune pour prouver qu'il avait raison. Leurs sentiments changeraient. Et Duncan Chalk en retirerait son bénéfice, si l'on peut dire.

Aoudad était en ligne.

— Nous venons d'arriver, monsieur. On les conduit à l'hôtel.

— Parfait, parfait. Veillez à ce qu'ils aient toutes leurs aises.

— Naturellement.

— Mais évitez de rester trop longtemps avec eux. Ils aspirent à la solitude à deux et n'ont aucune envie d'être chaperonnés. Est-ce que je me fais bien comprendre, Aoudad?

— Ils auront le Pôle tout entier pour eux tout seuls.

Chalk sourit. Ce voyage serait un rêve d'amants. En ce siècle raffiné, il suffisait d'avoir la bonne clé pour ouvrir toutes les portes du plaisir. Burris et Lona allaient s'en donner à cœur joie.

L'apocalypse pouvait attendre un peu.

ET, TOUJOURS, NOUS FUYONS VERS LE SUD

— Je ne comprends pas pourquoi c'est l'été, ici, dit Lona. Quand nous sommes partis, on était en hiver.

— C'est l'hiver dans l'hémisphère nord, soupira Burris. Mais à présent, nous sommes au-dessous de l'équateur. Aussi bas qu'il est possible d'aller. Et là, les saisons sont inversées. Quand nous sommes en été, ils sont en hiver. Or, actuellement, ils sont en été.

— Mais pourquoi?

— C'est à cause de l'inclinaison de la terre par rapport à son axe. Elle tourne autour du soleil et une partie du globe est dans la situation voulue pour se réchauffer, l'autre non. Si j'avais une mappemonde, je te montrerais.

— Mais si nous sommes en été, comment se fait-il qu'il y ait autant de glace?

La voix frêle et plaintive de Lona agaçait encore plus Burris que les questions qu'elle posait. Il pivota brusquement sur lui-même. Un spasme lui contracta le diaphragme quand de mystérieux organes firent gicler dans son sang les sucs de la colère.

— Mais, bon Dieu de bon Dieu, tu n'as donc jamais été à l'école? s'exclama-t-il avec fureur.

Lona s'écarta de lui et se fit toute petite.

— Ne me crie pas après comme ça, Minner! Je t'en prie.

— Alors, on ne t'a rien appris?

— J'ai quitté tôt l'école. Je n'étais pas une bonne élève.

— Et, à présent, ton professeur, c'est moi?

— Tu n'y es pas obligé, répondit-elle sereinement. Tu n'es pas forcé de faire quoi que ce soit si tu n'en as pas envie.

Ses yeux étaient trop brillants. Burris se mit sur la défensive.

— Je n'avais pas l'intention de te crier après.

— C'est pourtant ce que tu as fait.

— Parce que j'ai perdu patience. Toutes ces questions...

— Toutes ces questions stupides... C'est bien cela que tu voulais dire?

— Allons, Lona, laissons tomber. Je regrette de m'être laissé emporter. Je n'ai pas beaucoup dormi cette nuit et j'ai les nerfs en pelote. On va faire une promenade et je vais essayer de t'expliquer le mécanisme des saisons.

— Je me moque complètement des saisons, Minner.

— Soit, oublions les saisons. Mais sortons faire un tour. Ça nous calmera.

— Est-ce que tu crois que, de mon côté, j'ai beaucoup dormi cette nuit?

Burris se dit que le moment était venu de sourire.

— Franchement, je ne le pense pas.

— Pourtant, est-ce que je me plains? Est-ce que je criaille?

— Eh bien, oui, justement. Alors, n'insistons pas davantage et allons faire une balade pour nous détendre. D'accord?

— D'accord, fit-elle, boudeuse. Une balade estivale.

— Exactement. Une balade estivale.

Ils enfilèrent leur combinaison thermique, leur cagoule, leurs gants. La température était douce, compte tenu de la situation géographique de la région : plusieurs degrés au-dessus de zéro. Une vague de chaleur stagnait sur l'Antarctique. L'hôtel polaire de Chalk, situé comme il convenait à quelques dizaines de kilomètres au « nord » du pôle, faisait face à la barrière de Ross. C'était un vaste dôme géodésique assez massif pour supporter les rigueurs de la nuit polaire et assez léger pour la structure du sol de l'Antarctique.

Pour sortir et pénétrer dans le royaume de la glace, il fallait traverser un sas. Le dôme était entouré d'une ceinture nue et brunâtre de trois mètres de large au delà de laquelle s'étendait la plaine blanche. Cet anneau faisait office d'isolateur. Dès que Burris et

Lona émergèrent à l'air libre, un grand gaillard se précipita sur eux en souriant de toutes ses dents. C'était un guide.

— Vous ne voulez pas faire un petit tour en traîneau motorisé, braves gens? En un quart d'heure, vous serez au pôle. Vous pourrez visiter la reconstitution du camp d'Amundsen et le musée Scott. A moins que vous ne préfériez jeter un coup d'œil sur les glaciers, de l'autre côté. Faites votre choix et...

— Non.

— Je comprends. Vous venez d'arriver. C'est votre premier jour et vous avez juste envie de vous dégourdir les jambes. Ce n'est pas moi qui vous le reprocherai. Eh bien, promenez-vous autant que vous voudrez et quand vous vous sentirez d'attaque pour faire une excursion plus lointaine...

— Vous permettez qu'on passe?

Le guide lança un coup d'œil bizarre à Burris et s'écarta. Lona glissa son bras sous celui de Minner et ils se mirent en marche. Lorsque l'astronaute se retourna, il vit quelqu'un sortir du dôme et appeler le guide. C'était Aoudad. Une discussion animée s'engagea entre les deux hommes.

— Comme c'est beau! s'exclama Lona.

— Oui, mais d'une beauté stérile. La dernière frontière. C'est un pays quasiment intact à l'exception de quelques musées par-ci par-là.

— Et de quelques hôtels.

— Celui-là est le seul. Chalk possède un monopole.

Le soleil, haut dans le ciel, était brillant mais petit. Ici, à la limite du pôle, la journée d'été paraissait sans fin. Encore deux mois de clarté ininterrompue avant la longue plongée dans l'obscurité. Le plateau glaciaire étincelait de reflets. Tout était plat — une nappe blanche de quelque quinze cents mètres de profondeur sous laquelle montagnes et vallées étaient englouties. La glace était dure sous le pied. Au bout de dix minutes, l'hôtel était déjà loin.

— Par où c'est, le pôle Sud? demanda Lona.

— Droit devant nous. Nous irons le visiter plus tard.

— Et derrière nous, c'est quoi?

— La Terre de la Reine Maud. Des montagnes qui dégringolent directement jusqu'à la barrière de Ross. C'est une énorme plaque de glace de plus de deux cents mètres d'épaisseur, plus vaste que la Californie. Les premiers explorateurs y avaient établi leurs camps. Nous visiterons la Petite Amérique.

— Comme c'est plat! Le reflet du soleil est aveuglant. — Lona se baissa et prit une poignée de neige qu'elle éparpilla joyeusement. — Ce que j'aimerais voir des pingouins! Minner, est-ce que je pose trop de questions? Est-ce que je jacasse?

— Faut-il que je sois franc ou que j'aie du tact?

— Bon! Contentons-nous de marcher!

Ce qu'ils firent.

Marcher sur cette surface glissante était particulièrement confortable pour Burris. La glace, qui fléchissait de façon imperceptible à chaque pas qu'il faisait, se prêtait admirablement aux mouvements de ses rotules modifiées. Les trottoirs bitumés étaient beaucoup moins sympathiques. Et Burris, qui avait été tendu et avait souffert toute la nuit, appréciait le changement.

Il regrettait d'avoir été aussi hargneux avec Lona, mais sa patience avait cédé. Elle était d'une ignorance crasse. Cela, il le savait dès le début, mais ce qu'il ne savait pas, c'était que son ignorance cesserait aussi vite de lui paraître charmante et qu'il la trouverait exaspérante. Se réveiller, tenaillé par la souffrance, et devoir subir ce flot ininterrompu de questions puériles...

Il faut considérer l'autre aspect des choses, se dit-il. Il s'était réveillé en sursaut au milieu de la nuit. Il avait rêvé de Manipool et, naturellement, il s'était mis à hurler. Cela s'était déjà produit mais c'était la première fois qu'il y avait quelqu'un auprès de lui, une présence amicale et tendre pour le consoler. Ce qu'avait fait Lona. Elle ne lui avait pas reproché en bougonnant d'avoir brisé son sommeil. Elle l'avait caressé, apaisé, jusqu'à ce que le cauchemar se soit dissipé. Il lui en était reconnaissant. Elle était si affectueuse, si aimante. Et si stupide.

— As-tu déjà vu l'Antarctique depuis l'espace?

— Bien souvent.

— A quoi ça ressemble?

— C'est exactement comme sur les cartes. Il est plus ou moins rond avec un pouce braqué vers l'Amérique du Sud. Et tout blanc. Entièrement blanc. Tu verras quand nous serons en route pour Titan.

Tout en marchant, Lona se nicha dans le creux de son bras. Le coude de Burris était adaptable. Il l'allongea pour qu'elle soit plus à son aise. Ce nouveau corps avait quand même certains mérites.

— Un jour, je reviendrai et je verrai tout — le Pôle, les musées des explorateurs, les glaciers. Seulement, je voudrais revenir avec mes enfants.

Burris eut l'impression qu'un glaçon se glissait dans sa gorge.

— Quels enfants, Lona?

— Il y en aura deux. Un garçon et une fille. Dans huit ans environ, je pourrai les amener.

Derrière sa cagoule thermique, les paupières de Minner papillotaient sans qu'il fût capable de les contrôler.

— Lona, tu devrais savoir que je ne peux pas te faire d'enfants, dit-il d'une voix sourde en se dominant farouchement. Les médecins ont étudié la question. Mes organes internes sont tout simplement...

— Oui, je sais. Mais ce n'était pas à des enfants que nous aurions eus ensemble que je pensais, Minner.

Burris crut presque que ses entrailles allaient se répandre sur le sol glacé.

— Je parlais des bébés que j'ai déjà, poursuivit Lona sur un ton suave. Ceux que l'on a pris dans mon ventre. On m'en rendra deux. Je ne te l'avais pas dit?

Burris éprouva un singulier sentiment de soulagement en comprenant qu'elle n'envisageait pas de l'abandonner pour un homme possédant son intégrité biologique. En même temps, l'intensité de ce soulagement le surprenait. Quelle prétention de s'être tout naturellement imaginé qu'en parlant d'enfants elle pensait aux enfants qu'elle espérait avoir de lui! Et s'être figuré qu'elle pourrait avoir des enfants de quelqu'un d'autre était tout bonnement renversant.

Elle avait déjà une armée d'enfants! Il l'avait presque oublié.

— Non, tu ne me l'as pas dit. Si je comprends bien, il est entendu qu'on te restituera quelques-uns de tes gosses que tu élèveras toi-même?

— C'est plus ou moins ça.

— Qu'est-ce que cela veut dire?

— Je ne crois pas que tout soit encore réglé, mais Chalk m'a affirmé qu'il arrangerait ça. Il me l'a promis. Il m'a donné sa parole. Et je sais que c'est un homme assez important pour pouvoir le faire. Il y en a tellement qu'ils peuvent bien donner deux bébés à leur vraie mère si elle le désire. Et je le désire. Je le désire! Chalk a dit qu'il m'en obtiendrait deux si je... si je...

Elle laissa sa phrase en suspens. Referma la bouche.

— Si tu quoi?

— Rien.

— Tu as commencé une phrase.

— Je voulais dire que Chalk m'en obtiendrait deux si je le voulais.

— Non, ce n'est pas ce que tu t'apprêtais à dire. Que tu veuilles avoir ces enfants est de notoriété publique. Qu'as-tu promis à Chalk en échange?

L'expression de Lona était maintenant celle d'une coupable.

— Qu'est-ce que tu me caches?

Elle secoua silencieusement la tête. Quand Burris lui prit la main, elle se dégagea. Il lui faisait face, l'écrasant de toute sa taille et, comme c'était le cas chaque fois qu'une émotion s'emparait de son nouveau corps, il y avait en lui des choses qui cognaient, qui trépidaient bizarrement.

— Que lui as-tu promis? répéta-t-il.

— Minner, tu en fais une drôle de tête! Tu as des taches rouges et violettes partout sur les joues...

— Quelle était cette promesse, Lona?

— Rien. Rien. Tout ce que je lui ai dit... tout ce que j'ai accepté... c'était...

— C'était?

— D'être gentille avec toi, laissa-t-elle tomber d'une toute petite voix. Je lui ai promis de te rendre heureux. En échange, il me fera rendre quelques-uns de mes bébés. Est-ce que c'était mal, Minner?

Il sentit l'air s'échapper d'un trou béant dans sa poitrine. C'était Chalk qui avait mis cela sur pied? Qui avait acheté Lona pour qu'elle s'occupe de lui? Chalk? *Chalk?*

— Minner, qu'est-ce qu'il y a?

Un vent de tempête s'engouffrait en lui. La planète oscillait sur son axe, s'élevait, l'aplatissait, les continents levaient l'ancre et s'abattaient sur lui.

— Ne me regarde pas comme ça, l'implora-t-elle.

— Si Chalk ne t'avait pas proposé la restitution des bébés, m'aurais-tu jamais approché? M'aurais-tu jamais touché, Lona?

Les yeux de la jeune fille étaient embués de larmes.

— Quand je t'ai vu dans le jardin de la clinique, tu m'as fait de la peine. Je ne savais même pas qui tu étais. J'ai pensé que tu étais rescapé d'un incendie ou quelque chose de ce genre. Et puis, je t'ai rencontré. Je t'aime, Minner. Chalk ne pouvait pas m'obliger à t'aimer. Il pouvait seulement me forcer à être gentille avec toi. Mais la gentillesse, ce n'est pas l'amour.

Burris se sentait idiot, grotesque, il avait l'impression d'être aussi balourd qu'une motte de terre. Il regardait Lona bouche bée. Elle avait l'air décontenancé. Soudain, elle se baissa, ramassa une poignée de neige, la pétrit pour en faire une boule qu'elle lança à la figure de Minner en riant.

— Arrête de faire cette tête-là! Attrape-moi, attrape-moi!

Elle s'élança en courant et franchit en un instant une distance imprévue. Elle s'arrêta, noire silhouette sur l'horizon immaculé, et entreprit de façonner une autre boule de neige. Elle la lança gauchement de bas en haut comme une petite fille. Néanmoins, le projectile s'écrasa à une dizaine de mètres à peine de Burris.

L'astronaute émergea de l'état de stupeur dans lequel l'avait plongé l'aveu que Lona avait fait étourdiment.

— Tu ne m'attraperas pas! lui cria-t-elle d'une voix perçante.

Burris se mit alors à courir. C'était la première fois qu'il courait depuis son retour de Manipool. Il bondissait sur le tapis de neige. Lona courait, elle aussi, en agitant les bras comme des ailes de moulin, lançant des coups de coude dans l'air ténu et glacé. Minner sentait une énergie nouvelle envahir ses membres. Ses jambes, qui lui avaient paru aberrantes avec leurs articulations multiples, allaient et venaient comme des pistons parfaitement synchrones. Son allure était puissante et rapide. C'était à peine si son cœur cognait dans sa poitrine. D'un mouvement spontané, il repoussa sa cagoule en arrière pour sentir l'air gelé lui fouetter les yeux.

Il la rattrapa en quelques minutes. Quand il s'approcha d'elle, Lona, à bout de souffle et s'étranglant de rive, pivota sur elle-même et se jeta dans ses bras. Son élan fit encore faire cinq pas à Minner avant qu'il ne s'écroule. Ils se laissèrent rouler, frappant la neige de leurs mains gantées. Il repoussa la cagoule de Lona et lui frotta la figure avec une poignée de neige glacée. Et la neige en fondant dégoulina, glissa le long du cou de la jeune fille, s'infiltra à l'intérieur de sa combinaison, sous ses vêtements, le long de ses seins, le long de son ventre. Elle poussa un hurlement où le plaisir le disputait à l'indignation.

— Non! Non, Minner! Non!

Burris recommença. Alors, elle lui rendit la pareille. Secouée d'hilarité, elle introduisit de la neige sous son col. C'était si froid que cela lui fit l'effet d'une brûlure. Ils s'affalèrent côte à côte. D'un seul coup, elle fut dans ses bras. Pesant sur elle de tout son poids il la clouait au continent sans vie. Un long moment s'écoula avant qu'ils se relèvent.

ET L'ABOMINABLE MÉLANCOLIE

Cette nuit encore, il se réveilla en hurlant.

Lona l'avait prévu. Elle n'avait pour ainsi dire pas dormi. Allongée à côté de lui, elle avait attendu l'arrivée inévitable des démons qui prendraient possession de lui. Toute la soirée, il avait eu des périodes de cafard.

La journée avait été agréable, abstraction faite du pénible moment du matin. Lona regrettait d'avoir avoué que c'était Chalk qui l'avait incitée à entrer en contact avec lui. Heureusement, elle avait gardé pour elle la partie la plus épouvantable de l'histoire : que l'idée d'offrir le cactus à Minner venait de Nikolaides, que c'était le même Nikolaides qui lui avait dicté le petit mot. Elle comprenait maintenant l'effet qu'une telle révélation aurait eu sur Burris. Néanmoins, elle avait été stupide de parler de la promesse que Chalk lui avait faite à propos des bébés. Une stupidité qui sautait aux yeux mais il était trop tard — le mal était fait.

Après cet épisode éprouvant, il avait récupéré et ils s'étaient bien amusés. D'abord la bataille de boules de neige. Ensuite, la promenade sur la banquise. Quand elle s'était brusquement rendu compte que l'hôtel n'était plus en vue, Lona avait eu peur. Ils étaient seuls au milieu d'une étendue déserte, plate et blanche. Aucun arbre ne projetait son ombre, l'immobilité du soleil brouillait le sens de l'orientation — et ils n'avaient pas de boussole. Ils avaient marché pendant des kilomètres dans un paysage immuable.

— Et si on rentrait? avait-elle suggéré à un moment

donné. (Il avait hoché la tête.) Je suis fatiguée. J'aimerais rentrer.

Elle n'était pas si fatiguée que cela, mais l'idée qu'ils risquaient de s'égarer l'alarmait. Ils avaient fait demi-tour — c'était du moins ce que Burris avait prétendu —, mais le décor demeurait inchangé. A un endroit, il y avait quelque chose de sombre qui affleurait à la surface de la neige. Quand Minner lui avait dit que c'était un pingouin mort, elle avait frissonné. C'est alors que, comme par miracle, l'hôtel avait réapparu. Si le monde était plat, ici, pourquoi s'était-il évanoui? s'était-elle demandé. Et Burris lui avait expliqué une fois de plus — mais sur un ton plus patient — que le paysage n'était pas vraiment plat, qu'il était presque aussi arrondi que partout ailleurs, de sorte que, très rapidement, les points de repère familiers basculaient derrière l'horizon. C'était ce qui s'était passé pour l'hôtel.

Mais maintenant, l'hôtel était solide au poste, ils avaient une faim de loup et ils avaient déjeuné de bon cœur en arrosant généreusement leur repas de bière. Ici, on ne servait pas de cocktails verts où nageaient des créatures vivantes, mais de la bière, des fromages, de la viande — les aliments qui convenaient en ce royaume de l'hiver éternel.

L'après-midi, ils avaient fait une excursion à bord d'un traîneau motorisé. Ils étaient d'abord allés voir le pôle Sud.

— Ça ressemble exactement à tout le reste, avait déclaré Lona.

— Qu'est-ce que tu croyais? Qu'il y aurait une perche bariolée plantée dans la neige?

Une fois de plus, il se montrait sarcastique. Après ce propos cinglant, Lona avait remarqué que le regard de Burris s'était assombri et elle s'était dit qu'il n'avait pas eu l'intention de lui faire de la peine. C'était son attitude naturelle, voilà tout. Peut-être qu'il avait tellement mal lui-même — véritablement mal — qu'il ne pouvait pas s'empêcher d'employer ce ton tranchant.

En fait, le pôle se distinguait du désert vide qui l'entourait en ce sens qu'il y avait des édifices. La zone circulaire d'une vingtaine de mètres de diamètre qui constituait le bout du monde était sacro-sainte et inviolée. Tout à côté se dressait la tente restaurée — ou reconstituée — du Norvégien Amundsen qui avait atteint le pôle Sud avec un traîneau tiré par les chiens un siècle ou deux auparavant. Un drapeau flottait sur la tente obscure. Ils regardèrent à l'intérieur. Il n'y avait rien.

Un peu plus loin s'élevait une petite cabane de rondins.

— Pourquoi est-elle en rondins? avait demandé Lona. Il n'y a pas d'arbres dans l'Antarctique.

Pour une fois, sa question ne manquait pas de finesse et Burris avait éclaté de rire.

Le bâtiment était dédié à la mémoire de Robert Falcon Scott qui avait suivi les traces du Norvégien, mais qui, en revanche, était mort sur le chemin du retour. Des journaux de marche, des sacs de couchage, toute la panoplie des explorateurs y étaient exposés. Lona lut la plaque commémorative. Scott et ses compagnons n'avaient pas péri là, mais bien plus loin, pris au piège de la fatigue, assaillis par le blizzard alors qu'ils regagnaient péniblement leur base. Tout ça, c'était du cinéma. Cet étalage factice gênait Lona et elle avait le sentiment qu'il gênait également Burris.

Mais c'était quand même impressionnant d'être exactement à l'endroit du pôle Sud.

— Le monde est au nord par rapport à nous, lui avait dit Burris, nous nous trouvons tout en bas. Tout le reste est au-dessus de nous. Mais rassure-toi, on ne tombera pas.

Ça la fit rire. Pourtant, elle n'avait pas le sentiment de se trouver dans une situation inhabituelle. Le sol était horizontal, il ne montait pas, ne descendait pas. Elle essaya de s'imaginer la Terre telle que quelqu'un pourrait la voir d'un ferry de l'espace : un globe suspendu dans le ciel et elle tout en bas, encore plus petite qu'une fourmi, les pieds dirigés vers le centre de la planète et la tête vers les étoiles. Cela n'avait aucun sens.

Il y avait une buvette. Son toit était recouvert de neige par souci de discrétion. Burris et Lona burent du chocolat brûlant.

Ils dédaignèrent la base scientifique souterraine qui se trouvait à quelques centaines de mètres du pôle. Les visiteurs y étaient pourtant les bienvenus. Des savants barbus y vivaient toute l'année, étudiant le magnétisme, la météorologie et des tas d'autres choses, mais Lona n'avait aucune envie d'entrer à nouveau dans un laboratoire. Elle lança un coup d'œil à Burris, qui opina, et le guide les fit remonter à bord du traîneau motorisé.

Il était trop tard pour aller jusqu'à la barrière de Ross, mais ils excursionnèrent plus d'une heure. Le traîneau avait mis le cap au nord-ouest et se dirigeait vers une chaîne de montagnes qui semblait être toujours aussi lointaine. Ils arrivèrent à un mystérieux endroit chaud. Là, il n'y avait pas de neige. Rien qu'une plaque de terre brunâtre incrustée d'algues rouges et des rochers disparaissant sous une mince pellicule de lichens d'un vert tirant sur le jaune. Quand Lona manifesta le désir de voir des pingouins, le guide lui répondit qu'il n'y en avait pas à cette époque de l'année, sauf quelques-uns qui étaient perdus.

— Ce sont des oiseaux aquatiques. Ils restent à proximité de la côte et ne viennent sur la terre ferme qu'au moment de la ponte.

— Mais c'est l'été. Ils devraient faire leurs nids.

— Ils les font en hiver. L'éclosion a lieu en juin et en juillet quand il fait le plus froid et le plus noir. Si vous voulez en voir, il faut vous inscrire pour l'excursion de la Terre Adélie.

Pendant le chemin du retour, Burris avait l'air d'excellente humeur. Il taquina Lona avec enjouement. Le guide arrêta le traîneau pour qu'ils puissent faire des glissades sur une plaque de neige aussi lisse qu'un miroir. Mais quand ils approchèrent de l'hôtel, Lona fut sensible au changement de l'état d'esprit de son compagnon. C'était comme la tombée du crépuscule. Burris devenait de plus en plus sombre. Ses traits étaient rigides. Il ne riait plus, ne plaisantait plus. Lorsqu'ils franchirent les tambours d'entrée, on aurait dit une statue taillée dans la glace.

— Qu'est-ce qui ne va pas, Minner?

— Qui a dit que quelque chose n'allait pas?

— Tu ne veux pas boire un verre?

Le bar était une grande pièce aux murs lambrissés. Il y avait même une vraie cheminée pour parfaite l'ambiance XXe siècle. Deux bonnes douzaines de personnes, installées devant de massives tables de chêne, bavardaient et buvaient. Rien que des couples. C'était presque exclusivement un séjour pour jeunes mariés désireux de commencer leur vie commune dans la pureté de l'Antarctique. Les montagnes de la Terre Marie Byrd avaient la réputation d'être excellentes pour le ski.

Toutes les têtes se tournèrent quand Burris et Lona firent leur entrée. Et elles se détournèrent aussitôt dans un réflexe de répulsion. Oh! Pardon... Nous ne voulions pas vous regarder. Un homme avec une tête comme la vôtre n'aime sans doute pas qu'on le regarde. Nous pensions simplement que c'étaient nos amis les Smith qui venaient nous rejoindre.

— Le diable au repas de noces, murmura Burris.

Lona n'était pas sûre d'avoir très bien entendu mais elle ne lui demanda pas de répéter.

Un serveur robot vint prendre la commande. Lona demanda de la bière, Burris un rhum. Ils s'étaient assis à une table du fond. Soudain, ils s'aperçurent qu'ils n'avaient rien à se dire. Ils avaient l'impression que les voix qui leur parvenaient étaient plus fortes que nature. Les gens parlaient de leurs projets de vacances, de sport, des multiples excursions proposées à la clientèle. Personne ne s'approcha d'eux.

Burris gardait les épaules très raides et Lona savait que cette posture le faisait souffrir. Il vida son verre en un clin d'œil et n'en réclama pas un autre. Au-dehors, le pâle soleil refusait obstinément de se coucher.

— Ce serait joli s'il y avait un coucher de soleil romantique, fit Lona. La glace serait toute bleue et toute dorée. Mais nous n'aurons pas cette chance, n'est-ce pas?

Burris se contenta de sourire sans répondre.

Un flot incessant de personnes entraient et sortaient. Toutes passaient au large de leur table. Ils étaient des rochers au milieu du courant. Autour d'eux, on se serrait la main, on s'embrassait, on faisait les présentations. Ici, n'importe quel couple pouvait librement en aborder un autre et trouver un accueil chaleureux auprès d'étrangers.

Eux, personne ne les abordait.

— Ils savent qui nous sommes, dit Lona à Burris. Ils nous prennent pour des célébrités, des personnalités trop importantes pour être importunées. Alors, ils nous laissent tranquilles. Ils ne veulent pas s'imposer.

— Bien sûr.

— Pourquoi ne ferions-nous pas les premiers pas? Pour briser la glace, pour leur montrer que nous ne sommes pas inaccessibles?

— Non. Restons où nous sommes.

Elle croyait savoir ce qui le tourmentait. Burris était convaincu que les autres restaient à l'écart parce qu'il était laid ou, en tout cas, étrange. Personne n'avait envie de le regarder dans les yeux. Et il n'est pas très facile de faire la conversation en tournant la tête de l'autre côté. Voilà pourquoi personne ne s'approchait de leur table. Etait-ce cela qui le tracassait? Se sentait-il à nouveau gêné?

Lona ne lui posa pas la question. Elle avait sa petite idée pour mettre de l'huile dans les rouages.

Ils remontèrent dans leur chambre avant l'heure du dîner. C'était une grande pièce faussement rudimentaire. Les murs étaient faits de rondins mal équarris mais elle était parfaitement climatisée et il y avait tout le confort moderne.

Burris s'assit, muré dans son mutisme. Puis, au bout d'un moment, il se leva et se mit en devoir d'examiner ses jambes, les lançant successivement en avant et en arrière. Son humeur était si sombre, à présent, que Lona avait peur.

— Excuse-moi, Minner. Je reviens dans cinq minutes.

— Où vas-tu?

— M'informer sur les promenades qui sont au programme de demain.

Il la laissa partir.

Elle suivit le couloir incurvé qui conduisait à la réception. A mi-chemin, un groupe de clients étaient massés devant un écran géant. On montrait une aurore boréale. Des déchirures vertes, rouges, violettes sur un fond uniformément gris. On aurait cru une scène de fin du monde.

Dans le hall, Lona rafla une poignée de brochures touristiques. Puis elle retourna au salon de télévision. Elle reconnut un couple qu'elle avait vu au bar. La femme, âgée d'une vingtaine d'années, était blonde. D'artistiques mèches vertes se mêlaient à ses cheveux dorés. Son expression était froide. Son mari — si mari il y avait — approchait la quarantaine. Il portait une tunique de grand luxe et une bague à mouvement perpétuel exportée des planètes extérieures frémissait à sa main gauche.

Lona, crispée, s'approcha d'eux.

— Bonsoir, dit-elle en souriant. Je m'appelle Lona Kelvin. Vous nous avez peut-être remarqués au bar, tout à l'heure?

Elle les bombardait de petits sourires nerveux, forcés. Elle savait ce qu'ils pensaient : *Mais qu'est-ce qu'elle nous veut, celle-là?*

L'homme et la femme se présentèrent à leur tour. Lona ne saisit pas leur nom, mais c'était sans importance.

— Je me suis dit que ce serait peut-être sympathique de dîner tous les quatre ensemble, reprit-elle. Minner

156

vous intéressera, j'en suis certaine. Il est allé sur une foule de planètes...

On aurait dit deux bêtes traquées. La blonde était au bord de la panique. Le mari se lança adroitement à la rescousse :

— Cela nous ferait le plus grand plaisir... mais d'autres arrangements... des amis de longue date... peut-être une autre fois...

Les tables n'étaient pas limitées à quatre, ni même à six personnes. Il y avait toujours de la place pour un convive supplémentaire. Devant cette rebuffade, Lona comprit ce qu'avait pressenti Minner tout à l'heure. Ils étaient indésirables. Burris avait le mauvais œil, il attirait la malchance sur la fête.

Elle regagna précipitamment la chambre avec ses brochures.

Burris, planté devant la fenêtre, contemplait l'étendue blanche.

— Viens, Minner, on va les feuilleter ensemble.

Son timbre était trop aigu.

— Y en a-t-il une qui te paraisse intéressante?

— Elles le sont toutes. Je ne sais vraiment pas quelle est la meilleure. Il faut que tu choisisses.

Ils s'assirent au bord du lit et examinèrent les dépliants glacés. Il y avait la visite de la terre Adélie, une demi-journée, avec pingouins à la clé. Il y avait celle de la barrière de Ross, toute la journée, avec, en prime, la visite de la Petite Amérique et des autres bases d'explorateurs du détroit de McMurdo. Un arrêt spécial était prévu pour voir un volcan en activité, le Mont Erevus. Il y avait le périple de la péninsule antarctique avec ses phoques et ses lions de mer. Il y avait la station de ski de la terre Marie Byrd. Il y avait l'excursion de la chaîne côtière via la terre Victoria pour rallier la pointe de Mertz. Et des dizaines d'autres. Ils jetèrent leur dévolu sur les pingouins et quand ils descendirent dîner, ils s'inscrivirent sur la liste.

Ils étaient seuls à leur table.

— Parle-moi de tes enfants, demanda Burris à Lona. Est-ce que tu les as vus?

— Pas vraiment. Je n'ai jamais pu les toucher, sauf une fois. Je ne les ai vus que par écrans interposés.

— Et Chalk t'en fera réellement confier quelques-uns pour que tu les élèves?

— Il me l'a dit.

— Et tu le crois?

— Qu'est-ce que je peux faire d'autre? — Elle posa la main sur celle de Minner. — Tes jambes te font mal?

— Pas vraiment.

Ni l'un ni l'autre ne mangèrent beaucoup.

Après le repas, il y eut une projection de films en relief sur le thème de l'hiver dans l'Antarctique. L'obscurité était celle de la mort. Un vent meurtrier giflait le plateau. Lona vit des pingouins couchés sur leurs œufs pour les tenir au chaud. Et elle en vit d'autres avancer sur la terre ferme, chassés par les rafales, les plumes ébouriffées, tandis qu'un tambour cosmique battait la cadence dans le ciel et que d'invisibles démons bondissaient silencieusement de pic en pic. Le film s'achevait sur le lever du soleil : après une nuit de six mois, l'aube ensanglantait les glaciers, l'océan gelé se fracturait, de gigantesques banquises se heurtaient et se fracassaient.

Après la séance, la plus grande partie de la clientèle se retrouva au bar. Lona et Burris se couchèrent. Ils ne firent pas l'amour. La jeune fille devinait la tempête qui grondait en Minner et elle savait que l'orage éclaterait avant le matin.

Ils étaient allongés dans l'obscurité. Il avait fallu opacifier la fenêtre pour se protéger de l'inlassable flamboiement du soleil. Lona tournait le dos à Burris. Leurs flancs se touchaient. Sa respiration était lente. Finalement elle s'assoupit et s'enlisa dans un sommeil précaire. Au bout d'un moment, ses propres fantômes vinrent la hanter et, quand elle se réveilla, couverte de sueur, ce fut pour se retrouver nue dans une chambre inconnue à côté d'un étranger. Son cœur battait à tout rompre. Elle appuya ses mains sur ses seins et se rappela, enfin, où elle était.

Burris s'agitait et grognait.

La bourrasque martelait les murs. C'était l'été, se rappela Lona — et elle sentit un frisson glacé s'insinuer jusqu'à sa moelle. Au loin, quelqu'un éclata de rire.

Mais elle resta auprès de Burris et n'essaya pas de se rendormir. Ses yeux, qui s'étaient habitués à l'obscurité, scrutaient le visage de l'astronaute. La bouche de Minner qui s'ouvrait et se refermait en coulissant était expressive à sa manière. Ses yeux bougeaient de la même façon mais, maintenant, alors que ses paupières béaient, il ne voyait rien. Il est à nouveau sur Manipool, se dit-elle. Ils viennent d'atterrir, lui et... les autres qui ont des noms italiens. Bientôt, les Choses viendront le chercher.

Elle s'efforça d'imaginer Manipool. Un sol rougeâtre et calciné, des plantes noueuses et épineuses. A quoi ressemblaient les villes? Existait-il des routes, des voitures, des téléviscurs? Minner ne le lui avait jamais dit. Tout ce qu'elle savait, c'est que c'était un monde desséché, un monde ancien, un monde où les chirurgiens avaient une grande habileté.

Burris hurla.

Un cri étranglé, haché, naissant au plus profond de la gorge et qui gagnait en volume, en intensité. Lona se retourna et se colla étroitement contre lui. Etait-ce la transpiration qui rendait gluante la peau de Minner? Non. Impossible! Ce devait être sa sueur à elle. Il brassait l'air, lançait des ruades. Le dessus de lit s'envola. Lona sentait les muscles de l'astronaute saillir et se bander sous son épiderme lisse. Il pourrait me couper en deux d'un seul geste, songea-t-elle.

— Tout va bien, Minner. Je suis là. Je suis là. Tout va bien.

— Les couteaux... Prolisse... Seigneur, les couteaux!

— *Minner!*

Elle se cramponnait farouchement à lui. Maintenant,

le bras gauche de Burris pendait mollement, l'articulation en porte à faux. Il se calmait. Sa respiration était rauque. On aurait dit un martèlement de sabots. Lona alluma.

La figure de Burris était à nouveau marbrée de plaques rouges. A trois ou quatre reprises, il cligna des yeux de cette manière horrible et porta la main à ses lèvres. Lona relâcha son étreinte et s'assit. Elle tremblait un peu. L'explosion de cette nuit avait été plus violente que la veille.

— Tu veux un verre d'eau?

Il fit oui de la tête. Il agrippait le matelas avec une telle force que la jeune fille crut qu'il allait le déchirer.

Il but avec avidité.

— Ça a été tellement épouvantable? Ils te faisaient mal?

— Je rêvais que je les voyais en train d'opérer. D'abord Prolisse. Il mourut. Ensuite, ils se mettaient à tailler Malcondotto. Il mourut. Et après...

— Cela a été ton tour?

— Non, répondit-il d'une voix où perçait l'étonnement. Non. Ils ont placé Elise sur la table et ils l'ont ouverte, juste entre les... seins. Ils ont détaché en partie sa poitrine. Je voyais ses côtes, son cœur. Et ils ont fouillé à l'intérieur.

— Pauvre Minner!

Il fallait qu'elle l'interrompe avant qu'il ne vomisse tout sur elle. Pourquoi avait-il rêvé d'Elise? Etait-ce un bon signe qu'il l'ait vue mutilée? Aurait-ce été mieux si c'était de moi qu'il avait rêvé? S'il m'avait vue transformée en une créature semblable à lui?

Elle s'empara de la main de l'homme et la posa sur son corps tiède. Elle ne voyait pas d'autre méthode pour l'apaiser. Il réagit : il se souleva et s'abattit sur elle. Leurs soubresauts étaient à la fois frénétiques et harmonieux.

Après, il parut s'endormir. Lona, énervée, s'écarta de lui et attendit de sombrer à nouveau dans le sommeil. Un sommeil gâché par de mauvais rêves. Un astronaute de retour de l'espace avait ramené une bête malfaisante, une sorte de vampire grassouillet qui se fixait à son corps, qui lui pompait sa substance vitale, qui l'épuisait. C'était un rêve atroce, mais pas suffisamment atroce pour la réveiller. Finalement, son sommeil se fit plus profond.

Au réveil, elle avait les yeux cernés, les traits tirés et les joues creuses. Burris, quant à lui, ne montrait aucune trace de sa nuit agitée. Sa peau était incapable de réagir aux effets cataboliques immédiats. Il avait l'air presque gai en s'habillant.

— Alors, on va les voir, ces pingouins? demanda-t-il à Lona.

Avait-il oublié sa dépression de la veille et ses terreurs nocturnes? Ou cherchait-il seulement à tirer le rideau sur elles? Jusqu'à quel point est-il humain, au fond? s'interrogeait Lona.

— Oui, répondit-elle sur un ton froid. On va passer une merveilleuse journée, Minner. J'ai hâte de les voir.

LA MUSIQUE DES SPHÈRES

— Ils commencent à se détester, dit Chalk d'une voix allègre.

Il était seul, mais pour lui, ce n'était pas une raison valable pour ne pas exprimer ses pensées tout haut. Il se parlait souvent à lui-même. Un médecin lui avait dit un jour que parler tout haut, même quand on est seul, avait des effets bénéfiques du point de vue neuropsychique.

Il flottait dans un bain de sels aromatiques. La baignoire avait trois mètres de profondeur, six mètres de long et trois mètres cinquante de large. C'était amplement suffisant, même pour quelqu'un de la corpulence de Duncan Chalk. Ses parois de marbre s'achevaient par des rebords d'albâtre, le carrelage était fait de porcelaine sang de bœuf aux reflets moirés et la salle d'eau tout entière était surmontée d'une épaisse coupole transparente à travers laquelle on voyait le ciel. En revanche, de l'extérieur, on ne pouvait voir Chalk. Un habile ingénieur spécialisé dans l'optique avait tout prévu : pour l'observateur, le dôme présentait une surface opaline ponctuée de tourbillons de lumière rose.

Chalk flottait paresseusement, délivré de la pesanteur, en pensant à ses amants souffrants. La nuit était tombée mais il n'y avait pas d'étoiles. Rien que le halo rougeâtre de nuages invisibles. A nouveau, il neigeait. Les flocons dessinaient des arabesques enchevêtrées en tombant.

— Elle l'ennuie. Il lui fait peur. Elle manque d'intensité pour son goût et, pour elle, le voltage de Burris est trop élevé. Mais ils voyagent ensemble, ils mangent ensemble, ils couchent ensemble. Et, bientôt, ils vont se crêper le chignon de façon terrible.

Les enregistrements étaient excellents. Aoudad et Nikolaides, qui surveillaient subrepticement le couple, avaient capté ses joyeux ébats à l'intention d'un public avide. La bataille de boules de neige était un petit chef-d'œuvre. L'excursion en traîneau à moteur n'était pas mal non plus. Minner et Lona au pôle Sud... Le public buvait du petit lait.

Chalk aussi, à sa manière.

Il ferma les yeux, occulta le dôme et, flottant légèrement dans son bain tiède et parfumé, il savoura à loisir les bribes d'angoisse qui lui parvenaient.

...avoir des articulations qui ne se comportent pas comme les articulations humaines...

...se sentir méprisé, mis au rebut de l'humanité...

...être mère et n'avoir pas d'enfants...

...d'éblouissants éclairs de douleur, aussi lumineux que les champignons thermoluminescents dont la lueur jaune illuminait les murs de son bureau...

...les meurtrissures du corps et les meurtrissures de l'âme...

...solitude!

...malpropreté!

Chalk haletait. On aurait dit qu'un courant à basse tension traversait son corps. Il leva brusquement un doigt qui demeura dressé, rigide, pendant quelques instants. Un molosse aux babines écumantes bondissait dans son cerveau. Sous la chair flasque de sa poitrine, d'épais faisceaux de muscles se contractaient et se relâchaient de façon rythmique.

...sommeil hanté par la visite des démons...

...une forêt d'yeux pédonculés, étincelants, scrutateurs...

...un monde sec...des épines...des épines...

...grincements et cliquetis de bêtes insolites allant et venant dans les murs...pourriture de l'âme...la poésie réduite en cendres, tout l'amour du monde transformé en décombres...

...des yeux de pierre braqués sur l'univers...et l'univers qui leur rend leur regard...

Chalk, extatique, lançait des coups de pied dans l'eau qui jaillissait en cascade. Il la battait de ses paumes. Youpee!

Le raz de marée du plaisir l'engloutissait, le consumait.

Et ce n'est jamais que le commencement, se dit-il béatement, un peu plus tard.

DANS LE CIEL COMME SUR LA TERRE

Quand ils partirent pour Luna Tivoli, étape suivante de leur circuit dans l'empire de Chalk, le soleil flamboyait, mais c'était encore l'hiver. Fuyant l'hiver véritable du nord et l'hivernal été du sud, ils allaient à la rencontre de l'hiver perpétuel de l'espace.

Ils reçurent au spatioport l'accueil réservé aux V.I.P. Les caméras de télévision tournaient. La petite navette au nez camard les prit à son bord pour traverser le terrain sous les yeux émerveillés des simples mortels qui acclamaient machinalement les personnalités, quelles qu'elles fussent.

Burris était à cran. Chaque fois qu'un regard se posait sur lui, c'était comme si un nouveau scalpel le tailladait.

— Pourquoi donc as-tu accepté? lui demanda Lona. Si tu ne veux pas que les gens te dévorent des yeux comme ça, tu n'avais qu'à refuser de faire ce voyage.

— J'ai accepté par esprit de pénitence. Pour expier délibérément la faute que j'ai commise en me détournant du monde. Par discipline.

Mais toutes ces abstractions ne convainquirent pas Lona. Peut-être glissaient-elles tout simplement sur elle.

— Mais tu n'avais pas un motif, une raison?

— Les raisons, je viens de te les expliquer.

— Ce ne sont que des mots.

— Ne te moque jamais des mots, Lona.

Les narines de la jeune fille palpitèrent.

— Tu es encore en train de te fiche de moi.

— Je te demande pardon.

Il était sincère. Il était tellement facile de se moquer d'elle!

— Je sais ce que c'est qu'être un objet de curiosité et j'ai horreur de ça. Mais j'ai été obligée d'accepter pour que Chalk me fasse rendre quelques-uns de mes bébés.

— Il m'a promis quelque chose à moi aussi.

— Ah! Je savais bien que tu finirais par l'avouer!

— Une transplantation totale. Il me donnera un corps humain, normal et en bonne santé. En échange, je dois laisser ses caméras me disséquer pendant quelques mois, c'est tout.

— C'est vraiment faisable?

— Tu sais, Lona, si l'on parvient à fabriquer une centaine de bébés avec, pour sujet de départ, une fille qui n'a jamais connu d'homme, c'est que l'on est capable de faire n'importe quoi.

— Quand même... un échange de corps...

— La technique n'est pas encore tout à fait au point, dit-il d'une voix lasse. Il faudra peut-être attendre encore plusieurs années. Je dois m'armer de patience.

— Mais ce sera formidable, Minner! Te donner un corps réel!

— Mon corps réel, c'est celui-ci.

— Je veux dire un autre corps. Qui ne soit pas aussi bizarre, qui ne te fasse pas souffrir comme ça. Si seulement ils réussissaient!

— Oui, si seulement ils réussissaient!

Cette perspective exaltait plus Lona que Burris. Il vivait depuis des semaines avec cette pensée dans la tête et, maintenant, il doutait que l'opération fût possible. Et voilà qu'il agitait à présent cet espoir devant les yeux de la jeune fille comme un jouet tout neuf, tout scintillant. Mais qu'est-ce que cela pouvait lui faire? Ils n'étaient pas mariés. Chalk lui ferait restituer ses mômes pour la remercier d'avoir joué sa petite comédie et elle replongerait dans l'obscurité, satisfaite, en un sens, heureuse d'être débarrassée d'un compagnon exaspérant, bourru, qui passait son temps à l'asticoter. Quant à Minner, il partirait de son côté, peut-être condamné à habiter à jamais ce corps grotesque, peut-être doté d'un autre corps gracieux et de modèle standard.

Le minicar monta à l'assaut d'un plan incliné et s'immobilisa devant le vaisseau. Son toit s'ouvrit. Bart Aoudad s'approcha avec curiosité.

— Alors, les amoureux, ça va comme vous voulez?

Ils descendirent en silence, sans sourire. Aoudad commença à s'ébrouer d'un air inquiet.

— C'est la joie, j'espère? Relaxe et tout? Tâchez de ne pas avoir le mal de l'espace, Minner! Ce serait un peu fort de café! Ha! ha! ha!

— Ha, fit Burris.

Nikolaides était là, lui aussi, brandissant des documents, des dépliants, des chèques de voyage. Dante n'a eu besoin que d'un seul Virgile pour le guider à travers les cercles de l'Enfer, songea Burris. Moi, j'en ai deux. Ce que c'est que l'inflation, quand même!

Il offrit son bras à Lona et tous deux pénétrèrent à l'intérieur de l'astronef. La jeune fille l'étreignait de toutes ses forces. L'idée d'aller dans l'espace la remplissait d'appréhension, sans doute. A moins que la tension permanente de leur grand périple ne la traumatisât exagérément.

C'était un bref voyage : huit heures sous une accélération faible mais régulière pour couvrir 385 000 kilomètres. Naguère, le même vaisseau accomplissait ce trajet en deux étapes. On s'arrêtait d'abord sur le satellite de plaisir en orbite à 80 000 kilomètres de la Terre. Mais ledit satellite avait fait explosion dix ans plus tôt. C'était un des rares exemples d'erreur de calcul dans cette époque placée sous le signe de la sécurité. Il y avait eu des milliers de victimes. Les débris de satellite avaient plu sur la Terre pendant un mois. Jusqu'à la fin des opérations de sauvetage, pendant près de trois ans, les longrines de l'épave avaient tourné dans l'espace comme les ossements d'un géant.

Une femme que Burris aimait se trouvait sur la Grande Roue quand elle avait été détruite. Mais avec un autre homme. Ils jouaient au casino, ils assistaient aux spectacles sensoriels, ils faisaient de la haute gastronomie dans une atmosphère qui niait le lendemain. Et le lendemain avait surgi à l'improviste.

Quand elle avait rompu, Minner avait cru que rien de plus catastrophique ne pourrait lui arriver jusqu'à la fin de ses jours. Ç'avait été le rêve romantique d'un jeune homme car, très peu de temps après, cette femme était morte et cela avait été encore plus affreux que la rebuffade qu'il avait essuyée. Maintenant qu'elle n'était plus, tout espoir de la reconquérir était anéanti et, pendant un certain temps, Burris n'avait plus été, lui aussi, qu'un mort-vivant. Ensuite, la douleur s'était curieusement atténuée et avait fini par disparaître. Se faire déposséder par un rival ou perdre l'objet aimé dans un accident, était-ce vraiment la pire des catastrophes? Eh bien, non! Dix années s'étaient écoulées et, à présent, Burris savait quel était le vrai visage du pire.

— Mesdames et messieurs, soyez les bienvenus à bord de l'*Aristarque IV*. Au nom du commandant Villeparisis, je vous souhaite un agréable voyage. Nous vous prions de ne pas quitter vos sièges tant que nous serons en accélération. Quand nous aurons échappé à l'attraction terrestre, vous pourrez vous dégourdir les jambes et savourer le spectacle de l'espace.

L'astronef transportait quatre cents passagers, du fret et du courrier. Il y avait vingt cabines individuelles alignées le long des soutes et l'une d'elles avait été attribuée à Burris et à Lona. Les autres voyageurs, entassés les uns sur les autres, tordaient le cou pour regarder derrière un hublot.

— On décolle, murmura Burris.

Il sentait les tuyères cracher leurs gaz, talonner la Terre, il sentait le vaisseau qui prenait son essor avec aisance. Un triple écran de gravitrons protégeait les passagers des effets les plus pénibles du décollage, mais il était impossible sur un navire de cette taille d'annuler la pesanteur comme Chalk pouvait le faire sur son petit plaisancier.

La Terre que l'on apercevait derrière les sabords rapetissait. On aurait dit une prune verte qui se balançait dans le vide. Burris s'aperçut que ce n'était pas la planète que Lona regardait, mais lui. Elle l'étudiait avec sollicitude.

— Comment te sens-tu, Minner?

— Parfaitement bien.

— Tu n'as pas l'air détendu.

— C'est la poussée de la gravité. Tu t'imagines peut-être que l'idée de prendre l'espace m'angoisse?

Elle haussa les épaules.

— C'est la première fois que tu quittes la Terre depuis... depuis Manipool, n'est-ce pas?

— Tu oublies que je suis monté à bord du navire de Chalk.

— Ce n'était pas la même chose. C'est un bâtiment sub-atmosphérique.

— Qu'est-ce que tu crois? Que je vais baver de terreur sous prétexte que j'entreprends une croisière spatiale? Que je prends ce ferry pour un express ralliant Manipool sans escale?

— Tu déformes mes paroles.

— Vraiment? Je t'ai dit que je suis parfaitement bien. Et voilà que tu commences à te raconter des histoires compliquées comme si j'étais dans tous mes états. Tu...

— Ça suffit, Minner.

Le regard de Lona était dur. Elle s'était exprimée sur un ton sec et tranchant, cassant. Burris se força à s'appuyer contre le dossier de son siège et essaya de détordre les tentacules de ses mains. Elle avait bien réussi son coup! Tout à l'heure, il était tout à fait détendu, mais maintenant, à cause d'elle, il se sentait noué. Pourquoi s'obstinait-elle à adopter cette attitude maternelle? Il n'était pas un infirme. Il n'avait pas besoin qu'on le mignote sous prétexte que l'astronef décollait. Il avait effectué des décollages longtemps avant qu'elle soit née. Alors, de quoi avait-il peur? Pourquoi les paroles de Lona minaient-elles si aisément sa confiance.

La dispute s'arrêta net comme une bande magnétique que l'on casse. Mais les bords de la cassure demeuraient déchiquetés.

— Ne rate pas la vue, Lona, dit-il aussi affectueusement qu'il le put. C'est la première fois que tu vois la Terre d'en haut, n'est-ce pas?

La planète, maintenant, était très loin et l'on discernait tout son orbe. L'hémisphère occidental, qui leur faisait face, baignait dans la clarté solaire. De l'Antarctique qu'ils avaient quitté quelques heures plus tôt, on n'apercevait que la pointe péninsulaire extrême, tendue comme un doigt en direction du cap Horn.

Tâchant de ne pas paraître trop didactique, Burris montra à sa compagne comment le soleil frappait obliquement le globe terrestre, réchauffant les régions australes à cette époque de l'année et n'éclairant qu'à peine les régions boréales. Il lui parla du plan de l'écliptique, de la rotation et de la révolution de la planète, de la succession des saisons. Elle l'écoutait gravement, hochant souvent la tête et approuvant poliment chaque fois qu'il s'arrêtait pour quêter un encouragement. Néanmoins, il avait le sentiment qu'elle ne comprenait rien à ce qu'il disait. Mais il était prêt à se contenter d'une ombre de compréhension, faute d'autre chose, et Lona jouait le jeu.

Ils sortirent de leur cabine pour visiter l'astronef. Ils regardèrent la Terre sous des angles différents. Ils burent. Ils mangèrent. Aoudad, installé dans le compartiment de la classe économique, leur sourit. On les regardait avec considération.

Ils regagnèrent leur cabine pour faire un somme.

Ils dormaient à l'instant mystique du renversement quand le bâtiment quitta l'attraction terrestre pour se laisser happer par l'attraction lunaire. Burris se réveilla en sursaut. Il contempla fixement la jeune fille endormie et scruta les ténèbres en clignant des paupières. Il crut voir dériver les longrines carbonisées de la Grande Roue. Mais non! C'était impossible! Pourtant, dix ans plus tôt, il les avaient vues de ses yeux. Quelques-uns des cadavres éjectés de la Grande Roue quand elle s'était fracassée continuaient, disait-on, à orbiter, décrivant leur vaste parabole autour du soleil. En fait, à sa connaissance, personne n'avait vu ces errants depuis des années. La plupart des corps, leur quasi-totalité, peut-être, avaient été décemment récupérés et incinérés. Quant aux autres, il se plaisait à croire que, maintenant, ils avaient atteint le soleil et avaient eu droit aux funérailles les plus somptueuses qui fussent. Apercevoir le visage grimaçant de la femme qu'il avait aimée flottant devant lui était l'une de ses terreurs intimes.

Le vaisseau bascula doucement et le visage familier de la Lune, pâle et crevassé, apparut.

Burris secoua Lona qui s'étira, cligna des yeux, le

regarda et se tourna vers le hublot. L'émerveillement se peignit sur ses traits. On apercevait sur la surface du satellite une douzaine de dômes étincelants. ·

— Tivoli! s'exclama la jeune fille.

Burris doutait fort qu'une seule de ces coupoles fût le parc d'attractions. Luna était envahie d'édifices globulaires que l'on ne cessait d'édifier pour des motifs stratégiques, commerciaux ou scientifiques, et aucun des dômes qu'il avait sous les yeux ne correspondait à l'idée qu'il se faisait de Tivoli. Mais il ne fit pas de commentaires. Il commençait à faire des progrès.

L'astronef décélérait et descendait en spirale pour se poser sur son berceau.

C'était une époque placée sous le signe du dôme et beaucoup de ces dômes étaient l'œuvre de Duncan Chalk. Sur la Terre, ils avaient souvent, mais pas toujours, une armature géodésique, mais sur la Lune, où la pesanteur était plus faible, c'étaient généralement des constructions d'une seule pièce, plus simples et moins rigides. Les frontières de l'empire de Chalk étaient marquées par des dômes, à commencer par celui de sa piscine personnelle. Il y avait la coupole du salon galactique, l'hôtel de l'Antarctique, la rotonde de Tivoli — et tous regardaient les étoiles.

L'alunissage se fit en douceur.

— On va bien s'amuser, Minner! J'ai toujours rêvé de venir ici.

— Oui, on va se prendre du bon temps, lui promit-il.

Les yeux de Lona scintillaient. Ce n'était qu'une enfant. Innocente, enthousiaste, simple... Burris s'était lancé dans l'inventaire de ses qualités. Seulement, elle avait cette chaleur humaine. Elle le choyait, elle le dorlotait, elle était maternelle à l'excès. Il se rendait compte qu'il la sous-estimait. Elle avait connu si peu de joies dans sa vie qu'elle n'était pas blasée, et les menus plaisirs de l'existence la galvanisaient. Elle savourerait sans aucun complexe les attractions de Chalk. Elle était jeune. Mais pas creuse, il faisait de son mieux pour s'en persuader. Elle avait souffert. Comme lui, elle était couturée de cicatrices.

On avait abaissé l'échelle de coupée. Lona sortit du navire ventre à terre et se précipita à l'intérieur du dôme. Minner la suivit. Il n'éprouvait que peu de difficultés à coordonner les mouvements de ses jambes.

LES LARMES DE LA LUNE

Le canon recula. La fusée jaillit, fila à travers l'orifice du dôme et explosa dans les ténèbres. Lona, captivée, retenait son souffle.

La nuit s'embrasa.

Il n'y avait pas d'air, il n'y avait rien pour faire obstacle à la lente trajectoire des particules de poudre. Elles ne dérivaient même pas. Elles demeuraient à peu près là où elles étaient, dessinant d'éblouissantes images. A présent, c'étaient des animaux, d'étranges silhouettes extraterrestres. Burris, la tête levée, était aussi passionné que tout le monde.

— As-tu déjà vu une bête comme ça? demanda la jeune fille.

C'était une créature originaire d'une planète marécageuse : des tentacules visqueux, un cou qui n'en finissait pas, des pattes spatulées.

— Jamais.

Une seconde fusée partit mais c'était une charge neutralisante qui effaça le céleste tableau noir, annihilant le monstre aquatique.

Une troisième fusée.

Une quatrième.

Encore une autre.

— Cela ne ressemble absolument pas aux feux d'artifice terrestres, reprit Lona. Il n'y a pas de déflagrations, pas de détonations. En plus, ça ne bouge pas. Si

171

on ne faisait pas disparaître les figures, combien de temps resteraient-elles, Minner?

— Quelques minutes. La gravité existe quand même, ici. Les particules seraient attirées par la pesanteur, les débris cosmiques les dérangeraient. Il y a toutes sortes de détritus qui pleuvent de l'espace.

Burris était toujours prêt à répondre à toutes les questions. Au début, Lona avait été émerveillée, mais à présent, cela l'exaspérait un peu. Elle aurait voulu le coller et s'y essayait avec persévérance. Elle savait que ses questions énervaient autant Minner que les réponses de celui-ci l'agaçaient, elle.

Vrai, on fait un joli couple, tous les deux! On n'est même pas encore en voyage de noces, et déjà, on se chamaille.

Ils assistèrent pendant une demi-heure à ce feu d'artifice silencieux. Finalement, Lona en eut assez et ils s'éloignèrent.

— Où va-t-on? s'enquit-elle.

— Contentons-nous de nous balader.

Il était tendu, irritable. Elle le sentait, elle devinait qu'il lui sauterait à la gorge si elle commettait une gaffe. Comme il devait détester le parc d'attractions! On le regardait avec curiosité. Elle aussi, on la regardait, mais ce qui était intéressant, c'était ce qu'on lui avait fait, ce n'était pas son aspect, et les yeux se détournaient rapidement de la jeune fille.

Ils déambulèrent de travée en travée, de stand en stand.

C'était une sorte de grande foire traditionnelle qui se conformait à un modèle séculaire. La technique de la fête avait changé mais pas sa substance. Il y avait des jeux d'adresse où l'on gagnait des poupées, des buvettes où l'on débitait de la ragougnasse, des manèges qui auraient fait la joie de n'importe quel derviche, des galeries des horreurs, des pistes de danse, des stands de jeux, des érothéâtres (réservés aux adultes!) où s'exhibaient les mystères de chairs affaissées, il y avait les puces savantes et les chiens qui parlent, il y avait ces

172

feux d'artifice nouvelle formule, des musiques assourdissantes, des dentelles de lumières éblouissantes. Quatre cents hectares présentant les derniers raffinements du plaisir. La différence capitale entre le Luna Tivoli de Chalk et n'importe quelle kermesse d'autrefois était son site : il était installé au fond du grand cratère de Copernic. Là, l'air que l'on respirait était pur mais les danseurs bénéficiaient de la pesanteur réduite. C'était Luna.

— Un petit tour de maelström, m'sieurs-dames? proposa une voix onctueuse.

Lona s'approcha, le sourire aux lèvres. Burris jeta quelques pièces sur le comptoir et ils entrèrent. Une douzaine de coquilles d'aluminium béantes semblables à des dépouilles de palourdes géantes flottaient sur un lac de mercure.

— Une coquille pour deux? lança un personnage trapu, torse nu, la peau cuivrée. Par ici!

Burris aida Lona à prendre place dans une coquille et s'assit à côté d'elle. Une fois le couvercle refermé, il faisait noir à l'intérieur et la chaleur était oppressante. Il y avait juste assez de place pour deux.

— Les phantasmes du retour à la matrice, grommela Minner.

Lona lui serra la main de toutes ses forces. Le lac de vif-argent s'anima et l'esquif prit le large en direction de l'inconnu. Dans quel sombre tunnel, à travers quelles gorges secrètes plongeaient-ils? La coquille tanguait, en proie aux tourbillons. Lona hurla, hurla encore.

— Tu as peur?

— Je ne sais pas. Ça va si vite!

— Nous ne risquons rien.

Ils avaient l'impression de flotter, de voler. La pesanteur était pratiquement inexistante et aucun phénomène de friction ne faisait obstacle à la progression de la coquille naviguant au milieu des méandres et des cloaques. Des odeurs jaillirent d'invisibles robinets.

— Qu'est-ce que tu sens, Minner?

— Le parfum du désert. Le parfum de la chaleur. Et toi?

— Celui des forêts sous la pluie. Des feuilles pourrissantes. Comment est-ce possible, Minner?

Peut-être que ses sens ne réagissent pas comme les miens, comme ceux d'un être humain, se dit-elle. Comment peut-il sentir l'odeur du désert alors que c'est l'odeur entêtante et lourde de la moisissure? Elle avait l'impression de voir des champignons rouges sortir du sol, de petits insectes hérissés de pattes détaler et s'enfoncer dans l'humus, ver de terre phosphorescent. Et lui, il voyait un désert!

La coquille bascula et se redressa. Lona s'aperçut soudain que l'odeur n'était plus la même.

— C'est l'Arcade, fit-elle. Le pop-corn... la sueur... les rires. Quelle est l'odeur du rire, Minner? Qu'est-ce que tu sens, maintenant?

— La salle des machines d'un astronef au moment où l'on change le cœur nucléaire. Un vieux reste de brûlé. Cette odeur de friture quand il y a une fuite. C'est comme une griffe qui te laboure les narines.

— Comment se fait-il que nous ne sentions pas la même chose?

— C'est un effet de psychovariation olfactive. Nous sentons ce que notre esprit nous fait sentir. Il ne s'agit pas d'un arôme déterminé, mais simplement d'une matière brute et c'est nous qui la façonnons.

— Je ne comprends pas.

Il garda le silence.

D'autres parfums les assaillirent : des odeurs d'hôpital, l'odeur du clair de Lune, celle de l'acier, celle de la mer. Lona s'abstint de demander à Burris comment il réagissait à cette stimulation globale. A un moment donné, il poussa une exclamation étouffée. Plus tard, il tressaillit et ses doigts s'enfoncèrent comme des serres dans la cuisse de la jeune fille.

Le bombardement olfactif prit fin.

La coquille continuait sa course sans à-coups. Maintenant, c'étaient des bruits : des rafales de sonorités métalliques, la voix grave des grandes orgues, des coups de marteau, le crissement de râpes rythmiquement frottées. Tous les sens étaient sollicités. L'atmosphère intérieure de la coquille se refroidit puis se réchauffa. L'humidité variait selon un cycle complexe. L'esquif allait tantôt dans un sens, tantôt dans un autre. Il tournoyait de façon vertigineuse, frénétiquement. Puis, d'un seul coup, il s'immobilisa. Ils étaient rentrés au port, sains et saufs.

Burris prit la main de Lona dans la sienne.

— Tu as trouvé ça amusant?

— Je ne sais pas. Inhabituel, en tout cas.

Il lui acheta de la barbe à papa. Ils passèrent devant un stand où on lançait de petites boules de verre sur les cibles dorées qui défilaient sur un écran à déroulement continu. Quand on faisait mouche trois fois avec quatre billes, on gagnait un lot. Les hommes dont les muscles étaient habitués à la gravité terrestre peinaient et rataient leurs coups. Les filles faisaient la moue. Lona tendit le doigt vers les lots, des mobiles duveteux aux ondoiements abstraits qui avaient quelque chose de subtilement étranger.

— Tu m'en descends un, Minner?

Burris prit le temps d'observer les amateurs malchanceux. La plupart tiraient trop loin. Quelques-uns, s'efforçant de tenir compte de la faible pesanteur, lançaient les billes trop doucement et elles passaient à côté de la cible. Les curieux se pressaient en foule, mais quand il avança, ils lui ouvrirent un passage en le regardant d'un air embarrassé. Lona s'en rendit compte. Pourvu qu'il ne le remarque pas, se dit-elle.

L'astronaute paya. On lui donna ses billes. La première manqua la cible de quinze centimètres.

— C'est pas mal pour un coup d'essai, l'ami! Ecartez-vous donc! C'est lui qui joue!

Derrière le comptoir, le bonimenteur enveloppa Burris d'un regard incrédule et Lona rougit. Pourquoi le regardaient-ils tous comme ça? Est-ce qu'il a donc l'air tellement bizarre?

Minner lança la seconde bille. *Clang.* Et il continua. *Clang. Clang.*

— Trois fois de suite au but! Vous donnerez votre prime à la petite dame.

On fourra dans les mains de Lona quelque chose de chaud, de doux, presque vivant. Tous deux quittèrent le stand, fuyant le murmure des conversations.

— Ce corps détestable a quand même certaines qualités qu'il faut mettre à son crédit, Lona, murmura Burris.

Un peu plus tard, elle posa quelque part le prix de la victoire. Quand elle voulut récupérer son bien, il s'était volatilisé. Minner lui proposa de retourner au stand pour recommencer mais elle lui répondit que ce n'était pas la peine.

Ils dédaignèrent l'érothéâtre.

Quand ils arrivèrent devant la galerie des phénomènes, Lona hésita. Elle avait envie d'entrer mais n'osait pas le proposer. Cette hésitation leur fut fatale. Trois personnages aux visages enflammés par les libations surgirent, regardèrent Burris et éclatèrent de rire.

— Eh! Il y en a un qui s'est échappé!

Sous l'effet de la fureur, des plaques apparurent sur les joues de Minner. Lona se hâta de l'entraîner plus loin mais le mal était fait. Combien de semaines de convalescence avaient-elles été ainsi détruites en un clin d'œil?

Ce fut à ce moment que la soirée bascula. Jusque-là, Minner s'était montré indulgent, vaguement amusé. Il donnait à peine l'impression de s'ennuyer. Maintenant, ses yeux à diaphragme étaient ouverts en grand et, s'il l'avait pu, son regard glacé aurait dévoré le parc d'attractions comme un acide. Sa démarche était raide. Il était furieux d'être là.

— Je suis fatigué, Lona. Je veux rentrer.

— Restons encore un petit moment.

— Nous reviendrons demain.

— Mais il est encore tôt, Minner!

Sa bouche se tortillait bizarrement.

— Eh bien, reste si ça te plaît. Moi, je m'en vais.

— Non! J'ai peur! Je veux dire... Je ne m'amuserais pas sans toi.

— Je ne m'amuse pas.

— Tu paraissais pourtant t'amuser... tout à l'heure.

— Tout à l'heure, c'était tout à l'heure. Maintenant, c'est maintenant. — Il agrippa la jeune fille par le bras. — Lona...

— Non, l'interrompit-elle. Pas question de nous en aller aussi vite. Il n'y a rien à faire dans la chambre sinon dormir, tirer un coup et regarder les étoiles. C'est Tivoli, Minner. *Tivoli!* Et je veux le savourer jusqu'à la dernière goutte.

Il répondit quelque chose qu'elle ne comprit pas et tous deux se dirigèrent vers une autre partie du parc. Mais, à présent, Burris était incapable de dominer sa nervosité. Au bout de quelques minutes, il supplia à nouveau sa compagne : il voulait partir.

— Essaie de te distraire, Minner.

— Cet endroit me rend malade. Le bruit, l'odeur... tous ces regards!

— Personne ne te regarde.

— Vraiment très drôle! Tu n'as pas entendu ce qu'ils ont dit quand...

— Ils étaient ivres. — Il cherchait à l'attendrir mais, ce coup-là, elle en avait assez de se laisser faire. — Oui, je sais, tu es vexé. Tu te vexes pour un rien. Eh bien, pour une fois, fais donc l'effort de ne pas t'apitoyer sur toi-même! J'ai l'intention de m'amuser et je ne te laisserai pas me gâcher mon plaisir!

— Quelle méchanceté!

— La méchanceté n'est pas pire que l'égoïsme! riposta-t-elle sur un ton hargneux.

Le feu d'artifice continuait. Un aveuglant serpent à sept queues se vautrait dans le ciel.

— Combien de temps veux-tu encore rester?

La voix de Minner s'était faite cassante.

— Je ne sais pas. Une demi-heure... Une heure...

— Un quart d'heure, ça te va?

— Oh! Ne marchandons pas! Nous n'avons pas encore vu le dixième de ce qu'il y a à voir.

— Il y aura d'autres soirées.

— Il recommence! Ça suffit comme ça, Minner! Je n'ai pas envie que nous nous disputions, mais je ne me laisserai pas faire. Je m'y refuse absolument.

Il la gratifia d'une révérence, s'inclinant beaucoup plus bas qu'il n'aurait pu le faire s'il avait eu un squelette humain.

— Qu'il en soit fait selon votre bon plaisir, Votre Seigneurie.

Lona préféra faire mine d'ignorer le ton venimeux qu'il avait employé et l'entraîna dans une allée où se bousculait la cohue. Ils n'avaient encore jamais eu une querelle aussi grave. Jusque-là, quand ils s'étaient heurtés, ç'avait été de la froideur, des ripostes aigres-douces, des sarcasmes, le coup du mépris. Mais ils ne s'étaient jamais chamaillés de cette façon. Leurs éclats de voix avaient même attiré un petit public : Polichinelle et Guignol qui se crêpaient le chignon pour la plus grande joie des badauds. Que se passait-il? Pourquoi se querellaient-ils? Pourquoi avait-elle parfois l'impression que Minner la haïssait? Et pourquoi lui semblait-il alors qu'il suffirait d'un rien pour qu'elle le haïsse à son tour?

Ils devraient se soutenir mutuellement. C'était comme cela, au début. Quelque chose les soudait, un lien de sympathie parce qu'ils avaient souffert tous les deux. Et tout s'était dégradé. Leurs rapports étaient maintenant remplis d'acrimonie. Des accusations réciproques, des récriminations, des déchirements.

Trois roues dorées entrecroisées se livraient devant eux à un ballet lumineux, complexes pulsations de flammes scintillantes. Une fille nue, uniquement vêtue d'une tunique de lumière vivante, apparut en haut d'une colonne. Agitant les bras, elle interpella le public comme un muezzin appelant les fidèles à entrer dans un palais charnel. Son corps était d'une féminité improbable : ses seins étaient d'agressifs promontoires, ses fesses des globes phénoménaux. Cela ne pouvait pas être naturel. C'était sûrement le fruit de la chirurgie esthétique...

C'est un membre de notre confrérie, songea Lona. Pourtant, cela lui est indifférent. Elle s'exhibe devant tout le monde et est tout à fait heureuse de gagner sa vie ainsi. A quoi pense-t-elle à 4 heures du matin? Est-ce qu'elle cafarde?

Burris regardait fixement la fille nue.

— Ça n'est rien de plus qu'une pièce de viande à l'étal, lui dit Lona. Pourquoi as-tu l'air tellement fasciné?

— C'est Elise!

— Tu fais erreur, Minner. Comment veux-tu qu'elle soit là-haut? C'est impossible.

— Je te dis que c'est Elise. Ma vue est plus acérée que la tienne. Et tu ne la connais pour ainsi dire pas. Je ne sais pas ce qu'ils lui ont fait, ils l'ont étoffée d'une façon ou d'une autre, mais je sais que c'est elle.

— Eh bien, tu n'as qu'à aller la retrouver.

Il était comme pétrifié.

— Je n'ai pas dit que je voulais la retrouver.

— Non, mais tu l'as pensé.

— Alors, maintenant, tu es jalouse d'une fille nue plantée sur une colonne?

— Tu l'as aimée avant de me connaître.

— Jamais je ne l'ai aimée! s'exclama-t-il.

Et le mensonge fit virer son front à l'écarlate.

Les haut-parleurs commencèrent à chanter les louanges de la fille, du parc d'attractions, des visiteurs. Leurs hurlements se fondaient en une rumeur informe.

Burris avança vers la colonne. Lona le suivit. A présent, la fille dansait. Elle cabriolait frénétiquement. Son corps nu brillait. Ses chairs ballonnées tremblotaient et tressautaient. Elle était la personnification de la sensualité.

— Ce n'est pas Elise, fit soudain Burris.

Du coup, le charme fut rompu. Il fit demi-tour, la

mine sombre. S'arrêta. A l'entour, les visiteurs convergeaient vers la colonne qui, maintenant, était devenue le pôle d'attraction de la kermesse, mais ni Lona ni Burris ne bougeaient. Ils tournaient le dos à la danseuse. Minner sursauta comme s'il avait reçu une gifle. Il croisa les bras sur sa poitrine et s'affala sur un banc, la tête basse.

Ce n'était pas un faux-semblant de mélancolie : Lona comprit qu'il éprouvait un malaise.

— Je suis épuisé, murmura-t-il d'une voix rauque. Je n'ai plus de forces. J'ai l'impression d'avoir mille ans, Lona.

La jeune fille s'approcha de lui, les yeux ruisselant de larmes. Elle se laissa choir sur le banc à son tour et toussota, s'efforçant de recouvrer son souffle.

— Moi aussi. Je n'en peux plus.

— Que nous arrive-t-il?

— Peut-être un parfum que nous avons respiré au cours de notre promenade dans la coquille? Ou quelque chose que nous avons mangé?

— Non. Regarde mes mains.

Elles tremblaient. Les petits tentacules pendaient, flasques. Son visage était terreux.

Quant à Lona, elle avait l'impression d'avoir parcouru cent cinquante kilomètres au pas de course ou d'avoir donné le jour à cent bébés.

Cette fois, quand à nouveau il lui proposa de rentrer, elle ne protesta pas.

SOUS LES GLACES DE LA NUIT

Sur Titan, Lona abandonna Burris. Il n'en fut pas surpris : il y avait déjà pas mal de temps qu'il savait que cela finirait comme ça. Et ce fut presque un soulagement.

Depuis le pôle Sud, cela allait de plus en plus mal

180

entre eux. Il ne savait pas trop pourquoi. Mais une chose était claire : ils n'étaient pas faits l'un pour l'autre. Ils se heurtaient de plus en plus fréquemment. D'abord, ç'avait été en tapinois. Ensuite, ils avaient commencé à se crêper le chignon. Figurativement pour commencer, littéralement à la fin.

Alors, elle l'avait quitté.

Ils avaient passé six jours à Luna Tivoli. Une routine s'était instituée. Ils se levaient tard, prenaient un copieux petit déjeuner, faisaient un peu de tourisme et se rendaient à la kermesse. Le parc d'attractions était si vaste qu'il y avait toujours quelque chose à découvrir, mais le troisième jour, Minner s'aperçut qu'ils ne pouvaient pas faire autrement que de revenir aux mêmes endroits et, le cinquième, il ne pouvait plus voir Tivoli en peinture. Il s'efforçait de faire preuve de tolérance car Lona s'amusait comme une folle, mais il arriva aux limites de sa patience et ce furent des querelles à n'en plus finir. Chaque soir, ils se disputaient avec plus d'âpreté que la veille. Tantôt le conflit s'achevait dans un débordement de passion frénétique, tantôt par des bouderies qui duraient toute la nuit.

Et, invariablement, pendant ou immédiatement après ces querelles, ils éprouvaient cette impression de fatigue, cette espèce d'alanguissement morbide. Burris n'avait jamais connu cela, et le fait que Lona ressentait les mêmes symptômes rendait la chose plus étrange encore. Toutefois, quand par hasard ils tombaient sur Aoudad ou Nikolaides au milieu de la foule, ni l'un ni l'autre n'en soufflaient mot.

Burris était conscient que ces altercations virulentes creusaient un fossé de plus en plus profond entre eux. Dans les moments de calme, il les regrettait, car Lona était tendre, gentille, et il attachait du prix à son affection. Seulement, quand la rage s'emparait de lui, il oubliait tout. Alors il la trouvait vide, inutile, exaspérante, c'était un fardeau s'ajoutant aux autres fardeaux qu'il portait, c'était une gamine stupide, ignorante, odieuse. Il ne se cachait pas pour lui exprimer le fond de sa pensée. Au commencement, il employait des périphrases pour essayer d'arrondir les angles, mais au bout d'un certain temps, il ne se gêna plus pour l'injurier sans vergogne.

La rupture était inévitable. Ils s'épuisaient, ces affrontements les vidaient de leur énergie vitale. Ils faisaient de moins en moins souvent l'amour et s'accrochaient de plus en plus souvent.

Le matin arbitrairement désigné du sixième jour non moins arbitrairement fixé de leur séjour sur Luna, Lona lui dit :

— Laissons tout tomber et partons tout de suite pour Titan.

— Nous avons encore théoriquement cinq jours à passer ici.

— Tu veux vraiment rester?

— Franchement... non.

Il avait peur que sa réponse ne provoque une nouvelle dispute et il était trop tôt pour la bagarre. Mais, ce jour-là, Lona était prête à tous les sacrifices.

— Je crois que j'en ai assez et tu en as assez, toi aussi, ce n'est un secret pour personne. Alors, à quoi bon rester? Titan sera probablement beaucoup plus passionnant.

— Probablement.

— Et nous n'arrêtons pas de nous déchirer. Un changement de décor devrait nous faire du bien.

Aucun doute là-dessus. Le premier barbare venu, pourvu qu'il ait un portefeuille bien rempli, pouvait se payer un billet pour Luna. On ne rencontrait que des rustres mal dégrossis, des ivrognes et des fêtards. La clientèle potentielle de Luna était loin d'être limitée aux cadres supérieurs de la Terre. Celle de Titan était plus select. N'y venait que du beau monde doré sur tranches, des éminences pour qui le prix d'un voyage équivalant au salaire annuel d'un ouvrier était une broutille. Et ces gens-là auraient, au moins, la courtoisie de traiter Burris comme un individu normal. Les amoureux d'Antarctica, aveugles à tout ce qui pouvait être dérangeant, avaient fait comme s'il était invisible. Les habitués de Luna Tivoli lui avaient ri au nez et s'étaient gaussés de ses difformités. Mais, sur Titan, on était bien élevé et on manifesterait de l'indifférence devant son apparence physique. On regarderait ce drôle de type, on lui sourirait, on bavarderait aimablement avec lui sans jamais montrer, ni par la parole ni par le geste, que l'on avait conscience de sa singularité. C'était ça, les bonnes manières. De ces trois attitudes cruelles, Burris préférait la dernière.

Sous un ciel fulgurant de fusées, il coinça Aoudad.

— Nous en avons assez. Inscrivez-nous sur un vol pour Titan.

— Mais vous avez...

— ... encore cinq jours à passer ici. Je sais. Mais, figurez-vous que ça ne nous intéresse pas. Arrangez-vous pour nous trouver des places.

— Je vais voir ce que je peux faire.

Aoudad avait été témoin de leurs querelles et cela gênait Burris pour des raisons qui lui déplaisaient. Aoudad et Nikolaides avaient tenu le rôle de Cupidon, et Minner se sentait vaguement dans l'obligation de se comporter tout le temps comme un amant subjugué. Il avait obscurément l'impression de faillir à ses devoirs envers Aoudad quand il se chamaillait avec Lona. Mais qu'est-ce que cela peut me faire? Il n'intervient pas. Il ne se propose pas pour jouer les médiateurs. Il ne dit rien!

Comme Burris l'escomptait, Aoudad n'eut aucune difficulté à leur obtenir des réservations. Il prévint Titan qu'ils arriveraient plus tôt que prévu. Et ils s'embarquèrent.

Il n'y avait pas de comparaison entre un décollage lunaire et un décollage terrestre. Sous une gravité d'un sixième, il ne fallait qu'une légère poussée pour arracher la fusée. Le spatiodrome bruissait d'activité. Il y avait des départs tous les jours pour Mars, Vénus, Titan, Ganymède et la Terre, tous les trois jours pour les planètes extérieures, une fois par semaine pour Mercure. Les astronefs interstellaires ne partaient pas de la Lune. Les règlements et les traditions exigeaient qu'ils décollent de la Terre et qu'ils ne soient livrés à eux-mêmes qu'après avoir atteint un point situé au delà de l'orbite de Pluton. La plupart des vaisseaux à destination de Titan faisaient halte sur Ganymède, qui était un important centre minier, et, originellement, l'itinéraire étudié pour Burris et Lona prévoyait cette étape. Mais la fusée qu'ils avaient prise faisait le trajet sans escale.

Lona regretterait de ne pas voir Ganymède mais ce serait sa faute. C'était elle, pas lui, qui avait eu l'idée de quitter Luna avant la date prescrite. Peut-être pourraient-ils s'arrêter sur Ganymède au retour.

Tandis qu'ils franchissaient le gouffre ténébreux de l'espace, Lona fit montre d'une animation factice. Elle voulait tout savoir sur Titan, exactement comme elle avait tout voulu savoir sur le pôle Sud, le changement des saisons, la vie des cactus et bien d'autres choses encore. Mais alors qu'avant c'était une curiosité naïve qui la poussait à interroger Minner, c'était maintenant dans l'espoir de renouer avec lui un contact, quel qu'il fût, qu'elle le bombardait de questions.

Mais Burris savait qu'elle en serait pour ses frais.

— C'est la plus grosse lune du système solaire. Elle est même plus grosse que Mercure, qui est une planète.

— Mais Mercure tourne autour du Soleil alors que Titan tourne autour de Saturne.

— En effet. Titan est beaucoup plus volumineux que Luna. Il se trouve à environ un million deux cent mille kilomètres de Saturne. Tu verras bien les anneaux. Titan possède une atmosphère. Une atmosphère à base de méthane et d'ammoniac qui n'est pas très recommandée pour les poumons. Gelée, en plus. Il paraît que c'est pittoresque. Moi, je n'y suis jamais allé.

— Comment cela se fait-il?

— Quand j'étais jeune, c'était trop cher pour ma bourse. Et, plus tard, j'ai navigué dans d'autres régions de l'univers.

L'astronef dévorait l'espace. Lona écarquillait les

184

yeux. Ils jouèrent à saute-moutons au-dessus du plan de la ceinture des astéroïdes, ils virent assez bien Jupiter encore haut sur son orbite. Puis Saturne leur apparut.

Ils atteignirent Titan.

Encore un dôme, bien entendu. Un terrain sinistre installé sur un plateau qui ne l'était pas moins. C'était un monde glacé, mais extrêmement différent de la mortelle Antarctica. Sur Titan, tout était étrange et inhabituel, alors que, sur le continent antarctique, tout prenait rapidement un aspect familier au point d'en être obsédant. Titan n'était pas simplement une étendue blanche, gelée et en proie aux vents.

Il y avait Saturne. La planète aux anneaux flottait dans le ciel à distance réduite et elle était beaucoup plus grosse que la Terre telle qu'on la voyait de Luna. Il y avait juste ce qu'il fallait d'atmosphère méthaneammoniac pour donner au ciel de Titan une nuance bleutée qui constituait une élégante toile de fond sur laquelle se détachait le lumineux globe doré de Saturne, strié de ses épais et sombres bandeaux atmosphériques et entouré de sa ceinture de minuscules particules rocailleuses.

— Ce qu'il est mince, l'anneau! se plaignit Lona. Je le vois à peine.

— C'est à cause de la taille de Saturne. Nous le verrons mieux demain et tu constateras qu'il n'y en a pas un, mais plusieurs. Les anneaux intérieurs se meuvent plus rapidement que les anneaux extérieurs.

Tant que la conversation se maintenait à ce niveau, tout allait bien. Mais Burris avait peur de s'engager hors du domaine des abstractions et Lona aussi. Ils avaient, l'un et l'autre, les nerfs trop à vif. Et, après toutes ces querelles, ils étaient au bord de l'abîme.

Ils occupaient l'une des meilleures chambres du luxueux hôtel. La clientèle, pleine aux as, appartenait à la caste la plus élevée : rien que des gens qui avaient fait fortune dans le développement de la planète, les transports spatiaux ou l'énergie. Tout le monde connaissait tout le monde. Les femmes, quel que fût leur âge, étaient sveltes et pleines de dynamisme. La majorité des hommes étaient bedonnants, mais robustes et débordants de vigueur. Personne ne se permettait d'être impoli avec Burris ou Lona. Personne ne les regardait. Ils étaient aimables et indifférents.

Le premier jour, à la salle à manger, un industriel qui avait de gros intérêts sur Mars vint s'asseoir à leur table. Il avait largement dépassé soixante-dix ans. Son visage couturé était bronzé et ses yeux noirs étroits. Sa femme avait à peine franchi le cap de la trentaine. Ils parlèrent presque exclusivement de l'exploitation commerciale des planètes extrasolaires.

— Tu lui as tapé dans l'œil, dit Lona à Burris, un peu plus tard.

— Première nouvelle!

— C'était visible comme le nez au milieu de la figure. Je parie qu'elle te faisait du pied sous la table.

Pressentant une nouvelle querelle, Minner poussa Lona vers l'une des baies du dôme.

— On va faire un marché, veux-tu? Si elle me séduit, je t'autorise à séduire son mari.

— Comme c'est drôle!

— Et alors? Où est le mal? Il est plein de fric.

— Il n'y a pas encore une journée que nous sommes là et je déteste cet endroit.

— Ça suffit, Lona. Mets un frein à ton imagination. Cette femme ne me touchera jamais. A cette seule perspective, elle aurait la tremblote pendant un mois, tu peux m'en croire. Regarde plutôt le paysage.

Une tempête était en train de se préparer. Des rafales giflaient le dôme. Saturne était presque à son plein et sa lumière qui faisait étinceler la neige se tressait à celle, éblouissante, qui filtrait des baies. La voûte céleste était ponctuée d'étoiles semblables à des pointes d'aiguilles, qui paraissaient aussi proches que s'ils étaient dans l'espace.

Il commençait à neiger. Ils restèrent un moment à regarder les flocons danser leur sarabande dans la bourrasque. Soudain, ils entendirent de la musique et se dirigèrent vers l'endroit d'où elle venait. La plupart des gens faisaient comme eux.

— Tu veux danser? demanda Lona.

Des musiciens en tenue de soirée avaient surgi d'on ne sait où. La musique endiablée gagnait en volume. Il y avait des instruments à cordes, des instruments à vent, une section de percussion avec, par-ci, par-là, quelques instruments de facture non terrestre tellement appréciés des orchestres modernes. Des couples élégants virevoltaient avec grâce sur la piste miroitante.

Burris, très raide, prit Lona dans ses bras et ils se mêlèrent aux danseurs.

Minner n'avait jamais été grand amateur de danse et il n'avait pas dansé une seule fois depuis son retour de Manipool. Quelques mois plus tôt, la seule idée de faire des entrechats dans un endroit comme celui-là lui aurait paru grotesque. Mais la façon dont son nouveau corps s'adaptait aux rythmes le stupéfiait. C'était avec une grâce insoupçonnée qu'il pirouettait.

Lona ne le quittait pas des yeux. Elle ne souriait pas. On eût dit qu'elle avait peur de quelque chose.

Le salon était encore une rotonde transparente. Duncan Chalk était un fanatique de cette école d'architecture : que les gens voient les étoiles, mais qu'ils aient chaud! Les rafales précipitaient les flocons sur le dôme et les en chassaient aussitôt. La main de Lona était glacée dans celle de Minner. Le rythme de la musique s'exacerbait. Les régulateurs thermiques qui remplaçaient les glandes sudoripares de Burris étaient soumis à rude épreuve. Serait-il capable de soutenir cette cadence vertigineuse? N'allait-il pas trébucher?

L'orchestre s'interrompit.

Le couple de tout à l'heure les rejoignit. La femme souriait. Lona lui lança un regard venimeux.

— M'accorderez-vous la prochaine danse? demanda la femme à Burris avec l'assurance tranquille des gens cousus d'or.

Minner avait essayé de ne pas tomber dans ce piège, mais maintenant, refuser serait un manque de tact, et cela allait jeter de l'huile sur le feu de la jalousie de Lona. La sonorité grêle et flûtée du hautbois appela les danseurs. Burris enlaça la femme, laissant Lona, les traits figés, entre les mains du vieil industriel.

Sa cavalière était une danseuse hors ligne. On aurait dit que ses pieds ne touchaient pas le sol. Diabolique, elle épuisait Burris. Ils flottaient littéralement au-dessus de la piste. La cadence était si rapide que, bien que sa vision fût pour ainsi dire instantanée, Minner ne voyait plus Lona. La musique l'assourdissait. Le sourire de la femme était trop éclatant.

— Vous êtes un merveilleux partenaire, lui dit-elle. Vous possédez une puissance... un sens du rythme...

— Je n'avais jamais fait tellement d'étincelles comme danseur avant Manipool.

— Manipool?

— La planète où je... où on m'a...

Elle n'était pas au courant. Pourtant, Burris était persuadé que toutes les personnes présentes connaissaient son histoire. Mais peut-être que ces nababs ne suivaient pas avec beaucoup d'attention les actualités vidéo. Ils ignoraient son infortune. Selon toute vraisemblance, la femme ne s'était posé aucune question en le voyant. Elle ne s'était pas demandé un seul instant pourquoi il avait cette tête-là. Il ne s'agissait certainement pas de savoir-vivre : elle s'intéressait moins à lui qu'il ne l'avait cru, tout simplement.

— C'est sans importance, laissa-t-il tomber.

Comme ils entamaient un nouveau tour de piste, il aperçut enfin Lona. En train de quitter le salon. L'industriel abandonné avait l'air de ne pas en revenir.

Burris s'arrêta. La femme lui lança un coup d'œil interrogateur.

— Excusez-moi. Elle a peut-être un malaise.

Lona n'avait pas le moindre malaise : elle boudait. Il la rejoignit dans la chambre. Elle était à plat ventre sur le lit. Quand il posa la main sur son dos découvert, elle frissonna et se rétracta. Il était incapable de lui dire quoi que ce soit. Ils firent lit à part et, quand il rêva de Manipool, il parvint à étouffer les hurlements qui s'apprêtaient à sortir de sa gorge et attendit, dressé sur son séant, rigide, que la vague de terreur reflue.

Le matin venu, ni l'un ni l'autre ne firent allusion à cet épisode.

Ils firent une visite guidée à bord d'un traîneau à moteur. Le complexe hôtellerie-spatiodrome de Titan était situé presque au centre d'une cuvette aux dimensions réduites ceinturée de hautes montagnes. Comme sur Luna, les sommets auprès desquels l'Everest aurait fait piètre figure étaient innombrables. Que des planètes aussi petites pussent s'enorgueillir de cimes pareilles était incongru, mais c'était comme ça. A quelque cent cinquante kilomètres à l'est de l'hôtel se dressait le glacier Martinelli, gigantesque coulée de glace descendant des himalayas locaux. Il s'achevait par l'improbable cataracte gelée de renommée galactique. Quiconque se rendait sur Titan se devait de la visiter. Burris et Lona la visitèrent donc.

Il y avait, en chemin, des panoramas que Minner trouva plus prodigieux. Les nuages de méthane tourbillonnants et les aigrettes d'ammoniac congelé qui ornaient les pics leur donnaient l'aspect des montagnes des rouleaux Song. Sans parler du noir lac de méthane qui se trouvait à une demi-heure du dôme. Ses molles profondeurs étaient habitées par des animalcules opiniâtres, ressemblant plus ou moins à des mollusques et à des artropodes — plutôt moins que plus — équipés pour pouvoir respirer et boire le méthane. La vie sous quelque forme que ce fût était exceptionnelle dans le système solaire et la vue de ces spécimens d'une rareté insigne dans leur habitat naturel fascinait Burris. Ces êtres se nourrissaient des roseaux qui poussaient au bord du lac, végétaux gélatineux d'une lividité cadavérique, qui prospéraient admirablement sous ce climat infernal.

Ils arrivèrent à la cataracte gelée, étincelant de son

éclat bleuté à la lumière de Saturne flottant dans un vide immense. Tout le monde poussa les exclamations admiratives de rigueur, mais personne ne descendit du traîneau, car le vent soufflait avec rage et on ne pouvait pas être absolument sûr que les combinaisons respiratoires étaient d'une efficacité totale dans cette atmosphère corrosive.

Le groupe fit le tour de la cataracte, buvant des yeux les scintillantes arcades de glace. Mais le guide lui fit part d'une mauvaise nouvelle : « On rentre! Une tempête s'annonce. »

Elle éclata bien avant que l'on eût atteint la sécurité du dôme. Il commença d'abord par pleuvoir — un crachin d'ammoniac qui tambourinait sur le toit du traîneau. Puis la tourmente charria des nuages de neige — une neige formée de cristaux d'ammoniac. Le véhicule avançait avec difficulté. C'était la première fois que Burris voyait de la neige tomber aussi dru, aussi brutalement. Le vent la brassait, la barattait, faisait naître des cathédrales, des forêts. Tant bien que mal, le traîneau évitait des dunes inattendues, contournait des barrières imprévues. Les voyageurs demeuraient pour la plupart imperturbables. La splendeur de la tempête leur arrachait des exclamations admiratives. Mais Burris, qui savait qu'ils risquaient fort de s'enliser, s'enfermait dans un silence morose. L'air commençait à s'appauvrir et il avait une saveur désagréablement acide. Les gaz d'échappement des moteurs surmenés envahissaient la cabine. C'est mon imagination qui me joue des tours, se disait-il. Et il s'efforçait d'apprécier la somptuosité de la tempête.

Néanmoins, grand fut son soulagement quand il retrouva enfin la chaleur et la sécurité du dôme.

Presque aussitôt après le retour, une nouvelle querelle éclata. Une querelle qui avait encore moins de raison d'être que toutes celles qui l'avaient précédée mais qui, très vite, s'envenima.

— Tu ne m'as pas regardée une seule fois pendant toute la promenade, Minner.

— J'ai regardé le paysage. C'était pour cela qu'on faisait l'excursion.

— Tu aurais pu me prendre par la main. Tu aurais pu me sourire.

— Je...

— Je t'assomme donc tellement?

Burris en avait assez de battre en retraite.

— Exactement! Tu me barbes, tu es une petite fille emmerdante et ignorante! Toutes ces splendeurs, c'est des perles aux pourceaux pour toi! Tu n'apprécies rien. Ni la gastronomie, ni les beaux vêtements, ni l'amour, ni les voyages...

— Et toi, tu n'es qu'un monstre hideux!

— Eh bien, à nous deux, nous faisons la paire.

— Je suis un monstre, moi? s'exclama-t-elle d'une voix perçante. En tout cas, ça ne se voit pas. Moi, au moins, je suis un être humain. Mais qu'est-ce que tu es, toi?

Ce fut à ce moment qu'il se jeta sur elle.

Ses doigts à l'épiderme lisse se nouèrent autour de la gorge de Lona. Elle se débattit, le frappa de ses poings, lui laboura les joues de ses ongles acérés mais sans pouvoir déchirer sa peau. Cela ne fit que le pousser à bout. Burris la tenait dans sa poigne de fer, la secouait en tous sens. La tête ballottait, mais elle n'arrêtait pas de ruer et de cogner. Tous les sucs de la colère se bousculaient dans les veines de Minner.

Je pourrais la tuer comme de rien faire, se dit-il.

Mais le simple fait de prendre du recul eut un effet calmant et la raison lui revint. Il la lâcha. Il regarda ses mains. Elle le contempla. Les meurtrissures qui striaient le cou de la jeune fille faisaient presque pendant aux taches violacées qui marquaient le visage de l'homme. Lona exhala un cri étranglé et recula. Elle ne dit rien. Elle pointa un doigt tremblant sur Burris.

Une intense fatigue enclouait les genoux de celui-ci. D'un seul coup, il se retrouvait sans force. Ses articulations fléchirent, il trébucha et, incapable de se servir de ses mains pour se retenir, il s'écroula. Il appela Lona.

Il n'avait jamais éprouvé une telle faiblesse, même après le traitement qui lui avait été infligé sur Manipool.

C'est ce qu'on appelle être saigné à blanc, songea-t-il. Les sangsues m'ont pompé! Dieu du Ciel! Pourrais-je jamais me remettre debout?

« Au secours! hurla-t-il d'une voix muette. Où es-tu, Lona? »

Quand il put enfin redresser la tête, ce fut pour découvrir qu'elle n'était plus là. Il ne savait pas combien de temps s'était écoulé. Péniblement, il se releva, centimètre par centimètre, et s'assit sur le lit. Il resta ainsi jusqu'à ce qu'il eût récupéré un peu. Etait-ce le châtiment qu'il recevait pour l'avoir brutalisée? Chaque fois qu'ils s'étaient disputés, il avait eu cette sensation de langueur qui le terrassait.

— Lona?

Il gagna le hall en rasant les murs. Les gens calamistrés qui le croisaient devaient penser qu'il était ivre. Il s'efforçait de sourire en réponse aux sourires qu'ils lui adressaient.

Il ne retrouva pas Lona.

Néanmoins, quelques heures plus tard, il tomba sur Aoudad. Celui-ci paraissait inquiet.

— Est-ce que vous l'avez vue? lui demanda Burris d'une voix enrouée.

— A l'heure qu'il est, elle est à mi-chemin de Ganymède. Elle est partie par le vol de la soirée.

— Partie?

Aoudad acquiesça.

— Nick l'accompagne. Ils retournent sur la Terre. Qu'est-ce que vous lui avez fait? Vous l'avez cognée ou quoi?

— Et vous l'avez laissée partir? balbutia Burris. Vous lui avez permis de tirer sa révérence? Qu'en dira Chalk?

— Il est au courant. Vous ne pensez quand même pas que nous ne l'aurions pas prévenu? Si elle veut rentrer, qu'elle rentre, a-t-il dit. Faites-la embarquer sur le premier astronef en partance. C'est ce que nous avons fait. Mais comme vous êtes pâle, Burris! Je ne croyais pas que votre peau pouvait blêmir comme ça.

— Quand part la prochaine fusée?

— Demain soir. Vous n'allez quand même pas vous lancer à sa poursuite?

— Que voulez-vous que je fasse d'autre?

— Vous n'arriverez à rien comme ça, rétorqua Aoudad en souriant. Laissez-la partir. Il y a dans cet hôtel une foule de femmes qui ne demanderaient pas mieux que de prendre sa place. Vous seriez surpris de savoir comme elles sont nombreuses. Certaines savent que nous sommes en rapport, vous et moi, et elles viennent me voir pour me demander d'organiser une prise de contact. C'est votre figure qui les fascine, Minner.

Burris tourna la tête.

— Vous tremblez comme une feuille. Allez! Je vous emmène boire un pot!

— Je suis fatigué, répondit Burris sans bouger. J'ai besoin de me reposer.

— Faut-il que je vous envoie une de ces dames dans un moment?

— C'est l'idée que vous vous faites du repos?

— Eh bien, oui, justement! — Aoudad eut un rire jovial. — Je ne verrais aucun inconvénient à m'occuper personnellement d'elles, mais c'est vous qu'elles veulent, vous comprenez? Vous.

— Est-il possible d'appeler Ganymède? Je pourrais peut-être lui parler pendant que le navire refera son plein.

— Elle est partie, Burris. Vous feriez mieux de l'oublier, maintenant. En-dehors de ses problèmes, qu'est-ce qu'elle avait pour elle? Ce n'est qu'une gamine maigre comme un chat! Ça ne collait même pas entre vous. Je le sais, je l'ai vu. Vous n'arrêtiez pas de vous engueuler. Comme si vous aviez besoin d'elle! Laissez-moi vous dire...

— Est-ce que vous avez des tranquillisants?

193

— Vous savez qu'ils n'ont aucun effet sur vous.

Burris tendit quand même la main. Aoudad haussa les épaules et s'exécuta. Minner appuya le tube contre sa peau. L'illusion du calme serait presque aussi efficace, maintenant, que l'apaisement véritable. Il remercia Aoudad et s'éloigna d'un pas vif en direction de sa chambre. Seul.

Dans le couloir, il croisa une femme dont les cheveux roses étaient semblables à du verre filé et dont les yeux étaient des améthystes. Son vêtement était d'une chaste impudeur et sa voix caressa comme une plume les joues sans oreilles de Burris qui, hâtant le pas, tremblant, se réfugia précipitamment dans l'appartement.

LE GARDIEN DU GRAAL

— Voilà un charmant roman d'amour détruit, dit Tom Nikolaides.

Lona ne se départit pas de son sérieux.

— Il n'avait rien de charmant. J'étais bien contente de partir.

— Parce qu'il avait essayé de vous étrangler?

— Ça a été la goutte d'eau. Il y avait longtemps que tout allait mal. On ne doit pas faire souffrir ainsi pour le plaisir de souffrir soi-même.

Nikolaides la regarda attentivement. Il comprenait — ou faisait semblant.

— C'est absolument vrai. Tout cela est bien regrettable, mais nous savions tous que ça ne pouvait pas durer.

— Chalk aussi?

— Chalk surtout. Il avait prédit la rupture. Nous recevons une quantité de courrier incroyable. On dirait que le monde entier ressent profondément votre séparation.

Un sourire vide effleura fugitivement les lèvres de Lona qui se leva et se mit à faire les cent pas d'une allure saccadée. Les plaquettes de ses talons sonnaient sur le sol poli.

— Quand Chalk doit-il arriver? demanda-t-elle à Nikolaides.

— Bientôt. C'est un homme très occupé, mais dès qu'il sera là, on vous conduira auprès de lui.

— Nick, est-ce qu'il me rendra mes bébés?

— Espérons-le.

Elle lui agrippa férocement le poignet.

— Qu'est-ce que cela veut dire « espérons-le »? Il me l'a promis!

— D'accord. Seulement, vous avez laissé tomber Burris.

— Vous avez dit vous-même que Chalk l'avait prédit. Notre idylle n'était pas censée durer toute la vie. Maintenant, c'est terminé. J'ai honoré ma part du contrat et il faut que Chalk en fasse autant de son côté.

Elle sentait frémir les muscles de ses cuisses. Il était difficile de tenir debout avec ces souliers fantaisie. Mais ils la faisaient paraître plus grande et la vieillissaient. Et que son moi extérieur corresponde à son nouveau moi intérieur était une chose importante. Ces cinq semaines en compagnie de Burris l'avaient fait vieillir de cinq ans. Ce perpétuel état de tension... ces accrochages... Et, surtout, le terrible épuisement qui succédait à chacune de leurs querelles...

Ce gros bonhomme, elle le regarderait les yeux dans les yeux, et s'il essayait de ne pas tenir sa promesse, il trouverait à qui parler! Il avait beau être puissant, il ne l'escroquerait pas! Elle avait servi assez longtemps d'infirmière à ce laissé-pour-compte pour avoir acquis le droit d'élever ses propres enfants. Elle...

J'ai été malhonnête, se morigéna-t-elle brusquement. *Je n'aurais pas dû me moquer de lui. Les problèmes qu'il a, il ne les a pas cherchés et j'ai accepté de les partager avec lui.*

Nikolaides rompit le silence :

— Maintenant que vous êtes de retour sur Terre, Lona, quels sont vos projets?

— Avant tout, récupérer mes enfants. Après, je veux disparaître une fois pour toutes de la vie publique. J'ai été à deux reprises sous le feu des projecteurs. La première fois quand on m'a pris les bébés, la seconde quand je suis partie avec Minner. Cela me suffit.

— Où irez-vous? Quitterez-vous la Terre?

— Je ne crois pas. Je resterai. Peut-être que j'écrirai un livre. — Elle sourit. — Non, ce ne serait pas une très bonne idée, vous ne trouvez pas? Il y aurait encore de la publicité. Je veux vivre tranquillement dans l'obscurité. Pourquoi pas en Patagonie? — Ses yeux se rétrécirent. — Savez-vous où il est?

— Qui? Chalk?

— Non. Minner.

— Toujours sur Titan, à ma connaissance. Aoudad lui tient compagnie.

— Cela fait donc trois semaines qu'ils sont là-bas. J'imagine qu'ils prennent du bon temps.

Un rictus féroce retroussa les lèvres de Lona.

— En ce qui concerne Aoudad, vous pouvez en être sûre. S'il a autant de femmes qu'il veut à sa disposition, il sera heureux comme un poisson dans l'eau n'importe où. Mais, pour ce qui est de Burris, je ne m'avancerais pas. Tout ce que je sais, c'est qu'ils n'ont pas encore pris de dispositions pour rentrer. Vous êtes toujours attachée à lui, n'est-ce pas?

— NON!

Nikolaides fit mine de se boucher les oreilles.

— Bon... très bien, très bien! Je vous crois. Simplement, je...

La porte du fond s'invagina et s'ouvrit. Un horrible nabot aux lèvres minces et étirées entra. Lona le reconnut : c'était d'Amore, un des hommes de Chalk.

— Est-ce que Chalk est arrivé? lui demanda-t-elle aussitôt. Il faut que je lui parle.

Sur la vilaine bouche d'Amore fleurit le plus large sourire qu'elle eût jamais vu.

196

— Eh bien, vous avez pris de l'assurance en quelque temps, Votre Seigneurie! Où est passée votre retenue d'antan? Non, Chalk n'est pas encore arrivé. Je l'attends, moi aussi.

Il entra et Lona s'aperçut alors que quelqu'un le suivait : un homme entre deux âges, très pâle, le regard doux, l'air parfaitement décontracté qui arborait un sourire niais.

— Je vous présente David Melangio, Lona, fit d'Amore. Il a plus d'un tour dans son sac. Si vous lui indiquez votre date de naissance, il vous dira quel jour de la semaine vous êtes venue au monde.

Lona obtempéra.

— C'était un mercredi, répondit instantanément Melangio.

— Quel est son truc?

— C'est un don. Tenez... donnez-lui une série de chiffres à toute vitesse en articulant distinctement.

Lona lança une dizaine de chiffres. Melangio les répéta dans l'ordre.

— C'est bien ça? s'enquit d'Amore, tout épanoui.

— Je ne sais pas trop. Je les ai déjà oubliés.

La jeune fille s'approcha du savant idiot qui la contempla sans manifester d'intérêt particulier. Elle le regarda dans les yeux et se rendit compte que Melangio était, lui aussi, un monstre, qu'il n'avait pas d'âme et elle se demanda en frissonnant si on n'était pas en train de lui concocter un nouveau roman d'amour.

— Pourquoi l'avez-vous amené? s'exclama Nikolaides. Je croyais que Chalk avait renoncé à son option sur Melangio.

— Il a pensé que Mlle Kelvin serait contente d'avoir un entretien avec lui, répondit d'Amore. Il m'a demandé de le lui présenter.

— Que voulez-vous que je lui dise? demanda Lona.

D'Amore sourit.

— Comment le saurais-je?

Elle prit à l'écart l'homme aux lèvres en coup de sabre et murmura :

— Il est malade dans sa tête, hein?

— J'avoue qu'il doit lui manquer une case.

— Si je comprends bien, Chalk à un nouveau projet pour moi? Est-ce que je suis censée lui tenir la main?

Elle aurait aussi bien pu poser la question aux murs. D'Amore se contenta de répliquer :

— Dites-lui de s'asseoir et bavardez un peu tous les deux. Chalk n'arrivera sans doute pas avant une bonne heure.

Il y avait une chambre adjacente meublée d'une table flottante et de confortables fauteuils. Lona et Melangio s'y enfermèrent. La porte claqua comme celle d'une prison.

Silence. Echange de regards.

— Interrogez-moi sur toutes les dates que vous voulez, proposa Melangio.

Il se balançait sur un rythme régulier, son sourire toujours plaqué sur les lèvres. Il doit avoir sept ans d'âge mental, se dit Lona.

— Demandez-moi quand est mort George Washington. Ou n'importe quel homme célèbre.

Elle soupira.

— Abraham Lincoln.

— Le 15 avril 1865.

Savez-vous l'âge qu'il aurait s'il était encore vivant?

Il le lui dit sans prendre le temps de souffler, au jour près. Cela paraissait vraisemblable. Il semblait très content de lui.

— Comment faites-vous?

— Je ne sais pas. C'est comme ça. J'ai cette faculté depuis toujours. Je me rappelle la météo et les dates. Vous m'enviez? fit-il en pouffant.

— Pas tellement.

— Il y a des gens qui m'envient. Ils aimeraient apprendre. M. Chalk a voulu me connaître. Vous savez qu'il désire qu'on se marie, vous et moi?

Lona tressaillit. Elle prit sur elle-même pour ne pas se montrer cruelle.

— Il vous l'a dit?

— Oh non! Pas avec des mots. Mais je le sais. Il veut nous coller ensemble. Comme il l'a fait pour vous et l'homme avec cette drôle de tête. Ça lui plaisait, à Chalk. Surtout quand vous aviez des disputes. Une fois, j'étais avec lui. Il est devenu tout rouge et il m'a fait sortir. Il m'a rappelé plus tard. Vous deviez vous bagarrer à ce moment-là.

Lona s'efforçait de comprendre ce que tout cela voulait dire.

— Etes-vous capable de lire les pensées des gens, David?

— Non.

— Et Chalk?

— Lui non plus. Enfin, pas sous forme de paroles. Il lit les sentiments. Je m'en suis bien rendu compte. Et il aime ce qui est triste. Il veut que nous soyons malheureux ensemble parce que ça le rendrait heureux.

Lona, perplexe, se pencha vers Melangio.

— Est-ce que vous aimez les femmes, David?

— J'aime ma mère. Il y a des moments où j'aime ma sœur. Pourtant, elle m'en a fait voir de rudes quand j'étais jeune.

— Avez-vous jamais souhaité vous marier?

— Oh non! Le mariage, c'est pour les grandes personnes.

— Et quel âge avez-vous?

— Quarante ans, huit mois, trois semaines et deux jours. Je ne sais pas combien d'heures. On ne m'a pas dit à quel moment exact j'étais né.

— Mon pauvre ami!

— Vous avez du chagrin parce qu'on ne m'a pas dit à quelle heure j'étais né?

— J'ai du chagrin pour vous. Point à la ligne. Mais je ne peux rien faire, David. J'ai épuisé toute ma bonté d'âme. C'est maintenant aux autres de commencer à être gentils avec moi.

— Je suis gentil avec vous.

— Oui, très gentil.

D'un geste impulsif, Lona prit les mains de Melangio

dans les siennes. Il avait une peau lisse et fraîche. Mais ni aussi lisse ni aussi fraîche que celle de Burris. Il frissonna à ce contact mais ne repoussa pas l'étreinte. Au bout de quelques instants, elle le lâcha. Elle effleura le mur de ses paumes et la porte s'ouvrit. Elle sortit. Nikolaides et d'Amore étaient là, parlant à voix basse.

— Chalk veut vous voir, Lona, lui annonça le premier. Ça vous a plu, cette entrevue avec David?

— Il est charmant. Où est Chalk?

Il était dans sa salle du trône. Lona se mit en devoir de gravir les échelons de cristal. A mesure qu'elle montait, sa timidité revenait à la charge. Maintenant, elle avait appris à affronter les gens, mais, avec Chalk, c'était une autre paire de manches.

L'obèse se balançait dans son gigantesque fauteuil. Son visage de pleine lune se plissa et la jeune fille en déduisit qu'il lui souriait.

— Quel plaisir de vous revoir! Ce voyage vous a-t-il été agréable?

— Il a été fort intéressant. Mais c'est de mes bébés que je voudrais vous parler...

— Nous avons tout le temps, Lona, je vous en prie. Avez-vous fait la connaissance de David?

— Oui.

— Le malheureux! Il a tellement besoin qu'on l'aide! Que pensez-vous de son don?

— Nous avons conclu un marché, vous et moi. Je devais m'occuper de Minner, en échange de quoi vous vous arrangeriez pour que quelques-uns de mes enfants me soient restitués. Je n'ai aucune envie de parler de Melangio.

— Vous avez rompu avec Burris plus tôt que je ne l'avais prévu. Je n'ai pas encore pris toutes les dispositions voulues en ce qui concerne vos enfants.

— Ils me seront rendus?

— D'ici peu de temps mais pas encore tout de suite. Les négociations sont difficiles, même pour moi. Lona, en attendant, pourriez-vous me rendre un service? J'aimerais que vous aidiez David comme vous avez aidé

Burris. Que vous apportiez un peu de lumière dans son existence. Je serais content que vous soyez ensemble, tous les deux. Quelqu'un d'aussi tendre et d'aussi maternel que vous...

— Vous cherchez à me posséder, n'est-ce pas? s'écria-t-elle. Vous avez toujours essayé de m'escroquer. Après avoir été aux petits soins pour un zombi, il faudrait que j'en dorlote un autre! D'abord Burris, ensuite Melangio... Qui sera le suivant? Non, non et non! Nous avons fait un marché. Je veux mes bébés. *Je veux mes bébés!*

Les étouffoirs acoustiques se mirent à bourdonner pour assourdir ses vociférations. Chalk avait l'air étonné. Il semblait à la fois satisfait et irrité par cette explosion de mauvaise humeur. Il avait l'impression que son corps gonflait, se dilatait, qu'il pesait cinq cent mille kilos.

— Vous m'avez carottée, reprit Lona, un ton plus bas. Vous n'avez jamais eu l'intention de me faire rendre mes enfants.

Elle se jeta sur lui, bien décidée à déchirer de ses ongles le visage mafflu de Chalk, mais un filet tissé de minces fils dorés tomba aussitôt du plafond. Lona buta contre lui, rebondit, se précipita à nouveau sur l'amuseur public, mais sans succès. Chalk était hors d'atteinte.

Nikolaides et d'Amore surgirent. Ils lui emprisonnèrent les bras. Elle rua, utilisant ses chaussures aux lourds talons comme armes.

— Elle est surmenée, dit Chalk. Elle a besoin d'un calmant.

Quelque chose d'acéré s'enfonça dans la cuisse de la jeune femme qui s'affaissa et ne bougea plus.

PLEURER? POURQUOI PLEURER?

Il commençait à en avoir assez de Titan. Après le départ de Lona, la lune gelée avait été une drogue pour lui mais, maintenant, il était comme engourdi. Aoudad avait beau dire et beau faire, lui procurer n'importe quelle fantaisie, rien n'était capable de l'obliger à prolonger son séjour.

Elise était allongée, nue, à côté de lui. Au-dessus d'eux, se déployait la cataracte pétrifiée de la Grande Cascade. Ils avaient loué un traîneau à moteur et étaient partis tout seuls. Ils s'étaient arrêtés à l'orée du glacier et avaient fait l'amour au clair de Saturne.

— Regrettes-tu que je sois venue, Minner?

— Oui.

Il pouvait se permettre d'être franc et brutal avec elle.

— Elle te manque encore? Tu n'avais pas besoin d'elle.

— Je lui ai fait du mal. Sans nécessité.

— Et elle, qu'est-ce qu'elle t'a fait?

— Je ne veux pas parler de Lona avec toi.

Quand Burris s'assit et empoigna les commandes du traîneau, Elise se dressa sur son séant et se colla contre lui. Sous cet éclairage insolite, elle paraissait encore plus pâle. Y avait-il du sang dans ce corps potelé? Elle était d'une lividité sépulcrale. Minner mit le contact et, lentement, le véhicule se mit en marche, longeant le glacier pour regagner le dôme. Des mares de méthane stagnaient ici et là.

— Et si j'ouvrais le toit, Elise?

— Nous mourrions!

— Toi, tu mourrais. Moi, je n'en suis pas sûr. Il n'est nullement impossible que ce corps puisse respirer dans une atmosphère de méthane.

— Cela me paraît peu vraisemblable. — Elle s'étira avec une langueur voluptueuse. — Où vas-tu?

— Je fais du tourisme.

— Cela risque d'être dangereux. Tu pourrais fort bien t'écraser sur la glace.

— Eh bien, nous péririons. Comme ce serait reposant, Elise!

Le traîneau heurta une avancée de glace fraîche et

craquante. Il cahota et Elise tressauta. Burris posa un regard indifférent sur les chairs abondantes et trem-blotantes de sa compagne. Cela faisait maintenant une semaine qu'elle était là. Elle était venue à l'instigation d'Aoudad. Sa sensualité était digne de tous les éloges, mais pour ce qui était de son âme, cela laissait plutôt à désirer. Prolisse avait-il su quel genre de femme il avait prise pour épouse? Burris se posait la question.

Elle le caressa. Elle ne cessait pas de le toucher. C'était comme si le seul fait d'effleurer l'épiderme invraisemblable de Minner la grisait.

— Fais-moi encore l'amour, murmura-t-elle.

— Pas maintenant. Que désires-tu en moi, Elise?

— Je te désire en totalité.

— Il y a dans l'univers une multitude d'hommes capables de te rendre heureuse au lit. Qu'est-ce que j'ai d'exceptionnel?

— Les transformations que tu as subies sur Mani-pool.

— Tu m'aimes à cause de mon aspect physique?

— Je t'aime parce que tu es incongru.

— Et les aveugles? Les borgnes? Les bossus? Les hommes qui n'ont pas de nez?

— Il n'y en a plus. Aujourd'hui, tout le monde a des prothèses. Tout le monde est parfait.

— Excepté moi.

— Oui, excepté toi. — Elle enfonça ses ongles dans la peau de Burris. — Je ne peux pas te griffer. Je ne peux pas faire sourdre ta sueur. Je ne peux même pas te regarder sans éprouver une vague nausée. Voilà pourquoi je te désire.

— Je te donne la nausée?

— Tu es stupide.

— Et toi, tu es masochiste. Tu cherches à t'avilir. Tu t'es jetée à la tête de l'être le plus singulier du système solaire et tu prétends que c'est de l'amour. Mais non! Ce n'est pas de l'amour, ce n'est même pas de la nym-phomanie. C'est une torture que tu veux t'infliger à toi-même. J'ai tort?

Elle lui décocha un regard bizarre.

— Tu aimes qu'on te fasse mal, reprit Burris.

Il posa la main sur l'un des seins d'Elise en écartant les doigts pour qu'elle enveloppe totalement le globe chaud et doux. Quand il serra, elle tressaillit. Ses fines narines se mirent à palpiter et les larmes lui montèrent aux yeux. Mais pas un son ne s'échappa de ses lèvres. Son souffle se fit haché et Minner avait l'impression d'entendre son cœur battre la chamade. Elle aurait été capable d'encaisser une douleur sans limite sans un gémissement, même s'il lui avait purement et simplement arraché le sein.

Quand il la lâcha, six marques blêmes étaient imprimées dans la chair d'Elise. Très vite, elles commencèrent à devenir violacées. On aurait dit une tigresse prête à bondir. Au-dessus d'eux, la cataracte déployait son immobilité éternelle. Allait-elle se liquéfier? Saturne tomberait-il du ciel pour balayer Titan de ses anneaux tourbillonnants?

— Je pars demain pour la Terre, dit Burris.

Elle s'allongea, le corps offert.

— Fais-moi l'amour, Minner.

— Je repars seul. Pour retrouver Lona.

— Tu n'as pas besoin d'elle. Arrête de m'asticoter. — Elle l'attira à elle. — Couche-toi près de moi. Je veux regarder Saturne pendant que tu me posséderas.

Burris fit glisser sa main sur le corps soyeux d'Elise dont les yeux scintillèrent.

— Sortons de ce traîneau, murmura-t-il. On va courir tout nus jusqu'à ce lac et on se baignera.

Tout autour d'eux fusaient des bouffées de méthane. Par comparaison avec la température extérieure, l'hiver antarctique aurait fait l'effet d'un climat tropical. Mourraient-ils gelés ou, d'abord, empoisonnés? Ils n'atteindraient jamais le lac. Burris imaginait leurs corps rigides comme du marbre gisant, silhouettes blanches sur la blancheur de la neige. Il survivrait quelque temps à Elise. Il retiendrait sa respiration tandis qu'elle s'effondrerait comme une masse sous le baiser du méthane. Mais ce serait reculer pour mieux sauter.

— Oui! s'écria-t-elle. Allons nager! Après, on fera l'amour au bord du lac.

Elle tendit le bras vers le levier commandant l'ouverture du toit transparent du traîneau. Burris admira le jeu de ses muscles, le mouvement de sa main. Des poignets aux chevilles, ses ligaments et ses tendons fonctionnaient admirablement sous la peau lisse. L'une de ses jambes était repliée, l'autre, gracieusement tendue, prolongeait le mouvement du bras. Ses seins se redressaient. Sa gorge, qui avait une légère tendance à s'avachir, avait perdu toute sa flaccidité. Dans l'ensemble, c'était un assez beau spectacle.

Il suffisait d'actionner le levier pour que le toit s'ouvrît, les exposant tous deux à l'atmosphère meurtrière de Titan. Et les doigts effilés d'Elise étaient déjà posés sur la commande.

Burris cessa de la contempler. Il agrippa le bras vibrant de la femme, la tira en arrière sans ménagements, la repoussant sur la couche. Elle s'écroula dans une position impudique. Quand elle se releva, il la gifla. Un ruisselet de sang se forma sur le menton d'Elise dont les yeux étincelèrent de plaisir. Il la frappa encore. Sous les coups, la chair d'Elise frémissait. Elle haletait, s'accrochait à lui et l'odeur de la luxure assaillit les narines de Minner.

Derechef, il cogna, mais se rendant compte que c'était ce qu'elle voulait, il recula et lui lança la combinaison respiratoire dont elle s'était débarrassée.

— Enfile ça. On rentre.

Elle était l'incarnation de la concupiscence à l'état brut, elle se trémoussait dans une sorte de parodie du désir en prononçant le nom de Minner d'une voix rauque.

— On rentre! répéta ce dernier. Et il n'est pas question de rentrer tout nus.

Elle se rhabilla de mauvaise grâce.

Elle aurait ouvert le toit, songeait Minner. Elle serait venue se baigner avec moi dans ce lac de méthane.

Il dégomma le moteur. Le traîneau s'élança en direction de l'hôtel.

— Tu rentres vraiment demain?

— Oui. J'ai ma réservation.

— Sans moi?

— Sans toi.

— Et si je te suivais aussi sur la Terre?

— Je ne pourrais pas t'en empêcher mais cela ne servirait à rien.

Le traîneau s'engouffra dans le sas du dôme. Burris l'immobilisa devant le stand de location. Sous sa combinaison, Elise était échevelée, elle avait l'air d'être en sueur.

Dès qu'il fut entré dans sa chambre, Burris s'empressa de fermer la porte à clé. Elle frappa à plusieurs reprises, mais comme il ne répondait pas, elle renonça.

Minner se prit la tête dans les mains. La fatigue revenait à la charge, une lassitude incommensurable qu'il n'avait pas éprouvée depuis sa dernière querelle avec Lona. Mais cela ne dura que quelques minutes.

Une heure plus tard, il reçut la visite de trois représentants de la direction de l'hôtel. Ils étaient graves et guère bavards. Burris revêtit la combinaison qu'ils lui tendaient et sortit avec eux.

— Elle est sous la couverture. Nous aimerions que vous l'identifiiez avant qu'on la ramène à l'intérieur.

De diaphanes cristaux de neige ammoniacale parsemaient la couverture. Ils s'envolèrent quand Burris la souleva. Elise, nue, semblait étreindre la glace. Les empreintes laissées par ses doigts sur le sein de la femme étaient maintenant d'un rouge sombre. Il la toucha. On aurait dit du marbre.

— Elle est morte sur le coup, dit l'un des trois hommes.

Burris leva la tête.

— Elle avait beaucoup bu cet après-midi. Ceci explique peut-être cela.

Il s'enferma dans sa chambre et, le lendemain, il n'en sortit pas de la matinée. A midi, il fut convoqué pour être conduit au spatiodrome. Quatre heures plus tard, il était dans l'espace. Destination la Terre via Ganymède. Il n'ouvrit pratiquement pas la bouche pendant toute la traversée.

DONA NOBIS PACEM

La marée l'avait fait échouer aux Tours Martlet. Elle vivait dans une seule pièce, sortait rarement, se changeait tout aussi rarement, ne parlait à personne. Maintenant, elle savait la vérité et la vérité l'avait emprisonnée.

Ce fut là qu'il la retrouva.

— Qui est-ce?

Elle était semblable à un oiseau prêt à s'enfuir.

— Minner.

— Qu'est-ce que tu veux?

— Laisse-moi entrer, Lona, je t'en prie.

— Comment m'as-tu retrouvée ici?

— Un peu de flair et quelques graissages de pattes. Ouvre, ouvre-moi, Lona.

Elle lui ouvrit. Cela faisait plusieurs semaines qu'elle ne l'avait pas vu, mais il n'avait pas changé. Il entra. Sans sourire de son pseudo-sourire. Il ne la toucha pas, ne l'embrassa pas. Il faisait sombre. Lona se prépara à allumer mais Burris l'arrêta d'un geste vif.

— Cette pièce est tellement minable... je suis désolée.

— Je la trouve très bien. Elle ressemble exactement à celle où j'ai vécu. Mais c'était à deux blocs d'ici.

— Quand es-tu revenu, Minner?

— Cela fait quelques semaines. J'ai fait des pieds et des mains pour te retrouver.

— Tu as vu Chalk?

Il opina.

— Je n'ai pas obtenu grand-chose de lui.

— Moi non plus — Lona s'approcha du distributeur alimentaire. — Tu veux boire quelque chose?

— Non, merci.

Il s'assit. La façon compliquée dont il se lovait dans le fauteuil, la prudence avec laquelle il pliait et dépliait ses articulations surnuméraires avaient quelque chose de merveilleusement réconfortant. Le cœur de Lona se mit à battre plus vite.

— Elise est morte, reprit Burris. Elle s'est tuée sur Titan.

Lona ne fit pas de commentaires.

— Je ne lui avais pas demandé de venir. Elle ne tournait pas rond du tout. Maintenant, elle repose en paix.

— Elle réussit mieux ses suicides que moi.

— Tu n'as pas...

— Non, je n'ai pas recommencé. Je mène une existence feutrée, Minner. Veux-tu que je te dise la vérité? Je t'attendais.

— Tu n'avais qu'à me faire transmettre ton adresse!

— Ce n'était pas si simple. Il fallait que j'évite la publicité. Mais je suis heureuse que tu sois là. J'ai tellement de choses à te raconter!

— Par exemple?

— Chalk ne me fera pas restituer mes enfants. Je me suis informée. Il ne le pourrait pas, même s'il le voulait — et il ne le veut pas. C'était simplement un mensonge commode pour m'obliger à faire ce qu'il voulait.

Les paupières de Burris clignèrent.

— Me tenir compagnie? C'est ce que tu entends par là?

— Exactement. Je ne te cacherai plus rien, zombi. D'ailleurs, tu es déjà au courant — plus ou moins. Si je devenais ta maîtresse, on me rendrait mes enfants. C'était le contrat. J'ai tenu ma promesse, mais Chalk n'a pas tenu la sienne.

— Je savais que tu avais été achetée, Lona. Moi aussi, il m'a acheté. Il m'a offert une récompense pour que je ressorte au grand jour et que j'aie une aventure interplanétaire avec une certaine fille.

— En échange, tu aurais eu un nouveau corps?

— Oui.

— Tu ne l'auras pas plus que moi j'aurai les bébés, fit Lona sur un ton catégorique. Est-ce que je détruis tes illusions? Chalk t'a trompé tout comme il m'a trompée.

— Je m'en suis rendu compte à mon retour. Le projet de transfert corporel ne sera pas réalisable avant vingt ans au moins. Il m'avait dit cinq ans. Peut-être qu'on n'arrivera jamais à résoudre quelques-uns des problèmes que pose l'opération. Il est possible de greffer un cerveau dans un autre corps et de le maintenir en vie mais... comment dire? l'âme n'est plus là. Le résultat, c'est un zombie. Chalk le savait quand il m'a proposé le marché.

— Il a eu l'idylle qu'il voulait et nous, nous n'avons rien reçu.

Lona se leva et se mit à tourner en rond dans la pièce. Quand elle arriva devant le petit cactus en pot dont elle avait un jour fait cadeau à Burris, elle en caressa distraitement les lobes épineux du bout du doigt. Ce fut seulement alors que Burris s'aperçut de la présence de la plante grasse et il parut content de la voir.

— Sais-tu pourquoi il nous a mis en contact, toi et moi, Minner?

— Parce que c'était une publicité qui lui rapporterait gros. Jeter son dévolu sur deux êtres détruits, les convaincre astucieusement de ressusciter en partie, faire tout un battage là-dessus et...

— Non. Chalk est assez riche comme cela. Il se moque éperdument du profit matériel.

— Et alors, quel était son but?

— Un simple d'esprit m'a expliqué la vérité. Un dénommé Melangio. C'est un calculateur prodige. Peut-être que tu l'as vu à la vidéo. Chalk l'utilise dans certains spectacles.

— Non.

— J'ai fait sa connaissance chez Chalk. Il arrive parfois que la vérité sorte de la bouche d'un idiot. Il m'a dit que Chalk se repaît d'émotions. La peur, la douleur, la jalousie, le chagrin sont ses aliments. Il crée des situations qu'il exploite ensuite. Par exemple, mettre en contact deux personnes tellement démolies que le bonheur leur est à jamais interdit et les regarder souffrir. Se nourrir de leurs souffrances. Les vider.

Burris jeta un regard étonné à Lona.

— Même à distance? Il pouvait nous pomper comme ça quand nous étions à Luna Tivoli? Ou sur Titan?

— Après chacune de nos querelles, nous étions épuisés, exténués. Comme saignés à blanc. Comme si nous avions vieilli de plusieurs siècles.

— C'est vrai!

— Eh bien, c'est parce que Chalk s'engraissait sur notre dos. Il savait que nous nous haïssions et c'était cela qu'il cherchait. Les vampires qui se nourrissent d'émotions, cela existe-t-il?

— Ainsi, toutes ses promesses étaient fausses, murmura Minner. Nous étions des marionnettes. A condition que ce que tu dis soit vrai.

— Je sais que c'est vrai.

— Mais c'est d'un idiot que tu tiens cela.

— Un idiot très sage, Minner. Réfléchis. Rappelle-toi tout ce que Chalk t'a dit, et tout ce qui est arrivé. Pourquoi Elise attendait-elle toujours dans la coulisse, prête à fondre sur toi? Ne crois-tu pas que c'était délibéré, que cela faisait partie de toute une campagne dont le but était de me rendre furieuse? Nous étions liés tous les deux par notre singularité... par notre haine. Et Chalk buvait du petit-lait.

Burris resta un long moment à la regarder, impassible. Soudain, sans un mot, il ouvrit la porte, sortit dans le couloir et se rua sur quelque chose. Lona ne comprit ce qui se passait que quand il réapparut avec Aoudad qui se débattait et gigotait comme un diable dans un bénitier.

— J'étais sûr que vous n'étiez pas bien loin, dit Burris. Donnez-vous donc la peine d'entrer. Nous aimerions avoir une petite conversation avec vous.

— Ne lui fais pas de mal, Minner, l'adjura Lona. Il n'est qu'un instrument.

— Il va pouvoir répondre à quelques questions. Pas vrai, Bart?

Aoudad s'humecta les lèvres. Son regard méfiant allait de Burris à Lona.

Le coup que lui porta Burris fut si fulgurant que ni la jeune femme ni Aoudad ne le virent venir. Mais la tête de ce dernier partit en arrière et il percuta lourdement le mur. Burris ne lui laissa pas l'occasion de se défendre. Sous la grêle de coups qui s'abattaient sur lui, Aoudad, hagard, se cramponnait à la muraille. Enfin, il s'écroula, les yeux encore ouverts mais la figure en sang.

— Maintenant, vous allez nous causer de Duncan Chalk, dit Burris.

Aoudad dormait paisiblement quand ils sortirent. Sa voiture attendait en bas. Burris s'installa aux commandes et démarra en direction du siège social de Chalk.

— Nous avons commis une erreur en essayant, toi et moi, de redevenir ce que nous étions avant, dit-il à Lona. Nous sommes notre essence. Je suis l'astronaute mutilé et tu es la fille aux cent bébés. Nous avons eu tort de chercher à échapper à notre condition.

— Même si l'évasion avait été possible.

— Même si elle était possible. Ils arriveront peut-être à me donner un autre corps un jour ou l'autre, je ne dis pas non. Mais à quoi cela m'avancera-t-il? Je perdrai ce que j'ai actuellement sans rien recevoir d'autre en échange. Je me perdrai moi-même. Peut-être te feront-ils cadeau de deux bébés. Mais les quatre-vingt-dix-huit autres? Ce qui est fait est fait. Ton essence t'a absorbée et la mienne me mine. Est-ce que tout cela est trop nébuleux pour toi?

— Si je comprends bien, tu veux dire que nous

devons nous accepter franchement tels que nous sommes?

— Exactement. Ne plus fuir, ne plus se casser la tête, ne plus haïr.

— Mais les autres... les normaux...

— C'est un duel entre eux et nous. Ils veulent nous posséder. Ils veulent faire de nous des phénomènes de foire. Il faut se battre, Lona!

La voiture s'arrêta devant le bâtiment bas à la façade aveugle. Ils entrèrent.

Mais oui, bien sûr, M. Chalk les recevrait. S'ils voulaient bien attendre quelques instants dans la salle...

Ils attendirent. Assis côte à côte. Evitant de se regarder. Lona tenait dans ses mains le cactus en pot. C'était la seule chose qu'elle avait prise en quittant sa chambre. Ils étaient contents de pouvoir se reposer.

— Utiliser notre angoisse comme un projectile... c'est notre seule arme, murmura Burris. Il n'y a pas d'autre moyen.

Leontes d'Amore surgit.

— M. Chalk est disposé à vous recevoir, annonça-t-il.

Et ce fut l'ascension des barreaux de cristal. La montée vers le trône surélevé sur lequel était vautré l'obèse.

— Lona? Burris? A nouveau ensemble?

Chalk éclata d'un rire tonitruant en se tapant sur le ventre. Puis ses mains se crispèrent sur les piliers de ses cuisses.

— Vous êtes-vous bien repus avec nous, Chalk? demanda Burris.

L'hilarité de Chalk s'interrompit instantanément. Il se redressa, tendu, aux aguets. On aurait presque dit qu'il était svelte, qu'il s'apprêtait à prendre la poudre d'escampette.

— Il commence à se faire tard, enchaîna Lona. Nous vous avons apporté votre dîner, Duncan.

Ils étaient face à lui. Burris enlaça la taille fine de sa compagne. Les lèvres de Chalk remuèrent, mais aucun son ne sortit de sa bouche et sa main s'immobilisa avant d'avoir atteint la commande du signal d'alarme du bureau. Il contemplait ses doigts boudinés largement écartés.

— Voici un petit présent avec tous nos compliments et toute notre affection, dit Burris.

Leurs émotions conjuguées déferlèrent comme une scintillante lame de fonds.

Chalk était incapable de résister à la puissance de ce torrent. Il oscillait de gauche à droite, ballotté par ce courant déchaîné. Les commissures de ses lèvres frémissaient. Un filament de salive dégoulinait sur son menton. A trois reprises, sa tête fut brutalement projetée en arrière. Il croisait et décroisait les bras comme un robot.

Burris serrait Lona contre lui avec tant d'énergie qu'il lui écrasait les côtes.

Des flammes crépitantes se mirent-elles à danser sur le bureau de Chalk? Des rivières d'électrons, soudain visibles, fusaient-elles devant lui en luminescences verdâtres? Sous l'assaut de la haine du couple, Chalk, incapable de faire un mouvement, se tordait sur lui-même. Il absorbait ce déchaînement d'émotions, mais sans pouvoir le digérer. Il était encore plus bouffi qu'à l'accoutumée. Ses yeux luisaient de sueur.

Pas un mot ne fut échangé.

Engloutis-moi, baleine blanche! Brasse l'eau de ta puissante queue et sombre.

Retro me, Satanas.

Viens, Faust, allume le brasier.

Voici de bonnes nouvelles du grand Lucifer.

Brusquement, Chalk virevolta sur son fauteuil. Sortant de son état de paralysie, il se mit à frapper à grands coups son bureau de ses bras adipeux. Il baignait dans le sang de l'Albatros. Il frissonnait, tressaillait, frissonnait encore. Le cri qu'il poussa ne fut qu'un faible et débile soupir sortant d'une bouche béante. Tantôt il devenait rigide et tantôt il vibrait comme une corde au rythme de sa destruction...

Il s'affaissa.

Ses yeux roulaient dans leurs orbites. Ses lèvres étaient molles. Ses lourdes épaules se tassaient. Ses bajoues pendaient, flasques.

Consummatum est. Les comptes sont apurés.

Ceux qui avaient utilisé leur psychisme comme une arme et celui qui en avait subi l'impact étaient tous les trois immobiles. Le dernier ne bougerait jamais plus.

Burris fut le premier à se remettre. Le simple fait de respirer lui était un effort. Faire remuer ses lèvres, sa langue était un travail de Titan. Il se retourna. Ses membres revenaient à la vie. Il posa la main sur l'épaule de Lona, pétrifiée, pâle comme une morte. Mais dès qu'il la toucha, la vitalité de la jeune fille reprit le dessus.

— Il vaut mieux ne pas nous attarder, dit-elle à mi-voix.

Ils sortirent à pas lents. Comme deux vieillards. Mais la jeunesse leur revenait à mesure qu'ils descendaient les échelons de cristal. Ils recouvraient leur dynamisme. Ils ne retrouveraient pas intégralement leurs forces avant plusieurs jours, mais en tout cas, aucune goule ne leur sucerait plus le sang.

Personne ne les intercepta à l'extérieur.

La nuit était tombée. L'hiver avait fui et la ville était enfouie sous la brume grise de cette soirée de printemps. Les étoiles étaient presque invisibles. L'air était encore frais, mais ni l'un ni l'autre ne frissonnaient.

— Ce monde n'est pas fait pour nous, dit Burris.

— Il nous dévorerait comme il a déjà essayé de le faire.

— Nous avons vaincu Chalk mais nous ne pouvons pas vaincre un monde tout entier.

— Où irons-nous?

Burris leva les yeux vers le ciel.

— Viens avec moi sur Manipool. Histoire de rendre une visite de politesse aux démons.

— Parles-tu sérieusement?

— Oui. Viendras-tu avec moi?

— Oui.

214

Ils se dirigèrent vers la voiture.

— Comment te sens-tu, Lona?

— Très fatiguée. Si lasse que je peux à peine marcher. Mais je me sens vivante. Plus vivante à chaque pas. C'est la première fois que je me sens vraiment vivante, Minner.

— Moi aussi.

— Ton corps... te fait-il souffrir?

— Je l'aime.

— Malgré la douleur?

— A cause d'elle. C'est la preuve que je suis vivant. Que j'éprouve des sensations.

Il se tourna vers elle et lui prit le cactus des mains. Les nuages, au même moment, se déchirèrent et ses épines accrochèrent le reflet des étoiles.

— Etre vivant... éprouver des sensations, même douloureuses... c'est d'une importance capitale, Lona!

Il arracha un fragment de la plante grasse et l'appliqua sur la paume de Lona. Les épines s'enfoncèrent profondément dans la chair et la jeune fille tressaillit fugitivement. De minuscules gouttes de sang perlèrent. Elle détacha à son tour un morceau de cactus et soumit Burris au même traitement. Non sans difficulté, parce que la peau de Minner était coriace, mais finalement, les épines eurent raison de sa résistance. Quand le sang jaillit, Minner sourit. Il porta la main ensanglantée de Lona à ses lèvres. Elle fit de même avec la sienne.

— Nous saignons, murmura-t-elle. Nous avons des sensations. Nous vivons.

— La douleur est instructive, dit Burris.

Ils pressèrent le pas.

Science-Fiction

En 1970, J'ai lu crée la première collection de poche de Science-Fiction, mettant à la portée d'un très vaste public des chefs-d'œuvre méconnus.

Aujourd'hui, J'ai lu révèle les nouveaux talents, qui seront les maîtres de demain : James Blaylock, David Brin, K. W. Jeter, Loïs McMaster Bujold, Paul Preuss, Tim Powers, Michael Swanwick...

ANDERSON Poul

La reine de l'air et des ténèbres
1268/3

Sur la planète Roland, loin de la Terre, la population se divise en deux groupes hétérogènes. Les scientifiques habitent des cités modernes, sur la côte, tandis qu'à l'intérieur des terres, des paysans superstitieux croient encore à la toute-puissance de la reine de l'Air et des Ténèbres et aux monstres voleurs d'enfants.

La patrouille du temps
1409/3

ASIMOV Isaac
(1920-1992)

Auteur majeur de la S-F américaine, Isaac Asimov est né en Russie. Naturalisé américain, il fait des études de chimie et de biologie, tout en écrivant des romans et des nouvelles qui deviendront des best-sellers. Avec les robots, il trouve son principal thème d'inspiration.

Les cavernes d'acier
404/4

Les cavernes d'acier sont les villes souterraines du futur, peuplées d'humains qui n'ont jamais vu le soleil. Dans cet univers infernal, un homme et un robot s'affrontent.

Les robots
453/3
Face aux feux du soleil
468/3

Sur la lointaine planète Solaria, les hommes n'acceptent plus de se rencontrer mais se «visionnent» par écran interposé. Dans ces conditions, comment un meurtre a-t-il pu être commis ?

Tyrann
484/3
Un défilé de robots
542/3
Cailloux dans le ciel
552/3
La voie martienne
870/3
Les robots de l'aube
1602/3 & 1603/3
Le voyage fantastique
1635/3

Après avoir été miniaturisée, une équipe de chirurgiens s'embarque à bord d'un sous-marin microscopique et plonge à l'intérieur du corps d'un homme blessé, qui tient le sort du monde entre ses mains.

Les robots et l'empire
1996/4 & 1997/4
Espace vital
2055/3
Asimov parallèle
2277/4 Inédit
La cité des robots
- La cité des robots
2573/6 Inédit
- Cyborg
2875/6
- Refuge
2975/6

Robots et extra-terrestres
- Le renégat
3094/6 Inédit

Une nouvelle grande série sous la direction du créateur de l'univers des robots. Naufragé dans un monde sauvage peuplé de créatures-loups, Derec affronte un robot rebelle.

- L'intrus
3185/6 Inédit

Deuxième volet d'une série passionnante, par deux jeunes talents de la S-F parrainés par Asimov.

- Humanité
3290/6 Inédit
Robots temporels
- L'âge des dinosaures
3473/6 Inédit
- Le robot de Caliban
3503/6

APRIL Jean-Pierre

Berlin-Bangkok
3419/4 Inédit

A Bangkok, la Babel du XXIᵉ siècle, un scientifique allemand en mal d'épouse se fait piéger dans un gigantesque complot.

AYERDHAL

L'histrion
3526/6 Inédit

BLAYLOCK James

Homunculus
3052/4

BLISH James

Semailles humaines
752/3

Science-Fiction

BRIN DAVID

Marée stellaire
1981/5 Inédit
Le facteur
2261/5 Inédit
Elévation
2552/5 & 2553/5

Lorsque les Galactiques décident de donner une leçon aux trop ambitieux humains, Robert Oneagle et Athaclena, la mutante, s'enfoncent dans la forêt pour préparer la contre-attaque.

CANAL RICHARD

Swap-Swap
2836/3 Inédit
Ombres blanches
3455/4 Inédit
Aube noire
3669/5 (Avril 94)

Dans une Amérique où les conflits raciaux se sont exacerbés, un musicien de jazz noir tente de se soustraire aux nouvelles persécutions qui accablent son peuple. Une réflexion sur le racisme, qui clôt une trilogie inaugurée par Swap-Swap.

CARD ORSON SCOTT

Abyss
2657/4

CHERRYH C.J.

Hestia
1103/3
Les adieux du soleil
1354/3
Chanur
1475/4 Inédit
L'épopée de Chanur
2104/3 Inédit
La vengeance de Chanur
2289/4 Inédit
Le retour de Chanur
2609/7 Inédit
L'héritage de Chanur
3648/8 Inédit (Mars 94)
La pierre de rêve
1738/3
L'œuf du coucou
2307/3

Cyteen
2935/6 & 2936/6 Inédit
Forteresse des étoiles
3330/7
Temps fort
3417/8 Inédit

XXIe siècle. Dans le cosmos, les matières premières se raréfient. Sur les ordres de la puissante Compagnie qui exploite le minerai des astéroïdes, Bird et Ben prospectent leur secteur. Soudain, ils captent un SOS lancé par un vaisseau spatial à la dérive...

CLARKE ARTHUR C.

Né en 1917 en Angleterre, Arthur C. Clarke vit depuis de nombreuses années à Ceylan. Cet ancien président de l'Association interplanétaire anglaise, également membre distingué de l'Académie astronautique, a écrit une cinquantaine d'ouvrages, dont certains sont devenus des classiques de la Science-Fiction.

2001 : l'odyssée de l'espace
349/2

Quelque part, du côté d'un satellite de Saturne, une source inconnue émet des radiations d'une extraordinaire puissance. Une mission secrète va entraîner Explorateur I et son équipage aux confins du cosmos, leur permettant de percer le mystère des origines de la vie.

2010 : odyssée deux
1721/3
2061 : odyssée trois
3075/3
Les enfants d'Icare
799/3
Avant l'Eden
830/3
Terre, planète impériale
904/3
L'étoile
966/3

Rendez-vous avec Rama
1047/7
Rama II
3204/7 Inédit (avec Gentry Lee)
Les jardins de Rama
3619/6 Inédit (avec Gentry Lee)

Lorsque Rama II, l'astronef d'origine extra-terrestre, quitte le système solaire, il emporte à son bord trois humains, dont la mission est de reconstituer une colonie, loin de leur planète d'origine. Mais l'entreprise va s'avérer périlleuse.

Après Rendez-vous avec Rama et Rama II, le troisième volume d'une grande série.

Les fontaines du Paradis
1304/3
Les chants de la terre lointaine
2262/4
Base Vénus

Lorsqu'elle reprend conscience, Sparta s'aperçoit que trois ans de son existence ont totalement disparu de sa mémoire. Plus troublant encore : elle se découvre d'étranges pouvoirs. Comme si son corps et ses perceptions avaient été reconfigurés... A la recherche de son passé, Sparta rejoint alors l'orbite de Vénus.

- Point de rupture
2668/4 Inédit
- Maelström
2679/4 Inédit
- Cache-cache
3006/4 Inédit
- Méduse
3224/4 Inédit
- La lune de diamant
3350/4 Inédit
- Les lumineux
3379/4 Inédit
Le fantôme venu des profondeurs
3511/4 Inédit
La Terre est un berceau
3565/7 (avec Gentry Lee)

Science-Fiction

CURVAL Philippe
La face cachée du désir
3024/3

DARTEVELLE Alain
Imago
3601/4

DICK Philip K
Loterie solaire
547/3
Dr Bloodmoney
563/4
Le maître du Haut Château
567/4

En 1947, les Alliés capitulent. Hitler impose alors la tyrannie nazie à l'est des Etats-Unis, tandis que les Japonais s'emparent de l'ouest. Dans la nouvelle civilisation nippone circule cependant une étrange rumeur : un homme vivant dans un Haut Château a écrit un livre racontant la victoire des Alliés en 1945.

L'homme doré
1291/3
Blade Runner
1768/3

Un blade runner, c'est un tueur chargé d'éliminer les androïdes qui s'infiltrent sur Terre. Et Rick est le meilleur blade runner de la côte ouest. Jusqu'au jour où on lui propose une somme fabuleuse pour éliminer de dangereux Nexus 6, signalés en Californie.

Le dieu venu du Centaure
1379/3

DICK & NELSON
Les machines à illusions
1067/3

FARMER Philip José
Les amants étrangers
537/3
L'univers à l'envers
581/2
Des rapports étranges
712/3

FOSTER Alan Dean
Alien
1115/3

Le Nostromo vogue vers la Terre, encore lointaine, lorsque le Cerveau Central réveille l'équipage en hibernation. Il a capté un appel de détresse, en provenance d'un astéroïde mystérieux. Trois navigateurs se portent volontaires. Mais lorsque le Nostromo reprend sa route, il emmène un nouveau passager. La mort a pénétré dans l'astronef.

AlienS
2105/4
Alien 3
3294/4

GIBSON William
Neuromancien
2325/4

Dans une société future hypertechnologique, dominée par les ordinateurs, un homme se perd dans le cyberspace.

Mona Lisa s'éclate
2735/4 Inédit
Gravé sur chrome
2940/3

GODWIN Parke
En attendant le bus galactique
2938/4 Inédit

HABER Karen
Voir aussi Silverberg
Super-mutant
3187/4 Inédit

HALDEMAN Joe
La guerre éternelle
1769/3
Immortalité à vendre
3097/5 Inédit

HAMILTON Edmond
Les rois des étoiles
432/4
Le retour aux étoiles
490/4

HARRISON Harry
Le rat en acier inox
3242/3
Le rat en acier inox se venge
3546/3

HEINLEIN Robert A.
Une porte sur l'été
510/3
Etoiles, garde à vous
562/4
Vendredi
1782/5

Un cerveau d'ordinateur, un corps surentraîné et la beauté en plus : telle est Vendredi. L'agent idéal en ce monde futur. Mais Vendredi, la non-humaine, est hantée par des souvenirs tragiques. Aurait-elle une âme ?

Au-delà du crépuscule
2591/7 Inédit

HERBERT Frank
La ruche d'Hellstrom
1139/5

JETER K. W.
Horizon vertical
2798/4 Inédit

Arrimé à sa Norton, Ny arpente les flancs d'un monde vertical, en quête d'un contrat avec un gang de guerriers ou d'une séquence vidéo qu'il pourra vendre à Info-Express. Mais le chasseur d'images devient bientôt gibier.

Madlands
3309/3 Inédit

JONES Raymond F.
Renaissance
957/4

KEYES Daniel
Des fleurs pour Algernon
427/3

KUBE McDOWELL & McQUAY
Exilé
3689/7 (Mai 94)

Science-Fiction

LEE TANITH
Cyrion
1649/4
Tuer les morts
2194/3
Terre de lierre
2469/3

LEIGH STEPHEN
Le cri du tyrannosaure
3307/4 Inédit

LEINSTER MURRAY
La planète oubliée
1184/2
De gigantesques papillons carnivores, des hannetons tueurs, des fourmis semblables à des loups... Tels sont les prédateurs qui pourchassent les descendants de l'équipage du vaisseau *Icare*, égaré il y a des siècles, sur une planète dont le programme de développement vital s'est arrêté aux Insectes.

LEOURIER CHRISTIAN
La terre de promesse
3709/3 (Juin 94)
Pour clôturer le cycle de Lanmeur, une étrange visite dans un monde parallèle, l'Irgendwo. Mais s'agit-il d'une réalité ou d'un autre niveau virtuel créé par les rêves des Lanmeuriens ?

LEVIN IRA
Un bonheur insoutenable
434/4
Les femmes de Stepford
649/2

McMASTER BUJOLD LOIS
Miles Vorkosigan
3288/5 Inédit
Cordelia Vorkosigan
3687/5 Inédit (Mai 94)
Barrayar
3454/5 Inédit

MOORE CATHERINE L.
Shambleau
415/4
La nuit du jugement
700/3

NIVEN LARRY
L'Anneau-Monde
3527/5

PADGETT LEWIS
L'échiquier fabuleux
689/2

PELOT PIERRE
Delirium circus
773/3

POWERS TIM
Les voies d'Anubis
2011/6
Lorsque Brendan Doyle, jeune professeur californien, accepte de venir faire une conférence à Londres, il ne se doute pas qu'il va être précipité à travers une brèche temporelle. C'est ainsi qu'il se retrouve en 1811, parmi une secte égyptienne qui vénère encore le dieu Anubis.

Sur des mers plus ignorées...
2371/4 Inédit
Le Palais du Déviant
2610/4
A la recherche de la femme qu'il a aimée autrefois, Greg Rivas pénètre dans le Palais du Déviant. Là, il devra affronter l'horreur absolue, en la personne de Norton Jaybush. Greg ne s'en remettra pas. Le monde non plus.

Poker d'âmes
3602/8
A Las vegas, Scott Crane se livre à un jeu étrange, dont les règles s'inspirent à la fois du poker et des tarots. Mais ici, ce sont des corps et des âmes qu'il s'agit d'échanger. Une intrigue d'une virtuosité éblouissante, mêlant Science-Fiction et fantastique.

RAYER FRANCIS G.
Le lendemain de la machine
424/4

RODDENBERRY GENE
Star Trek
1071/3
Un immense nuage vert, luminescent, fonce vers la Terre, anéantissant tout sur son passage. Seul le croiseur *Enterprise*, dirigé par l'amiral Kirk, peut l'intercepter.
Star Trek, qui inspira une célèbre série télévisée, est devenu un classique de la Science-Fiction.

SILVERBERG ROBERT
L'homme dans le labyrinthe
495/4 (Avril 94)
Les ailes de la nuit
585/3
Jeu cruel
800/3
Les chants de l'été
1392/3
Le château de Lord Valentin
2656/8
Opération Pendule
3059/3 Inédit
La saison des mutants
3021/5 (Avec Karen Haber) (Avril 94)
Tom O'Bedlam
3111/5
Thèbes aux cent portes
3227/4
Au-delà de la ruelle puante où il venait de se matérialiser, rien d'autre n'était visible qu'un palmier malingre, montant dans le ciel bleu immaculé. Il était en Egypte, sous la XVIIIe dynastie et la ville qu'il apercevait, c'était Thèbes aux cent portes !

Science-Fiction

SIMAK Clifford D.
Demain les chiens
373/3
Dans le torrent des
siècles
500/4
Les visiteurs
1194/3
Le chemin de l'éternité
2432/4 Inédit

SIMPSON Pamela
Du sang sur la piste
temporelle
3145/5 Inédit

SPIELBERG Steven
Rencontres du troisième
type
947/3
E.T. l'extra-terrestre
1378/3

Abandonné sur la Terre, cette
planète étrange et hostile à
trois millions d'années-lumière
de chez lui, E.T. trouve refuge
auprès d'Elliott, un petit garçon
avec qui il établit une complicité
télépathique.
L'un des plus grands succès
mondiaux du cinéma.

E.T. la planète verte
1980/3
Gremlins
1741/3

STABLEFORD Brian
Le bord du monde
3380/2

STURGEON Theodore
Les plus qu'humains
355/3
Cristal qui songe
369/3
Les talents de Xanadu
829/4
Le cœur désintégré
3074/3

SWANWICK Michael
Stations des profondeurs
3436/5 Inédit

VANCE Jack
Cycle de Tschaï
De la lointaine planète Tschaï
parvient un signal de détresse.
Adam Reith est chargé d'en
découvrir l'origine. Capturé
par les Hommes-Emblèmes, il
découvre des êtres étranges,
issus du croisement d'hommes
et d'entités extra-terrestres.

- Le Chasch
721/3
- Le Wankh
722/3
- Le Dirdir
723/3
- Le Pnume
724/3
Marune : Alastor 933
1435/2
Trullion : Alastor 2262
1476/3
Wyst : Alastor 1716
1516/3

TEPPER Sheri S.
Un monde de femmes
2907/5 Inédit
Rituel de chasse
3244/7 Inédit

VAN VOGT A.E.
Le monde des Ā
362/3

En arrivant à la machine des
jeux, Gilbert Gosseyn a un nom,
une femme, un métier... Après
son entrevue avec l'Ordinateur,
il a perdu son identité, n'a jamais
vu sa femme et se retouve sur
Vénus, enjeu de partisans et
d'adversaires d'une philosophie
non aristotélicienne.
Un livre culte.

Les joueurs du Ā
397/3
La fin du Ā
1601/3 Inédit

A la poursuite des Slans
381/2
La faune de l'espace
392/3
L'empire de l'atome
418/3
Les armureries d'Isher
439/3
Les fabricants d'armes
440/3
Le livre de Ptath
463/3
La guerre contre le Rull
475/4
Destination univers
496/4
Créateur d'univers
529/3
Invasion galactique
813/3
L'horloge temporelle
934/2
Rencontre cosmique
975/3
L'été indien d'une paire
de lunettes
1057/2

En ces temps futurs, les femmes
dominent les hommes grâce à
des lunettes chimiques qui les
rendent d'une parfaite docilité.
Or, un matin, Peter Grayson
s'aperçoit que deux fêlures
lézardent ses verres teintés de
rose et découvre du même coup
les charmes de l'insoumission.

Les monstres
1082/2
Le colosse anarchique
1172/3
La machine ultime
1548/3
A la conquête de Kiber
1813/2
Au-delà du village
enchanté
2150/4

Science-Fiction

VINGE Joan D.
Finismonde
1863/3
Cat le Psion
3114/7 Inédit
Lorsqu'on le recrute comme garde du corps de lady Elnear taMing, Cat le Psion croit à une farce : lui, le paria télépathe, haï en raison de ses origines extra-terrestres, doit entrer au service d'un des cartels les plus puissants de la Fédération humaine !

Les yeux d'ambre
3205/4
Sur son synthétiseur, Shannon jouait la symphonie d'un langage totalement étranger. Et à un milliard et demi de kilomètres, T'uupiech la tueuse lui répondait, dans les vents d'ammoniac, les pluies de polymère et les cendres sulfureuses de Titan... Cinq nouvelles où se mêlent la poésie et la cruauté, le rêve et le cauchemar.

La Reine des Neiges
1707/5 Inédit
Après cent cinquante ans de règne, la belle Arienrhod, la Reine des Neiges et de l'Hiver, ne se lasse pas du pouvoir. Et pourtant, voici que vient le temps de l'Eté et des Etésiens. Alors Arienrhod recourt à de secrets clonages pour se réincarner.

La Reine de l'Eté
3405/6, 3406/6 & 3407/6
Egalement en coffret FJ 6660
Le changement est venu. L'Eté suit l'Hiver. Dans la Salle des Vents, Moon Marchalaube, la nouvelle Reine de l'Eté, attend son peuple. Moon est une sibylle, elle est allée en Extramonde. Mais les Etésiens ne voient en elle qu'un clone d'Arienrhod, l'ancienne Reine des Neiges.

WINTREBERT Joelle
Les maîtres-feu
1408/3
WOLFE Gene
Le livre du soleil lointain
3708/5 (Juin 94)
Dans un vaisseau spatial fendant la nuit d'un futur éloigné, un homme tente de sauvegarder les valeurs de la civilisation, une nouvelle fois compromises par les puissances d'argent.

ZELAZNY Roger
L'île des morts
509/2

S-F FANTASY

A côté de la Science-Fiction s'est développé un courant romanesque qui participe du conte de fée, du fantastique et du roman d'anticipation. Lovecraft et Abraham Merritt ont ouvert la voie avant guerre et de nombreux jeunes auteurs ont contribué à en faire un véritable genre. Parmi les meilleurs aujourd'hui, Terry Brooks, Tom de Haven, Nancy Kress, Tanith Lee, James Morrow... et bien sûr Stephen King !

BLAYLOCK JAMES
Homunculus
3052/4 Inédit

BROOKS TERRY
Le glaive de Shannara
3331/8 Inédit

Après la dernière guerre des races, les habitants des Quatre Terres sont parvenus à reconstruire une civilisation. Mais les forces du Mal veillent et, pour empêcher un nouveau désastre, Shea doit s'emparer du glaive de Shannara.

Les pierres des elfes de Shannara
3547/4 Inédit
Royaume magique à vendre !
3667/6 (Avril 94)

CHERRYH C.J.
La porte d'Ivrel
3631/4
Le puits de Shiuan
3688/5 (Mai 94)

DANIELS LEE
Le vampire de la Sainte Inquisition
3352/4 Inédit

DE HAVEN TOM
Chroniques du vagabond
- D'un monde l'autre
3186/5 Inédit

Parmi les clochards de Crane Park, Jack frappe par son étrangeté. Il prétend être venu d'un monde parallèle par la déchirure de l'atmosphère et se promène avec une guêpe qui lui obéit comme un chien...

- Le Mage de l'Apocalypse
3308/5 Inédit
- Le dernier humain
3556/5 Inédit

DICKSON GORDON R.
Le dragon et le georges
3208/4 Inédit

Une histoire d'amour est-elle vraiment concevable entre une jeune fille et un effroyable dragon ?

Le Chevalier Dragon
3418/8 Inédit
Le dragon à la frontière
3620/6 (Février 94)

FERGUSSON BRUCE
L'ombre de ses ailes
3226/5 Inédit
Le creuset des âmes
3474/6 Inédit

HOWARD ROBERT E.
Au cours de ses voyages aventureux à travers l'espace et le temps, Conan, le guerrier aux yeux de saphir, découvre des mondes étranges, hantés par des démons et des sorcières.

Conan le barbare
1449/3 avec Sprague de Camp
Conan le destructeur
1689/2 avec R. Jordan
Conan
1754/3

Conan le Cimmérien
1825/3
Conan le flibustier
1891/3
Conan le vagabond
1935/3
Conan l'aventurier
2036/3
Conan le guerrier
2120/3
Conan l'usurpateur
2224/3
Conan le conquérant
2468/3
Conan le vengeur
3289/3
Conan le boucanier
3378/3
Conan l'explorateur
3528/3 avec Sprague de Camp
Conan le libérateur
3577/3 avec Sprague de Camp
Conan l'Aquilonien
3649/3 (Mars) avec Sprague de Camp
Conan le justicier
3710/3 (Juin) avec Sprague de Camp

KRESS NANCY
La flûte ensorceleuse
3600/5

KUBE-McDOWELL M.P.
Projet Diaspora
3496/7 Inédit

LEE TANITH
La déesse voilée
1690/4 Inédit

LOVECRAFT HOWARD P.
L'affaire C. D. Ward
410/2
Dagon
459/5

A la suite de Dagon et des dieux aveugles et sourds qui gémissent dans le chaos infini, H. P. Lovecraft nous entraîne au cœur de l'horreur. Les derniers textes inédits du maître du fantastique.

Night Ocean
2519/3
Egalement en coffret   FJ 6734

S-F FANTASY

MERRITT Abraham
Les habitants du mirage
557/4
Venu d'un autre monde, Leif pénètre par hasard dans la vallée du Mirage, dont les habitants le prennent pour le perfide de Dwayanu. Leif devra affronter Kralk'ru, le dieu monstrueux qui exige des sacrifices humains.

Le gouffre de la lune
618/4
Un visage dans l'abîme
886/4

MOORE Catherine L.
Jirel de Joiry
533/3

MORROW James
Notre mère qui êtes aux cieux
3131/5 Inédit
Et si le nouveau Messie était une femme ? Une hypothèse blasphématoire et formidablement drôle.

NORMAN John
Les aventures de Tarl Cabot sur la planète Gor, où règne une civilisation moyenâgeuse, aux mœurs cruelles et raffinées.

Le tarnier de Gor
3168/4
Le banni de Gor
3229/4
Les prêtres-rois de Gor
3351/5
Les nomades de Gor
3435/5
Les assassins de Gor
3497/6
Les pirates de Gor
3548/6
Les chasseurs de Gor
3668/7 (Avril 94)

RAY Jean
Malpertuis
1677/2
Lorsque l'oncle Cassave fait promettre à ses héritiers de venir habiter Malpertuis après sa mort, nul ne se doute que des forces inouïes vont se déchaîner et que des entrailles de la maison maudite surgiront les divinités oubliées.

SADOUL Jacques
Les meilleurs récits de Weird Tales
2556/6

SCHWEITZER Darrell
La déesse fracassée
3495/4 Inédit

SILVERBERG Robert
Lettres de l'Atlantide
3167/2

SIMAK Clifford D.
La planète aux embûches
1588/3
Quoi de plus innocent qu'une machine à sous ? Sauf lorsqu'elle se met à parler et vous demande « Que désirez-vous ? » C'est ainsi que le digne professeur Lansing se trouve propulsé dans une délirante aventure extratemporelle.

Au pays du Mal
1781/3
La Confrérie du Talisman
2760/4 Inédit
Chargés de remettre un parchemin à l'évêque de Wise, le chevalier Duncan et son fidèle Conrad, entament un périple dangereux aux confins de l'Angleterre. Car personne n'a survécu en Terre de Désolation, ce lieu immonde, hanté par la Horde des Destructeurs.

TEPPER Sheri S.
La belle endormie
3647/8 (Mars 94)
Une version moderne et poétique de la Belle-au-bois-dormant, située dans l'univers de la Fantasy.

VANCE Jack
Cugel l'astucieux
707/3
Cugel saga
1665/4
Un monde magique
836/2
La Terre se meurt. Un terne soleil rouge n'éclaire plus que faiblement des landes stériles et des ruines hantées par les diaboliques Twk et les Déodands anthropophages, à la peau de cuir noir. Pour éviter le désastre, le jeune magicien Turjan rejoint le grand maître Pandelume, sur Embelyon.

Rhialto le Merveilleux
1890/3 Inédit

WILSON Robert Charles
Les fils du vent
3621/5 (Février 94)

ZELAZNY & SABERHAGEN
Le trône noir
3456/5 Inédit

ZELAZNY & SHECKLEY
Apportez-moi la tête du Prince Charmant
3504/4 Inédit

Achevé d'imprimer en Europe (France)
par Brodard et Taupin à La Flèche (Sarthe)
le 23 mars 1994. 1070J-5
Dépôt légal mars 1994. ISBN 2-277-11800-1
1er dépôt légal dans la collection : déc. 1977

Éditions J'ai lu
27, rue Cassette, 75006 Paris
Diffusion France et étranger : Flammarion